Carola kann es kaum glauben. Nach zwanzig Jahren moderner Ehe (Kleinaffären inklusive) nun plötzlich dies: eine ständige Nebenfrau, eine, von der ihr Mann, der doch gleichzeitig behauptet, Carola immer noch zu lieben, nicht lassen will. Was tun? Soll sie die stille Dulderin mimen, die alte Opferrolle von Müttern und Großmüttern übernehmen? Sie doch nicht! Da ergreift sie lieber die Flucht nach vorn. Nur, wo ist vorn? Wenn die alten Systeme zusammenbrechen, muss man es mit neuen versuchen. Eine Therapiegruppe ist schließlich auch so etwas wie eine Familie: Man hat wenig miteinander zu tun, aber man trifft sich immer wieder. Das ist vielleicht nicht befriedigend, doch es schärft den Blick. Carola übt sich nicht nur in Yoga, sondern auch in täglichen Klimmzügen, um auf die Höhe ihrer eigenen Einsichten zu kommen. Da stellt sich nicht nur die Frage »Was ist Liebe?«, sondern auch »Kann man mit dem eigenen Mann dessen Geliebte betrügen?«. Wenn Selbstironie und Humor dann trotzdem versagen, weil weder alte noch neue Affären halten, was sie versprachen, und auch noch berufliche Fehlschläge sich häufen, ist Sinkflug angesagt. Erst als Carola aufhört zu rudern, entdeckt sie ihre authentische Kraft.
Die alte Geschichte, erzählt in einem neuen, differenzierten Ton, ernst und nachdenklich, komisch und heiter-melancholisch.

Dorothea Fremder hat (unter anderem Namen) als Schauspielerin, Nachrichtensprecherin, Moderatorin, Dokumentarfilmerin und Regisseurin gearbeitet. Als Autorin schrieb sie bislang Drehbücher für Film und Fernsehen sowie ein Hörspiel. ›Sinkflug‹ ist ihr erster Roman.

Unsere Adresse im Internet: www.fischer-tb.de

Dorothea Fremder

Sinkflug

Roman

Fischer Taschenbuch Verlag

Die Frau in der Gesellschaft
Herausgegeben von Ingeborg Mues

Originalausgabe
Veröffentlicht im Fischer Taschenbuch Verlag GmbH,
Frankfurt am Main, Dezember 2000

Gesamtherstellung: Clausen & Bosse, Leck
Printed in Germany
ISBN 3-596-14820-0

Inhalt

Die banalste Geschichte der Welt

Schläfst du?
Du bist tatsächlich eingeschlafen.
Unsere ganze Ehe steht auf dem Spiel, und du schläfst!
Jetzt fängst du auch noch an zu schnarchen.
Wieso atme ich eigentlich nicht? Habe ich Angst, du könntest merken, dass ich wach bin? Wahrscheinlich merkst du es nicht einmal, wenn ich jetzt aufstehe und mich anziehe. Also, die Decke zurück. Das könnte noch zufällig sein. Ich könnte so tun, als hätte ich mich im Schlaf gedreht.
Wieso eigentlich? Das ist absurd! Du gehst fremd, und ich habe ein schlechtes Gewissen!
Zehn vor drei. Es ist kalt.
Was mache ich, wenn ich aufgestanden bin?
Egal. Alles ist besser, als deinem Schnarchen zuzuhören.

Ich will nicht, dass du mit der anderen Frau in Urlaub fährst.
Das habe ich gesagt.
»Ich verbiete dir, mit der anderen Frau in Urlaub zu fahren.«
Nein, das habe ich nicht gesagt. Warum eigentlich nicht? Weil ich verständnisvoll bin, großzügig, liberal und modern. Oder bin ich einfach feige? Ich habe Angst davor, dir diese Reise zu verbieten.
Was, wenn ich sie dir verbiete und du fährst trotzdem? Was mache ich dann mit meinem Verbot? Oder, anders, was, wenn du nicht fährst? Wenn du verzichtest und es mir dann bis in alle Ewigkeit vorwirfst? Wie soll ich das aushalten?
Was habe ich deiner frischen Verliebtheit entgegenzusetzen? Zwanzig Ehejahre.
Ein Gewicht. Ein Tonnengewicht. Aber ein Argument?
Jetzt habe ich meine Kleider aus dem Haufen gezerrt, und du schläfst immer noch. Ich könnte spazieren gehen. Feldwege im Mondlicht, das hat doch was. – Liebe.

Immer im falschen Moment hast du mich gefragt, ob ich dich liebe. Immer wenn ich ärgerlich war oder sonst wie entfernt von dir. Genau dann wolltest du es von mir hören, den Graben zuschütten, dich vergewissern.
Mein Kopf wurde leer bei deiner Frage. Plötzlich wusste ich nicht mehr, was das ist, Liebe. Warum willst du die Worte hören? So als wären sie mehr als das, was ist. Auch im Bett willst du immer Worte hören. Es reicht dir nicht, mich zu spüren. Du bist so hungrig nach Worten, dass ich mir kleinlich vorkomme, wenn ich sie dir nicht gebe. Das Fatale ist nur, dass ich mir fremd werde dabei. Mein eigenes Gefühl, das verflüchtigt sich über den Worten.
Es ist ungeheuerlich, wie tief du schläfst.
Ich raschele extra laut beim Anziehen, aber du denkst nicht daran aufzuwachen. Ich könnte dich wecken. Und dann? Das Redekarussell wieder in Betrieb setzen?

Es ist dunkel, der Nachthimmel bedeckt von Wolken. Keine Feldwege im Mondlicht.
Der Wind heult, und die Heizung ist herunter gestellt.
Lesen kommt also auch nicht infrage.
Was mache ich jetzt, angezogen, mitten in der Nacht?
Das Auto. Natürlich, das ist es. Ich setze mich einfach ins Auto und fahre los. Kein beruhigender Zettel, keine Nachricht. Wenn du aufwachst, bin ich weg, einfach weg. Das hast du davon. Das gefällt mir. Ja. Und es ist mir völlig egal, wie du von hier in die Stadt kommst. Das ist dein Problem. Ich nehme auch nichts mit, ich packe nichts zusammen, ich fühle mich nicht verantwortlich. Sogar die angebrochene Milch lasse ich da. Von mir aus kannst du sie aus dem Fenster schütten!

»Ist ja schon recht, Elfriede, maunz nicht so. Mir gefällt das auch alles nicht. Komm her. Komm in den Korb.«
Licht aus. Tür auf.

Und das Sonntagsessen bei den Eltern? Wenn ich allein auftauche, gibt es Fragen. Na und?! Dann gibt es eben Fragen! Ist das meine

Schuld? Dann erfährt die Welt eben, dass unsere Ehe in einer Krise ist.
Du hast immer noch eine Chance. Ich muss erst den Tau von den Scheiben wischen. Gott, ist der Anlasser laut in der Stille. Wenn du mich jetzt zurückrufst, dann wird alles wieder gut. Aber das Fenster bleibt dunkel.
Mein Gurt klemmt. Wo ist die Brille? Ich habe es nicht eilig, aber ich zögere auch nicht.
Elfriede ist ganz still geworden in ihrem Korb.
Du bist nicht halb nackt auf die Straße gestürzt, hast nicht versucht, mich zurückzuhalten. Auch im Rückspiegel bleibt das Haus dunkel. Ich beschleunige, schneide die Kurve. Um diese Zeit gehört die Straße mir. Kassette rein. Wüster Beethoven, ja, das passt.
»Es ist rein sexuell«, hast du gesagt, »das hat nichts mit dir zu tun.«
Ach ja? Und warum ist es dann stärker als du? Warum muss es ausgelebt werden? Soll ich vielleicht Mitleid haben mit dir, du armes Opfer einer irrationalen Macht? Das ist nicht inbegriffen im Konsens unserer liberalen Ehetradition. Das ist nicht mehr der kleine Ausflug, den du mir im Sommer gestanden hast. Das hat sich hinter meinem Rücken zu einer halbjährigen Affäre ausgewachsen. Du hast mich ausdauernd und konsequent hintergangen! Ich hätte es längst wissen können. Vor drei Wochen hat Thomas gefragt, wie es dir geht.
»Er arbeitet zu viel, isst zu viel, trinkt zu viel, treibt zu wenig Sport und schläft schlecht«, habe ich geantwortet.
»Hat er ein schlechtes Gewissen?«
Ich habe gelacht, fand das witzig. Ich kann es immer noch nicht begreifen, dass es tatsächlich so ist, dass ich das bin, der diese altbacken undankbare Rolle der betrogenen Ehefrau zugedacht ist. Verdammt noch mal!
Die banalste Geschichte der Welt – und das mir!

Ich wollte es nicht wissen. Ich habe es vorgezogen, die Anzeichen zu ignorieren. Ich fand es angenehm, dass du nicht schon vor dem Frühstück nach mir gelangt hast, um mir mit forderndem Stolz deine Morgenlatte zu präsentieren. Stattdessen hast du mir die Zeitung gebracht, und ich durfte liegen bleiben, bis der Kaffee fertig war. Das hätte mich skeptisch machen sollen, aber ich habe es genossen. Es war ja nicht so, als hätten wir nicht mehr miteinander geschlafen. Wenn ich wollte, dann wolltest du auch, kein Problem. Oder doch?

Wie war das, als du mich von hinten nahmst und mitten in der Ekstase »Maria« sagtest? Ich sprang entsetzt zur Seite und fragte dich, wer Maria sei. Du hast geleugnet, Maria gesagt zu haben. Du hast behauptet, dass du gar keine Maria kennst, und am Ende hast du dich beschwert, dass ich dich hängen ließ, mittendrin.

Aber jetzt wollte ich es wissen, wollte wissen, ob du noch Kontakt gehabt hast mit dieser One-night-Frau, von der du mir im Sommer erzählt hast. Nein, one night ist nicht korrekt. Du hast mir zwei Nächte gestanden. Wer weiß, wie viele es wirklich waren. Egal, ich bin ja nicht kleinlich.

»Also, was ist?«

Du gibst zu, dass du mit ihr telefoniert hast. Ich frage nicht, ob es beim Telefonieren geblieben ist. Ich ziehe es vor, an die beruhigende Distanz einer Telefonverbindung zu glauben. Phantasien und gelegentliche Ausreißer sind erlaubt. Wie hätten wir zwanzig Ehejahre lebendig halten sollen ohne die Phantasie? Großzügig sage ich:

»Ich habe mit dir auch schon zu dritt im Bett gelegen.«

Und dann mache ich dich wieder groß, damit wir das alte Spiel zu Ende bringen können.

Ich habe Vertrauen zu dir. Nicht einmal bei deiner Idee, mitten im November Urlaub auf Sylt machen zu wollen, werde ich hellhörig.

Du weißt, wie wichtig mir deine Gesundheit ist, und forderst meinen Beifall ein.

»Die Ruhe wird dir gut tun«, apportiere ich eifrig, »lesen, Sauna, Spaziergänge.«

Und dann suchst du dir aus dem ganzen verdammten Prospekt ausgerechnet dieses winzige, einsame Haus am Watt aus, dieses Reetdachidyll, das schon von weitem aussieht wie ein ideales Liebesnest. Da gehen noch die wildesten Lustschreie im Möwengekeife unter. Da gibt es bestimmt keine Sauna für deinen »Gesundheitsurlaub«. Kein Mensch geht allein in so ein Häuschen und schon gar nicht einer wie du, der Einsamkeit nicht ertragen kann. Wieso hast du die Stirn, mir freudestrahlend zu erklären, dass es dir gelungen ist, dieses Häuschen zu mieten? Willst du, dass alle Heimlichkeit ein Ende hat?

Zwei schlaflose Nächte lang trage ich den Verdacht mit mir herum, bevor ich auch nur mir selber eingestehe, was dieses Häuschen bedeutet. Und dann weiß ich immer noch nicht, was ich tun soll. Dich zur Rede stellen? So tun, als wüsste ich nichts? Du fragst mich, ob ich Sorgen hätte.

»Du bist so weit weg von mir«, sage ich.

Deine Antwort ist eine zärtliche Umarmung, aber nicht das Dementi, auf das ich heimlich hoffe, stattdessen:

»Halt mich fest, ich liebe dich doch, ich möchte mit dir alt werden.«

Ich halte dich fest, aber ich bin betäubt wie nach dem Tod unserer Katze. Wieso maunzt Elfriede jetzt. Kann sie Gedanken lesen?

Katzen sind erst mit Hermann in mein Leben gekommen.

Ich sehe ihn noch vor mir, wie er Lenin hoch in der Luft balancierte und den Raubtierdompteur mimte. Damals hatten Katzen noch Namen wie Lenin und Marx. Vor zwei Monaten ist Lenin die Treppe heruntergefallen vor Altersschwäche. Letzte Woche haben wir auf den Plastikstühlen im Wartezimmer des Tierarztes gesessen und gemeinsam dem Sterben unseres Katers zugesehen. Sein Kopf wurde schwer auf meinem Schoß. Die Glieder zitterten nach, bevor sie schlaff wurden. Die Pausen beim Atmen wurden länger, dann nichts mehr. Haben wir um die Katze geweint oder um unsere Ehe?

»Ist ja gut, Elfriede! Beruhige dich! Du bist jetzt allein, so ist das eben. Ich kann auch nichts daran ändern.«

Elfriede ist Lenins Tochter. Wir dachten kurz daran, sie Rosa zu nennen. Es war noch vor der Maueröffnung. Aber dann meinte Wülfing, sie sähe aus wie eine Elfriede. Dabei ist es dann geblieben.

Da ist der Mond! Nun doch. Mond im Wolkenloch über der Autobahn. Mit hundertsiebzig abwärts in den Kessel von Köln.
»Wind und ein großer Himmel«, hast du gestern geschwärmt, »beinahe wie auf Sylt.« Das klang so unschuldig, so als hättest du nichts zu verbergen. Vielleicht ist ja alles nur Einbildung, vielleicht quäle ich mich umsonst.
»Du fährst nicht allein auf die Insel?«
Ich lasse meine Vermutung vor dich hinschweben und hoffe, dass du die ungut schillernde Seifenblase zerschlägst. Aber du schlägst nicht zu, du lässt sie gedeihen in deinem Schweigen. Größer und größer wird die Vermutung, bis sie sich zur Gewissheit festigt in deiner Gegenfrage:
»Wie hast du das rausgekriegt?«
Ganz ruhig, jetzt nur nicht hysterisch werden. Was tut die kluge Frau in so einem Fall? In jeder zweiten Zeitschrift steht etwas darüber. Warum habe ich mir das nicht gemerkt? Wenn man nicht weiß, was man sagen soll, sagt man am besten nichts. Schweigen hältst du nicht aus. Das füllst du sofort mit Worten. Du willst mein Mitgefühl. Ich soll nicht glauben, dass es leicht für dich gewesen sei in den letzten Wochen. Unzählige Krähen. Sie fliegen in schwarzen Schwärmen über die Stoppeln, während mein Hirn vergeblich nach einem Rezept sucht. Gut, dass der Weg eng wird und wir hintereinander gehen müssen. Da kannst du nicht sehen, wie mir die Tränen in die Augen schießen.
Rührend, wie sorgfältig du darauf bedacht bist, dich freundlich und hilflos zu präsentieren. Welchen Wert du darauf legst, mich nicht belogen zu haben. Seit Monaten ist das weitergegangen mit dieser anderen Frau, und du hast mich nicht belogen??? Nein, du Wortgläubiger, nicht mit Worten.
Ich habe es dir leicht gemacht. Ich habe dich nicht gefragt. Stattdessen habe ich auf einsamen Wochenendspaziergängen mein Endzeitgefühl kultiviert. Ich habe unnatürlich viele Zapfen an den Fichten gesehen und die Buchen übervoll mit Bucheckern. Die bedrohte Natur sorgt sich ums Überleben, habe ich gedacht. Selbst meine Träume hielten sich an globale Katastrophen, um die private nicht wahrnehmen zu müssen.

Es begann mit einer steilen Wolke, die über den Rand des Vorhangs stieg, sich aufplusterte, die bekannte Pilzform annahm. Ich wagte kaum hinzusehen. Aber es ließ sich nicht länger leugnen. Es war passiert. Das Unfassliche war passiert. Der Atompilz steigt und steigt. Die Wolke breitet sich nach Westen hin aus. Und da fährt doch tatsächlich einer mit dem Fahrrad, als ob nichts wäre. Dieser Idiot! – Und wir? Wir sind überhaupt nicht vorbereitet. Wir haben noch nicht einmal Jod im Haus, nur diese albernen Zahnpillen, Fluor, was sollen die nützen gegen Radioaktivität? Wir wissen noch nicht einmal, wie wir uns schmerzlos umbringen können. Warum habe ich mich nicht erkundigt?

An dieser Stelle zog ich es vor, aufzuwachen in mein unspektakuläres Alltagsschicksal. Da gab es nichts Weltbewegendes, nur ein leeres Kopfkissen neben mir. Und dafür hatte ich eine harmlose Erklärung. Ich wusste ja, wo du warst – dachte ich.

Vier Uhr. Es gibt tatsächlich einen Parkplatz vor unserer Haustür. Alle Fenster sind dunkel. Die Nachbarn schlafen. Sicher hast du inzwischen zu Hause angerufen, verzweifelt, voller Unruhe. In zwanzig Jahren ist es noch nie vorgekommen, dass ich einfach weggegangen bin ohne ein Wort der Erklärung. Ich haste die Treppe hoch. In der Wohnung lasse ich Elfriede frei und eile zum Anrufbeantworter. Nichts. Still leuchtet die rote Null.

So ist das? Ich rase durch die Nacht, und du merkst nicht einmal, dass ich dich verlassen habe!? Mein schöner Abgang – völlig verpufft. Und jetzt? Soll ich dich anrufen? Ja, bin ich denn verrückt? Nein, den Schock, dass ich nicht da bin, den wenigstens sollst du haben, wenn du endlich aufwachst aus deinem empörend ruhigen Schlaf. Und dann schlafe ich. Das Telefon klingelt ins Leere. Dann wirst du sehen, wie das ist. Ach ja, wenn ich nur schlafen könnte. Kleinlaut hole ich das Telefon ans Bett.

Ich bin auf dem Weg ins Studio. Eile ist angesagt. Genug gepudert, ich muss ja den Text noch lesen. Er wimmelt nur so von unbekannten Spezialausdrücken. Im Kontrollmonitor sehe ich, dass meine Perücke verrutscht ist. Wieso trage ich eine Perücke? Eine grauhaarige noch dazu! Damit sehe ich aus wie meine eigene Großmutter. Aber meine Falten passen dazu. Noch zehn Sekunden. Wenn keine Maskenbildnerin kommt, ziehe ich die Haare eben selber zurecht. Lächeln. Noch fünf Sekunden. Wenn das Rotlicht angeht, bin ich professionell. Ich lasse mir nichts anmerken, darin bin ich gut. Welcher Idiot hat das Telefon nicht abgestellt?

Der Idiot bin ich. Und ich bin nicht im Studio, ich liege im Bett. Ich liege allein in unserem gemeinsamen Bett. Ich atme tief durch und nehme den Hörer ab, bereit, deiner Besorgnis zu begegnen. Aber du bist gar nicht besorgt, du bist empört. Wie ich mir das vorgestellt habe, fragst du, das Auto sei weg. Ach wirklich, das Auto ist weg! Um mich machst du dir offenbar keine Sorgen. Du machst dir nur Sorgen darum, wie du aus der Eifel nach Köln zurückkommen sollst.

»Es gibt Eisenbahnen und Taxis in Deutschland, soviel ich weiß.«

Dein Tonfall wird kläglich. Du hättest kein Geld dabei. Du glaubst doch nicht etwa, dass ich zurückfahre in die Eifel, um dich da abzuholen?

»Nimm die Kreditkarte.«

Pause. Es hat dir die Sprache verschlagen. Das kommt selten vor.

Draußen wird es schon hell. Ich könnte jetzt auflegen. Ich habe alles gesagt. Aber ich will wissen, ob du meine Abwesenheit erst jetzt bemerkt hast. – Nein, schon in der Nacht. Du hast gedacht, ich sei spazieren gegangen, und hast weitergeschlafen.

Du hast weitergeschlafen? Natürlich. Warum auch nicht? Ich gehe ja ständig spazieren mitten in der Nacht. Jedes Mal, wenn du mir nach zwanzigjähriger Ehe erzählst, dass du eine Affäre mit einer anderen Frau hast, die du »ausleben« musst. Ich knalle den Hörer auf.

Um halb zwölf klingelt es Sturm. Du schleppst zwei große Taschen die Treppe hoch, dazu den offenen Tragekorb mit Milchflasche, Broccoli und Mandarinen. Du machst etwas aus der Situation.

Grinsend beschwerst du dich, fragst, was diese Operninszenierung soll. Alle Leute hätten dich gefragt, wieso du die Eifelmilch flaschenweise in die Großstadt importierst.
Wie schön, du hast Spaß gehabt. Auf zur nächsten Inszenierung: heile Familie am sonntäglichen Mittagstisch. Meine Stiefmutter Ingeborg hat liebevoll gekocht, und wir lassen es uns schmecken, als sei alles wie immer. Hermann hat ein neues Spiel entdeckt. Er erzählt von seinem geplanten Gesundheitsurlaub auf Sylt und versichert sich mit einem raschen Querblick meiner Komplizenschaft. Ich bin nicht dein Komplize, ich bin nur überrumpelt! Ich will dieses Spiel nicht.
Aber du rechnest mit meiner Toleranz. Wieder zu Hause, setzt du dein ›Ich-weiß-ich-bin-ein-schlimmer-Bube-Lächeln‹ auf und triffst ungerührt deine Reisevorbereitungen. Ich suche verzweifelt nach einem Stolperstein. Was kann ich tun? Endlich fällt mir etwas ein. Mit zufriedenem Lächeln lege ich einen Zettel auf deinen Schreibtisch:
›Wenn es sich nicht vermeiden lässt, dass du mit ihr nach Sylt fährst, dann verlange ihr wenigstens vorher einen Aidstest ab.‹
Der Zettel ist am Abend weg. Kein Wort dazu. Stattdessen redest du über unsere Weihnachtsreise.
»Welche Weihnachtsreise?«, frage ich. »Soll es die denn überhaupt noch geben?«
»Wieso nicht?«, antwortest du und kämpfst dich geduldig durch die Pauschalreiseangebote. Ich werfe die Frage einer Reiserücktrittsversicherung auf. Du sagst: »Wir *wollen* doch fahren.«
Ich werde eine Versicherung abschließen. Vielleicht fahren wir dann.

Partys und andere offene Messer

Zwei Tage vor deiner ›Gesundheitsreise‹ finde ich einen Aidstest auf meinem Schreibtisch. So erfahre ich ihren Namen. Sie heißt nicht Maria. Sie heißt Barbara. Dr. Barbara Zander. Das hört sich nicht nach Hermanns Barfrauengeschmack an. Das ist ernst.

Und was mache ich mit dieser Einladung zum Telestar? Soll ich da allein hingehen? Ich habe meine eigene Einladung, so wie ich meinen eigenen Namen habe, auch wenn wir verheiratet sind. Ich heiße nicht Bratzer, ich heiße Schmitter. Schließlich sind wir ein modernes Paar.
In der Tagesschau sehe ich den amerikanischen Präsidenten, der seine Soldaten in der Wüste besucht. Er isst Truthahn mit ihnen, während sie auf den Krieg warten. »Achtzig Prozent der Politik ist Präsenz«, sagt der Kommentator. Ich nehme es als persönliche Aufforderung. Haltung bewahren, Präsenz zeigen. Also gut.
Auf welchen Krieg warte ich?
Vielleicht hat es Vorteile, wenn ich ohne dich bei dieser Veranstaltung bin. Es beweist meine Eigenständigkeit. Nicht, dass ich sie mir beweisen müsste. Ich weiß ja, wer den Artikel über das Drehbuchschreiben verfasst hat, der unter deinem Namen erschienen ist. Ich habe da keinen falschen Ehrgeiz. Ich habe dir gerne geholfen. Mich haben sie nicht gefragt, ich habe ja keine Position.
Allerdings finde ich es ärgerlich, wenn die Leute denken, ich sei begünstigt, weil du Aufträge zu vergeben hast. Das stimmt nun wirklich nicht. Wir dürfen gar nicht zusammenarbeiten. Und deine Kollegen meiden mich auf eine distanziert freundliche Art. Die attraktiven Angebote kommen immer nur aus anderen Städten. Unglücklicher Zufall, habe ich lange gedacht, bis ich gemerkt habe, dass Methode dahinter steckte. Aber wenn ich zu lange anderswo war, hat unsere Gemeinsamkeit gelitten. Deshalb habe ich oft kleinere Aufträge angenommen, für die Frauenecke, für die Kinderecke, für die Lebenshilferedaktion. Ich habe mich für die Inhalte interessiert und mich gefreut, dass ich im Nischenfernsehen auch unbekanntere Schauspieler ausprobieren konnte. Das war eine gute Entscheidung für unser Leben. Leider ungünstig für meine Außenwirkung. Also tue ich jetzt etwas für meine Außenwirkung. Wenn ich mich ohne Mann in die Arena begebe, dann muss auch der Blindeste sehen, dass ich eine Person für mich bin.
Gott wie naiv. Hermanns Abwesenheit macht mich nur umso mehr zur Ehefrau. Sensation liegt in der Luft. Rodenborn schlendert lässig auf mich zu. Das Kölschglas hat er in der Außentasche seines handgenähten Jacketts geparkt:

»Nanu, Sie hier? Und ich habe geglaubt, Sie wären auf Sylt.«
»Wie kann ich auf Sylt sein, wenn ich in Köln zu tun habe?«
Ich komme mir ziemlich locker vor mit dieser Replik.
»Ah, diese modernen Ehen«, sagt er, »die stürzen einen doch nur in Verwirrung. Also ich jedenfalls hätte Sie Arm in Arm am Sylter Strand gesehen.«
»Nun«, mischt sich Badorek genüsslich ein, »als Ihr Mann mir sagte, er komme nicht zum Empfang, weil er sich auf Sylt erholen wolle, und dann sehe ich Sie in Köln statt auf Sylt, da habe ich gedacht: Oje, schon wieder eine dieser Geschichten.«
Es gelingt mir zu lachen.
»Ja, wenn die Wirklichkeit immer so einfach schwarzweiß wäre«, sage ich.
Aber Badorek insistiert, er gefällt sich darin, den Finger auf die Wunde zu legen.
»Genauso ist sie. Glauben Sie mir, die Wirklichkeit ist so einfach.«
Verdammt, ein Mann mit Durchblick. Ich lächle geheimnisvoll und bin froh, dass ich mich sorgfältig geschminkt und die Jacke mit den dicken Schulterpolstern angezogen habe.
Trotzdem brauche ich jetzt erst einmal etwas vom Büfett.

Zu Hause ist Hermanns Stimme auf dem Anrufbeantworter.
»Ich wollte nur sagen, es gibt mich noch, ich denke an dich, ich bin bei dir, nicht böse sein mit mir.«
Deine Stimme ist ganz dunkel und klein. Was für eine weiche Unglücksfärbung du ihr gegeben hast. Ich bin verführt, dir zu glauben.
Aber warum rufst du an, wenn ich nicht da bin? Du hast doch gewusst, dass ich zum Telestar gehe. Da kannst du dein Gewissen beruhigen, ohne Rückfragen befürchten zu müssen. Das macht es leichter, nicht wahr?
Das Bett ist leer ohne dich. Wenn du auf einer deiner üblichen Dienstreisen bist, ist es angenehm groß. Ich kann mich wohlig ausbreiten. Das gelingt mir jetzt nicht. So öffne ich die Tür für Elfriede und lasse zu, dass sie sich zu meinen Füßen kringelt.

Knaller und Raketen. Ich stehe allein in dem allgemeinen Geküsse. Mein Vater winkt mir aus sicherer Entfernung verlegen zu.
»Du willst sicher auf Hermann warten«, sagt er liebevoll.
»Wie kommst du darauf, dass ich auf ihn warten will!?«, denke ich wütend, aber er hat sich schon abgewandt. Sein Zug fährt. Auch die anderen fliegen jetzt an mir vorbei. Mein Bruder mit Frau und Kindern. Sie haben alle ihre Anschlüsse. Nur ich stehe auf dem Bahnsteig und habe keinen Fahrplan.

Am nächsten Tag rufst du noch einmal an. Du sagst mir, dass du es schwer hast, dass ich keine Angst haben soll, dass mir nichts abgeht, dass wir viel Zeit füreinander haben müssten, wenn du wieder da bist.
»Wenn du dein Experiment abbrechen willst …«, lasse ich mich verleiten zu sagen.
»Nein, nein, so war das nicht gemeint.«
So schwer hast du es offensichtlich doch nicht. Nein, ganz im Gegenteil, du möchtest deinen Ausflug verlängern, du willst noch über Berlin fahren, bevor du zurückkommst. Du hast eine Premierenkarte für die Oper, sagst du. Wie sensibel von dir. Ein Puffer zwischen den Welten, denke ich.
Aber als du aufgelegt hast, frage ich mich, ob du wirklich nur eine Karte hast. Ich könnte in deinem Standardhotel anrufen, um herauszufinden, ob du ein Einzel- oder ein Doppelzimmer gebucht hast. Ich tue es nicht. Aus Stolz? Aus Trägheit? Aus Scham? Oder weil ich es eigentlich schon weiß?

Zum Glück habe ich keine Zeit zum Grübeln. Ich muss die zweite Drehbuchfassung für den Pilotfilm meiner Serie abgeben.
Um endlich an die richtigen Fleischtöpfe zu kommen, habe ich eine ganze Serie erfunden. Das heißt, eigentlich habe ich sie nicht erfunden, sondern nur gefunden, in den Romanen von Simone. Aber ich habe ein Serienkonzept daraus gemacht, einen Produzenten dafür interessiert, ein Pilotdrehbuch geschrieben und jetzt sieht es so aus, als würde die Serie gekauft. Vorbehaltlich einiger Änderungen im Pilotdrehbuch ist auf der letzten Konferenz grünes Licht gegeben worden.

Wenn es endgültig grünes Licht gibt, darf ich auch Regie führen, bei mindestens drei Folgen. So ist es ausgemacht. Mir kommt ein Plakat mit wild wuchernden üppigen Blättern in den Sinn:
›Frauen kommen langsam, aber gewaltig‹ stand darauf.
Es hing in der Frauenredaktion, bis es ebenso angegilbt war wie die großen feministischen Hoffnungen. Irgendjemand hat es dann abgenommen. Frau muss sich anpassen. ›Frau‹ sagt auch keiner mehr, das riecht nach Gewerkschaftsmuff, da riskiert man, als vorgestrig abgestempelt zu werden. Und das will ich nicht, ich will jetzt groß einsteigen. Dafür werde ich sogar diplomatisch wie letzten Monat, als mein Serienprojekt infrage gestellt war, weil ich andere Besetzungsideen hatte als die hohen Herren. Die Hauptfigur der Serie ist eine etwas haltlose, dickliche Anwältin, die zwischen vergeblichen Diätversuchen und frechen Liebesaffären pendelt. Die sollte nun nach dem Willen der Entscheidungsträger mit einer Schauspielerin besetzt werden, die schlank, zielstrebig, keineswegs frivol, aber quotenträchtig ist. Ich argumentierte vergeblich für eine Schauspielerin, die zwar passender für die Rolle, aber leider ohne jeden Promotionsfaktor war. Ich habe mich lernfähig gezeigt, denn bei der Serie handelt es sich nicht um ein Herzensprojekt. Ich will jetzt pragmatisch werden und mainstreamfähige Unterhaltung machen. Also sitze ich da und schneidere der Quotenschauspielerin die Figur auf den Leib. Kleine unblutige Schönheitsoperationen hier und da. Es macht sogar Spaß. Vielleicht sollte ich die verschiedenen Fassungen aufheben. Das ist guter Stoff für ein Seminar. Richtig, das Seminar muss ich auch noch vorbereiten. Gott sei Dank, für meine Tage ist gesorgt.

Aber in der Nacht verfolgen mich Visionen von der Liebeslaube am Watt. Was, wenn Hermann sich übernimmt? Den ersten Herzinfarkt hat er ignoriert. Was, wenn es ihn nun erwischt, wenn er stirbt auf dieser anderen Frau?
Ein peinlicher Klassiker, liegt gewissermaßen in der Familie. Schon sein Großvater ist mit Herzversagen auf dem Tanzboden zusammengebrochen. Und sein Vater ist im Übermut außerehelicher Verliebtheit auf eine Tellermine gesprungen. Ein tödlicher Seitensprung.

Eine Tankstelle im anbrandenden Meer. Jemand reißt grob sämtliche Schläuche aus dem Boden. Ich bin entsetzt. Das ganze Benzin fließt ins Meer, Froschmänner sichten noch das Ausmaß der Ökokatastrophe, als die Brutalität drinnen weitergeht. Ein Killer reinigt im Wohnraum seine Flinte. Er legt ohne zu zögern an. Das sei so verabredet, meint er harmlos und schießt.

Ich schrecke hoch. Mein Herz klopft wie im Fieber. Eine Frau Dr. Norden ist am Telefon. Es sei ein Platz in der Gruppe frei geworden, ob ich noch interessiert sei. Jetzt erinnere ich mich. Fünf Monate ist es her, dass ich sie angerufen habe. Wusste ich damals schon, was für Zeiten auf mich zukommen würden? Ja, ich bin interessiert. Ja, ich kann zu einem Vorgespräch kommen. Sie beschreibt mir den Weg.
Unterwegs rotiert es in meinem Kopf. Skepsis, Angst, Hochmut, Abwehr. Wieso brauche ich eine Therapie? Ich bin doch nicht krank. Bis jetzt bin ich noch immer klargekommen mit meinem Leben. Ich mache das nicht als Therapie, rede ich mir zu, ich mache es aus Neugier. Ich gönne mir eine Erfahrung. Vielleicht kann ich da etwas lernen. Vielleicht ist die Frau doof, dann gehe ich wieder. So ein Vorgespräch verpflichtet zu nichts. Wenn ich eine Grippe habe, gehe ich auch zum Arzt. Ich habe zwar keine Grippe, aber ich bin in einer Krise. Bin ich das? Ja, schon. Midlife-Crisis, Ehekrise, irgend so etwas. Also, ich sehe mir das jetzt mal an, so wie ich Tabletten kaufe. Ich kann sie immer noch liegen lassen, nachdem ich den Beipackzettel gelesen habe.

Frau Dr. Norden hat lebendige Falten im Gesicht. Sie begrüßt mich zurückhaltend und fragt, warum ich in die Gruppe will.
Warum rede ich plötzlich so viel? Ich höre mir verwundert zu, wie ich erzähle, dass ich schon als Kind betrogen worden bin, wie das zu einem Muster in meinem Leben wurde, betrogen um Anerkennung, betrogen um meinen gerechten Anteil. Und jetzt wieder, diesmal die betrogene Ehefrau … Banalitäten. Trotzdem kann ich erst mal nicht weitersprechen, weil ich meine Tränen abwarten muss. Gott, wie peinlich. Ich benehme mich wie das Klischee einer Frau beim Analytiker. Auch egal.

Schon höre ich mich weiter- und weiterreden …
Ich wolle dieses Muster nicht mehr. Ich wolle nicht mehr mit mir machen lassen, was mir nicht gut tut, nur damit ich mich anschließend wieder betrogen fühlen könne. Möglicherweise sei es der Zettel gewesen, hakt sie ein. Ich verstehe nicht, was sie meint. Ich war so stolz auf meinen Einfall mit dem Aidstest. Damit habe ich mich gewehrt. Ich habe Hermann der Peinlichkeit ausgesetzt, seiner Geliebten diesen Test abzuverlangen. Natürlich habe ich heimlich gehofft, dass ihn das von seinem Vorhaben abbringen würde. Hat es nicht, aber abgesehen davon kann ich nicht sehen, was falsch daran sein soll.
»Möglicherweise sind Sie damit großzügiger gewesen, als Sie einhalten können«, meint sie.
»Wieso großzügig? Ich fand mich eher gemein.«
Sie weist mich darauf hin, dass ich meinem Mann mit dieser Kondition gleichzeitig die Erlaubnis für seine Affäre gegeben habe, statt ihm zu sagen, dass ich das nicht will.
»Und ich bin mir so groß dabei vorgekommen«, sage ich kleinlaut.
»Ja«, fügt sie ungerührt hinzu, »das macht ihn klein, das gibt ein falsches Gefälle.«
Ach so. Der böse kleine Junge hat gestanden, dass er an der Marmelade genascht hat. Und big Mama macht sich nur Sorgen darüber, ob er sich nicht den Magen verdirbt. Ich verstehe.
»Eine Mutter ist erotisch uninteressant.«
Prima. Dann hat die andere gute Chancen. Sehr aufbauend, diese Analytikerin.
»Und warum verhalte ich mich so?«
»Was meinen Sie?«
Fauler Trick, einfach zurückzufragen.

Auf der Autobahn fallen mir Hermanns Drohungen ein. Wenn ich an Trennung dächte, da hätte ich es sicher nicht einfacher, das sei verdammt kalt.
Wie uneigennützig. Und wie bequem für dich. Klar, dass es dir lieber ist, wenn ich auf dem Bahnsteig stehen bleibe und auf dich warte. Aber einen Fahrplan stellst du mir nicht in Aussicht.

Ich bin zu einer Party eingeladen. Ich habe ein Kleid angezogen und teste meinen Markt. Singlegefühl. Dieser schmale, klug aussehende Mann da hinten, der könnte mich reizen. Das Blitzen in seinen Augen ist mir nicht entgangen. Die Party wird zu einer Choreographie unserer Annäherung. Aufregend. Habe ich lange nicht gehabt. Im Tanz verstehen wir uns beängstigend gut. Als ich das erste Mal mit Hermann getanzt habe, da floss es auch so ineinander. Ich beginne mich zu fragen, wie dieser Abend enden wird. Wäre es nur Rache? Er sieht zart und melancholisch aus. Vielleicht ist es die Traurigkeit, die uns zueinander treibt. Ich weiß nichts von ihm.

Vielleicht hätten wir es dabei belassen sollen. Aber irgendwann muss das Reden beginnen. Ich erfahre, dass er Elgin heißt. Später tauschen wir Visitenkarten und unterhalten uns wohlanständig über die Vor- und Nachteile verschiedener Städte. Zuletzt lerne ich seine Schwägerin kennen, die von ihm nach Hause gebracht werden will. So viel zum Samstag.

Bedenkzeit

Am Sonntag kommt Hermann zurück. Irgendwann am Morgen, hat er gesagt. Er lässt sich Zeit. Er kommt am Nachmittag um drei. Kann er sich nicht vorstellen, wie es mir geht in den Stunden zwischen zwölf und drei? Offensichtlich nicht. Er begrüßt mich freundlich und will mit mir über seine Erfahrungen reden. Aber ich will nichts von seinen Erfahrungen wissen.

»Ich will, dass du Schluss machst damit. Wenn du das nicht kannst, musst du ausziehen«, schleudere ich dir entgegen.

Du erschrickst.

»Ich liebe dich doch, du bist das Zentrum meines Lebens.«

Und zur Bekräftigung willst du mich immerfort anfassen, willst gut mit mir sein. Aber ich weiß, dass du geradewegs von ihr kommst. Ich will nicht, dass du mich anfasst. Da hältst du Abstand und sagst alles Mögliche: dass du mich brauchst, dass das Ganze wie eine Krankheit sei, dass es dich selber verwirre …

Warum sagst du so vieles, nur das Eine nicht, dass du bereit bist, diese Affäre zu beenden?

»Zentrum klingt gut«, sagt Frau Doktor Norden, »aber das ist die Mutterposition. Die Mutter ist das Zentrum ihres Kindes. Wenn ein Erwachsener sagt, du bist mein Zentrum, dann deutet das auf Abhängigkeit. Und Abhängigkeit macht ungute Gefühle, auf beiden Seiten.«

Schon wieder diese scheiß Mutterrolle. Die will ich doch gar nicht. Wie bin ich da nur hineingerutscht? War es Hermanns Krankheit, die mich in die Falle gelockt hat? Aber wie hätte ich dieser Falle entgehen können? Was soll ich denn tun, wenn er trinkt, obwohl die Ärzte es ihm verboten haben? Was soll ich denn machen mit meiner Angst, wenn Hermann nachts neben mir liegt und sein Atem aussetzt? Ich will ihn doch nicht verlieren!

Ja, das sei schwer, meint Frau Norden, aber wenn ich wieder seine Frau werden wolle statt seine Mutter, müsse ich mich aus jeder Verantwortung zurückziehen.

»Soll ich ruhig zusehen, wie er gegen seine Diätpläne verstößt?«

»Ja. Sie dürfen ihm die Verantwortung für sein Leben nicht abnehmen. Es ist sein Leben, bis zur möglichen Konsequenz eines vorzeitigen Todes.«

Zimperlich ist sie nicht, das muss man ihr lassen.

Genau das habe eine Geliebte der Ehefrau voraus. Sie kümmere sich nicht um Cholesterinwerte, sie wolle Spaß. Ich will auch lieber Spaß, als mich um seine Cholesterinwerte zu kümmern. Aber wie mache ich das im Alltag?

Nicht reagieren bringe manchmal überraschende Wendungen.

Ich sitze ratlos da.

»Er sieht Sie doch sicher an, nicht?«

Ja, das tut er. Er sieht mich so lange an, bis ich mitkriege, dass er wieder über die Stränge schlagen will. So wie neulich beim Familienessen. Er hat gezögert über der Sahnesauce, hat gewartet, bis ich guckte, bevor er ein zweites Mal nahm. Und dann hat er das Ganze mit einem Kompliment an Ingeborgs Kochkünste garniert, damit ich nicht so leicht protestieren konnte. Natürlich schmeckt es bei Ingeborg besser. Bei mir würde es auch besser schmecken,

wenn ich deine Diätpläne nicht einhalten müsste! Also habe ich an mich gehalten und nichts gesagt. Ich hatte keine Lust, als beleidigte Gouvernante aufzutreten. Aber du hast bemerkt, wie mir das Lächeln verrutschte, und nachgesetzt. Du hast dein Weinglas hoch gehalten und erst zu mir, dann zu meinem Vater gesehen:
»So etwas Dummes, da muss doch glatt ein Loch drin sein.«
Den Spruch hast du von ihm, damit kannst du ihn erfreuen. Ein Schwiegersohn, der die gleiche Sprache spricht. Was gibt es Schöneres? Eilfertig will mein Vater dir nachgießen, aber nun hast du mich da, wo du mich haben willst.
Ich tappe in die aufgestellte Falle und halte dir auffordernd die Wasserflasche entgegen.
»Nun sei doch nicht so«, sagt mein Vater, schiebt die Wasserflasche beiseite und schenkt dir vom Erdener Treppchen nach, Südhang, 1976. Du wälzt den edlen Tropfen demonstrativ weinprobenmäßig über deine Zunge und grinst mich an, als wäre dir ein besonders schlauer Schachzug gelungen.
Ja, macht euch nur lustig auf meine Kosten. Nett, so eine augenzwinkernde Männerkumpanei. Das hat Tradition. Da finde ich mich im sauertöpfischen Frauenlager wieder. Dabei wollte ich nie so werden wie meine Mutter.
Beim Abschied ermahnt mich derselbe Vater, der eben noch fürs Leichtfertige plädiert hat, dazu, nur ja auf Hermann aufzupassen.
Die Frage ist, kann man sich überhaupt verhalten wie eine Geliebte, wenn man die Ehefrau ist?

Eine Woche Bedenkzeit habe ich dir gegeben. Ich erinnere dich daran, dass sie bald um ist.
»Ja, bald«, sagst du abwehrend und konzentrierst dich auf die Zubereitung der Steaks. Du meinst, es sei gut, dass ich jetzt zu einer Therapeutin gehe.
»Aha.« Ich frage dich, was du für dich tun willst.
»Arbeiten.«
»Im Beruf oder an dir?«
»Ich will keine Therapie machen.«
Es gab schon immer Dinge, bei denen du mich vorgeschickt hast.

»Wein zum Essen?«, fragst du.
»Ja, gern«, sage ich und füge hinzu, »ein schönes Geräusch, dieses Plopp vom Korken.«
Du siehst mich überrascht an. Im Film würde die Szene jetzt mit Blicken weitergehen und sich interessant entwickeln. Aber wir haben das Reden kultiviert. Zwanzig Jahre Erklärungszwang wird man nicht so einfach los. Also erkläre ich dir, dass ich nicht mehr auf dich aufpassen will. Du begrüßt das. Du meinst, du fändest meine Fürsorge oft erstickend. Das Thema Loslassen sei ja auch nicht neu für uns. Das habe mir schon der alte Doktor empfohlen.
Irgendetwas verwirrt mich. Irgendetwas ist schief. Ist es der elegante Wechsel von unserem Problem zu etwas, das nur mir empfohlen wird? Egal. Der Rotwein legt sich weich auf die Zunge.
»Ein samtiger Abgang«, sagst du und meinst offensichtlich den Wein.
Ich suche nach einem Anzeichen von Ironie. Aber du benutzt die Weinsprache inzwischen so selbstverständlich, wie du Jacken von Missoni trägst.
»Und tschüs!«, halte ich dem ein anderes Lebensgefühl entgegen. Aber das bin ich auch nicht. Du schminkst dich auf arriviert und ich mich auf unkonventionell. Angefangen haben wir als Revolutionär und Mädchen aus dem weißen Haus. Lange Wege. Irgendwo haben sie sich gekreuzt. Streben sie jetzt wieder auseinander?

Wie hat das angefangen mit meiner Fürsorgerolle? Der erste Krankheitsschock war es nicht. Im Gegenteil, danach haben wir das Leben umso bewusster genossen. Erst der Rückfall im Skiurlaub war es. Die Höhe brachte dich zum Schwitzen. Noch im Tal bemerkte ich, dass du mühsam atmetest.
»Lass uns die untere Loipe nehmen«, schlug ich vor.
»Wir haben gesagt, wir gehen auf die Alm, also gehen wir auf die Alm!«
»Ist doch egal, wo wir Frischluft tanken. Wir haben Urlaub, wir können machen, was wir wollen.«
»Jetzt tu doch nicht so! Du willst doch auf die Alm!«

»Ich will überhaupt nicht auf die bescheuerte Alm!«, schreie ich dich an und drehe um. Aber du stapfst wütend an mir vorbei, weiter nach oben.
»Glaub ja nicht, dass ich dich hole, wenn du umkippst!«, schreie ich dir hinterher und gehe zehn Schritte in Richtung Hotel, bevor ich mich umsehe. Du bist auch stehen geblieben. Wir sehen uns an über die Entfernung, als hätte jemand bei der Fernbedienung auf Pause gedrückt. High Noon ohne Colts. Das Rot deines Anoraks wirkt trotzig vor dem Weiß und dem strengen Schwarzgrün der Tannen. Der Himmel ist einheitlich grau und schüttet ein konturenloses Licht über uns. Endlich kommt eine traurige Bewegung in den Stillstand. Du kommst auf mich zu, wortlos, ein geschlagener Krieger. Muffig ziehen wir ein paar Anstandskreise auf der Anfängerloipe, bevor wir zurückgehen ins Hotel.
Am Nachmittag will ich ins nächste Dorf, aber mein Auto springt nicht an. Ich muss mich abschleppen lassen. »Verstopfte Benzinleitung«, heißt die Diagnose in der Werkstatt. Und deine Diagnose? Die haben wir zwei Wochen später erfahren: Verstopfte Herzkranzgefäße wurden dir attestiert und ein ignorierter Hinterwandinfarkt.

»Du hättest damals auf die Alm gehen sollen«, sagst du jetzt zu mir und klaust dir ein Radieschen aus der Salatschüssel.
»Hätte ich? Und dann?«
»Vielleicht wäre ich dann gleich umgekehrt.«
Warum mag ich ihn nur so, diesen entsetzlichen Dickkopf, diesen Kindskopf. Achtung, Muttersyndrom!
Was riecht hier so streng? Der Backofen qualmt. Du springst auf, verbrennst dir die Hände am Baguette, schmeißt es in die Höhe, fängst es wieder auf und vollführst einen Brötchentanz quer durch die Küche. Ich lache. Ja, das ist der, in den ich mich verliebt habe vor langer Zeit. Du kniest dich zu meinen Füßen und fasst mich um.
»Siehst du, jetzt hast du mich nicht bemitleidet, mir nicht gesagt, ich hätte den Topflappen nehmen sollen. Vielleicht nehme ich das nächste Mal den Topflappen.«
»Ich will ja nicht nur den unattraktiven Teil von dir«, sage ich.

Rührungswasser steigt uns in die Augen.
»Lass uns wieder freier miteinander werden«, sagst du und stehst auf, als sei alles geregelt. Moment mal. Wie meinst du das? Das sollte kein Freibrief sein.
»Es ist mir immer noch ernst mit dem, was ich dir geschrieben habe.«
Warum hältst du meinen Blick jetzt nicht aus? Du kannst doch nicht einfach wegtauchen.
»Ich kann das nicht aushalten, diese Unsicherheit, dass ich nicht weiß, hast du jetzt wirklich einen Termin, oder bist du gerade bei ihr? Ich meine, wenn wir zusammenleben, dann muss ich ja merken, wann du kommst und wann du gehst.«
»Was heißt das?«, fragst du.
Das Steak ist zäh. Ausspucken oder herunterschlucken?
»Das heißt, dass du dir eine andere Wohnung suchen musst, wenn du diese Frau weiter sehen willst.«
»Du machst es mir nicht leicht.«
Aber du mir, oder was?
»Du kannst nicht alles haben.«
Ich wundere mich, wie gefasst meine Stimme klingt.
Und dann sehe ich die Brötchentüte, die mit den Knäckebrotresten aus der Sylter Bäckerei. Wie kannst du es wagen, mir Brotreste von deiner Liebesreise in meine Küche zu bringen?
»Und das will ich auch nicht mehr sehen!!!«
Die Kanten schneiden in meine Hand, als ich das Papier zerknülle. Wäre mir recht, wenn es bluten würde. Aber es blutet nicht. Kein Drama. Nur ein Fall für den Mülleimer.

Und später, im gemeinsamen Bett?
»Ich will dich«, sagst du, »nicht als Mutter, als Frau.«
Wenn du willst, kannst du gut zuhören.
Und ich? Ich möchte doch deine Nähe, warum muss ich dich jetzt zurückstoßen? Dass du mich auf die Stirn küsst und auf die Augen, das habe ich noch begierig aufgenommen. Aber als sich deine Lippen fleischig und feucht auf meine legen, da muss ich aufspringen. Deine Zärtlichkeit ist vergiftet.
»Willst du reden?«

»Nein, wir haben schon so viel geredet.«
Ich lege mich auf das Heizkissen.
»Hast du Rückenschmerzen?«
»Nein, mir ist nur kalt.«
»Ich kann dich doch wärmen.«
»Das ist mir zu kompliziert.«

Ein steiler Berg. Die Straße ist nass. Zwei unwillige Kleinkinder zerren an mir. Ich versuche es mit Ziehen, mit Schleppen, dann mit Ermunterung. Wenn man genau hinguckt, sieht man im Gegenlicht drei Spuren. Plötzlich tapert Lenin den Berg hoch, schwerfällig, den Bauch voller Wasser. Unser Kater ist gar nicht tot. Er ist aus dem Koma aufgewacht. Ich hole eine angebrochene Dose aus dem Kühlschrank. Das Futter ist angegammelt, aber als ich tiefer gehe mit dem Löffel, ist es noch in Ordnung.

Ist unsere Ehe unter der Oberfläche noch in Ordnung?
Warum muss ich diejenige sein, die der kranken Katze Futter gibt?
Ich päppele und mache und tue. Ja, will ich das denn?

Am nächsten Morgen hast du mich eingesperrt. Du hast die Wohnungstür einfach hinter dir abgeschlossen. Das ist in zwanzig Jahren noch nie passiert.
»Tatsächlich?«, fragst du amüsiert, als ich dich empört anrufe. Du hast es nicht absichtlich getan. Natürlich nicht. Heiliger Freud.

Die Woche Bedenkzeit ist vorbei. Ich warte auf deine Antwort.
Du zündest erst einmal eine Kerze an und näherst dich vorsichtig.
Der Status quo sei der, sagst du, dass du, wenn ich dich vor eine Alternative stelle, mich wolltest, selbstverständlich, ohne Frage.
Wenn das so ist, warum dann alles im Konjunktiv, so als hätte ich dich nicht längst vor die Alternative gestellt? Bevor ich etwas sagen kann, redest du weiter. Ob ich mir auch überlegt hätte, was ich damit gewänne?
Du kannst nicht begreifen, warum ich darauf bestehe. Wir seien schon mal viel weiter gewesen. Wir wüssten doch, dass wir nicht alle Bedürfnisse des anderen abdecken könnten.

Das ist schlau von dir. Du erinnerst mich an meine Freiheiten.
Es ist nicht oft vorgekommen. Aber manchmal habe ich davon Gebrauch gemacht. Du warst da immer sehr großzügig. Manchmal hatte ich sogar den Verdacht, dass es dir gefällt, wenn ich fremdgehe. Jetzt siehst du mich an, bis mir der Kopf schwimmt, bis ich auf einmal selber nicht mehr weiß, warum ich mich so rigide verhalte.
»Vielleicht war es eher deine sexuelle Freiheit, die du mir schmackhaft gemacht hast«, sage ich vorsichtig.
Du könntest mir widersprechen, aber das tust du nicht. Stattdessen höre ich mich rattern, dass ich aus dem Reagieren heraus wolle, dass ich nicht mehr auf deinem Karussell mitfahren wolle, dass ich herausfinden müsse, wo ich selber sei ... Gott, was für Allgemeinplätze. Und dann gehst du auch noch darauf ein. Ja, das sei wichtig, bekräftigst du, da seist du sehr dafür. Ich fühle mich an der falschen Stelle umarmt und werde grantig.
»Danke für die Erlaubnis!«
Dein Kauen macht zutschende Geräusche. Das hast du davon, dass du dir die Zähne nie richtig putzt. Aber bei mir ist es auch nicht viel besser. Das Zahnfleisch zieht sich zurück, Lücken im Gebiss, Parodontose, der Lack ist ab.
Du legst Mozart auf gegen das Schweigen.
»Hast du noch Kontakt gehabt mit ihr, seit du zurück bist?«
Du gibst zu, dass du mit ihr geredet hast.
Ich sehe dich fragend an.
»Ich musste ihr doch sagen, was mit mir los ist. Ich kann sie doch nicht einfach fallen lassen.«
Warum wird mir so dumpf?
»Das ist es doch nicht, was dich stört«, beschwörst du mich.
»Nein, das ist es nicht«, antworte ich brav. »Ich hätte es eher unmenschlich gefunden, wenn es anders wäre.«
Die erste Rotweinflasche ist leer. Ich gebe dir die zweite zum Öffnen. Wenn ich dich schon verliere, ist es egal, auf welche Weise. Die Wahrscheinlichkeit, dass es nicht durch Krankheit passiert, ist in letzter Zeit rasant gestiegen. Du nimmst meine Hand.
»Eigentlich verstehe ich nicht, warum wir uns nicht auch körperlich nah sein können.«

»Komm«, sage ich und puste die Kerzen aus.
Du entkleidest mich sachte, küsst mir zärtlich den Bauch.
Aber kaum, dass wir nackt nebeneinander liegen, kann ich nichts anderes tun als weinen. Ich kringele mich ein, kehre dir den Rücken zu. Du scheinst zu verstehen, dass ich deine fremd gewordene Haut nicht ertrage, und legst mir die Decke über. Du streichelst mich durch die Decke.
»Du musst nicht um uns weinen.«
»Genau das ist es, was ich tue.«
»Magst du mich nicht mehr?«
Ich schüttele den Kopf. Das ist es nicht.
»Ich fühle mich so gedemütigt.«
Das müsse ich nicht, das solle ich nicht. Du willst mir nichts wegnehmen, ich solle so viel von dir haben, wie ich will. Ich muss trotzdem weinen und schicke dich weg. Ich höre dich in der Küche mit den Töpfen rumpeln und ziehe mich in meine Traurigkeit zurück wie in ein heimeliges Zelt.

Das glückliche Paar

Frau Dr. Norden ist skeptisch, als sie hört, es sei mir lieber, wenn mein Mann mit seiner Geliebten rede, statt sie einfach fallen zu lassen.
»Glauben Sie mir nicht?«
Es sei unerheblich, was sie glaube. Mein Problem sei, dass ich die dritte Spur mitdächte wie in meinem Traum.
Soll ich etwa so tun, als gäbe es die andere nicht?
Das hat sie nicht gemeint. Was sie meint, ist, dass ich mich selber schwäche, wenn ich meinen Standpunkt aufgebe, um den der anderen Frau zu bedenken.
»Ist es besser, kein Verständnis zu haben?«
»Es kommt darauf an, was Sie wollen.«
Was will ich denn? Mein Kopf wird neblig. Wenn ich weiß, was ich will, ist immer alles ganz einfach. Aber wann weiß ich das schon?

Sie bietet mir noch eine andere Deutung an für meinen Traum.
»Die drei Spuren könnten auch drei Komponenten von Ihnen selbst sein. Die zwei Teile, die Sie immer noch mitschleppen, mühsam den Berg hochziehen, könnten der Mutteranteil und der Tochteranteil sein.«
»Wieso Tochter?«
»Sie haben doch alles von ihm bekommen, Trost, Zärtlichkeit.«
Im Hinausgehen frage ich:
»Kann es sein, dass ich die andere Frau mitdenke, weil ich sie brauche?«
Vielleicht wolle ich meinen Mann gar nicht ganz, gibt sie mir zu bedenken.

Mein Ultimatum ist verstrichen. Das Leben geht weiter. Du arbeitest, ich arbeite, wir planen unser Weihnachtsfest, und du buchst unsere Reise auf die Kanaren. Im Gegenzug komme ich mit zu diesem Empfang im Interconti, obwohl ich mir geschworen habe, nur noch zu Veranstaltungen zu gehen, zu denen ich persönlich und nicht als deine Ehefrau eingeladen bin. Aber dir ist daran gelegen, mit mir gemeinsam aufzutreten. Das rührt mich. So lasse ich mich überreden und werde sofort bestraft.
»Ah, das glückliche Paar«, schallt es uns schon auf der Treppe entgegen. Ja, was denn. Das ist doch freundlich gemeint. Wieso glaube ich, dass mir da einer den Boden unter den Füßen wegziehen will? Bis zum Verwaltungsrat werden unsere Eheschwierigkeiten ja wohl noch nicht gedrungen sein. Oder ist es das Gefühl, in der Formulierung vom glücklichen Paar unterzugehen? Die Filmemacherin Schmitter kommt da jedenfalls nicht drin vor.
Ich bin überempfindlich. Das grenzt an Paranoia. Also locker, flockig. Wenigstens hat meine silbrige Jacke Taschen, in denen ich meine Hände verstecken kann. Da drüben steht die Produzentin, die schon seit Wochen nicht auf meinen Projektvorschlag antwortet. Ich wusste, dass sie hier sein würde. Auch ein Grund, warum ich mich habe überreden lassen mitzukommen. Unauffällig schlendere ich zum Büfett und warte, bis ihr Blick in meine Richtung fällt.
»Oh, hallo«, begrüßt sie mich flüchtig und steuert an mir vorbei auf Hermann zu.

Ich nehme einen Teller in die Hand, so als hätte ich schon die ganze Zeit nur das vorgehabt, und versuche mir klarzumachen, dass das normal ist. Simples Interessenverhalten. Ich will etwas von der Produzentin, aber sie will etwas von Hermann. Schließlich ist er derjenige, der die Aufträge vergibt. Ich bin eine, die Aufträge haben will. Da wird man anders behandelt, nicht nur im Fernsehen, auch bei der Bank. Es macht einen Unterschied, ob man Geld anlegen oder einen Kredit haben will. Kein Grund, beleidigt zu sein. Warum bin ich nur so dünnhäutig?
»Guten Tag.«
»Guten Tag.«
Etwas weniger verkrampft, wenn ich bitten darf, Frau Schmitter.
Während ich darauf warte, dass der Gemüselöffel frei wird, sehe ich Hermann und der Produzentin zu. Das sieht freundschaftlich aus. Die hohe Kunst der Bestechung ist, dass es aussehen muss wie Freundschaft. Gott, bin ich mies. Solche Gedanken tragen auch nicht dazu bei, dass ich mich besser fühle.
»O ja, danke.«
Jetzt habe ich den Gemüselöffel in der Hand und merke, dass ich gar kein Gemüse will. Rosenkohl habe ich noch nie gemocht und Paprika auch nicht. An die Bohnen komme ich nicht ran, die stehen auf der anderen Seite. Also doch Rosenkohl. Babette winkt mir zu. Wie schön, dass sie hier ist, zusammen mit Gunter, friedlich vereint an einem Stehtisch. Und ich dachte, die reden nur noch per Anwalt miteinander. Babette stellt mir die Frau neben ihm als seine neue Freundin vor und lächelt. Wie macht sie das? Oder ist es gar nicht die, die der Anlass war für ihre Trennung? Die war auch blond, aber langhaarig. Die hier hat kurze Haare. Vielleicht war sie beim Friseur. Nein, Babette erzählt mir, dass es ganz schnell aus war mit den beiden. Aber sie hat dann trotzdem die Scheidung eingereicht. Das muss schon wieder die Nächste sein.
»Wie geht es?«, fragt mich voller Herzlichkeit eine Frau, die mir vage bekannt vorkommt.
»Ja, danke, und selber?«, sondiere ich das Terrain.
Wer ist das nur? Natürlich, die Frau von Pöseldiek. Sie nennt sich anders. Ich habe vergessen, wie. Peinlich. Vor vier oder fünf Jahren

waren wir bei ihr zum Abendessen eingeladen. Der Wechsel von Stuttgart nach Köln war ihr nicht gut bekommen. In Köln kannte niemand ihre Theaterinszenierungen. Da war sie nur noch die Ehefrau vom Fernsehdirektor. Ja, so ist das, wenn der Mann Karriere macht und die Kinder noch klein sind. Mir wird schamvoll heiß, wenn ich daran denke, mit welchem Anstandslächeln ich damals ihre Programmhefte durchgeblättert habe. Und jetzt? Ist es jetzt anders?

Ich höre mir höflich an, dass sie inzwischen mit Jugendlichen an der Volkshochschule arbeitet. Aber alle meine Antennen sind auf Flucht eingestellt, als wäre es ansteckend, neben so einem Ehefrauenschicksal zu stehen. Gott sei Dank habe ich keine drei Kinder. Außerdem bin ich fünfzehn Jahre jünger, das ist eine ganz andere Generation. Und mein Mann ist auch kein Direktor, Gott sei Dank.

Aber er will einer werden. Wo ist er eigentlich? Ah, da drüben, bei diesen Entscheidungsträgern. Ganz beflissen sieht er aus. Das passt nicht zu ihm. Oder passt es nur nicht zu dem Bild, das ich von ihm habe?

Bei uns wird es jetzt lustig. Babettes Ex-Ex-Mischa kommt dazu. Wir begrüßen uns mit Umarmung. Wir mögen uns. Früher waren wir zu viert in Urlaub. Die Luft war erotisch aufgeladen.

Das ist lange her. Auch Mischa ist wieder in neuer Begleitung. Die Dinge ändern sich. Ich nehme das alles zu schwer. Schade, dass es mir nicht liegt, mich zu betrinken.

Sonntagmorgen halb sieben. Wenn ich später ins Bett gehe, warum soll ich nicht früher wach werden? Mir ist schlecht. Ich stelle die Heizung und das Radio an, setze Wasser für Kakao auf und nehme Baldrian. Fromme Musik am frühen Morgen. Nun ja, wir haben den ersten Advent, was soll man da erwarten.

Wo ist denn das Unglücksteil? Pflichtschuldig hatte ich auf dem Markt einen Kranz gekauft. Du wolltest die Kerzen dazu besorgen. So ist unsere Aufgabenteilung. Ich für die Grundlage und du für den Aufputz, nicht nur beim Adventskranz. Aber diesmal hast du nicht daran gedacht. Diesmal hattest du anderes im Kopf oder im Bauch oder wo auch immer.

»Es muss ja auch hier Kerzen geben«, hast du gestern früh mit schlechtem Gewissen gesagt.
»Ja, wo denn?«
»Im Eckladen.«
»Die haben den Besitzer gewechselt, die haben so etwas gar nicht mehr. Und wenn sie es haben, dann ist es jetzt wahrscheinlich ausverkauft.«
»Du immer mit deinem Pessimismus. Kannst du nie etwas positiv sehen?«
»Ja, ja, immer, immer, nie, nie«, keife ich zurück, »aber ich bin wenigstens zuverlässig. Glaubst du, ich hätte Lust gehabt, diesen bescheuerten Kranz zu kaufen, in unserer Situation!?«
Du schnappst dir wortlos die Einkaufstasche. Die Tür knallt.
Ich mache sie wieder auf, trage dir den Zettel für die Reinigung hinterher. Wir sehen uns traurig an.

Und jetzt versuche ich, die Kerzen aus ihrer Schieflage zu befreien.
»Der Kranz ist zu klein«, hast du mich angeklagt, als die viel zu großen Kerzen, die Einzigen, die noch zu haben waren, das Übergewicht bekamen.
»Der Kranz war nie größer. Er hat immer auf den Zinnteller gepasst.«
Du hast dann den Kranz aufgegeben und versucht, wenigstens den Mistelzweig über der Tür zu befestigen wie jedes Jahr. Du hast dir mit dem Hammer auf den Daumen gehauen, und keiner hat gelacht. Du hast dein Werk verbissen zu Ende gebracht und erwartet, dass du mit einem Kuss belohnt wirst. Aber ich bin durch die andere Tür gegangen.
Und jetzt montiere ich voller Verachtung die rosa Glitzerpompons, die du gekauft hast, zwei an jeder Kerze. Das sieht ja obszön aus. Hast du das so gemeint?

Weihnachtszeit. Am Nachmittag sind wir bei meinem Bruder. Mein kleiner Bruder ist Lehrer geworden. Mathe und Bio. Ich glaube, er ist ein guter Lehrer. Er liebt seine Arbeit und er liebt seine Familie. Marion hat ihre Arbeit als Buchhändlerin auf halbe

Tage reduziert, damit sie mehr Zeit für die Kinder hat. Eine ordentliche Familie in einem ordentlichen Einfamilienhaus. Ich wollte nicht hingehen. Aber du hast gemeint, es sei doch immer sehr nett und ganz unkompliziert, außerdem könnten wir sogar in die Sauna gehen, das sei doch gesund. Auf das Gesundheitsargument springe ich normalerweise an wie der pawlowsche Hund. Aber heute musst du nachsetzen:
»Mit welcher Begründung sollen wir absagen? Du kannst doch so schlecht lügen.«
»Ich kann ja dich vorschicken.«
Ein schräger Blick. Ja, du hast mich richtig verstanden. Vorsichtshalber gehst du nicht darauf ein, sondern packst die Bademäntel zusammen.
»Und was, wenn man uns etwas anmerkt?«
»Man kann ja sagen, es gäbe Probleme, sie werden nicht nachfragen.« Nein, sie werden nicht nachfragen.

Als wir ankommen, dürfen wir nicht in die Küche. Ein Plakat mit grinsendem Totenkopf und krakeliger Kinderschrift verwehrt uns den Eintritt. ›Bei Todesstrafe öffnen verboten.‹
»Lebkuchenwerkstatt«, werden wir eingeweiht.
Und dann ist es wirklich sehr nett und sehr unkompliziert, nur manchmal habe ich dieses Gefühl, als ob der Boden schwankt. Beim zweiten Saunagang bleibst du länger drin als ich. Ohne es zu merken, schließe ich die Terrassentür hinter mir zu. Ein paar Minuten später hampelst du mit großen Gesten in der Kälte herum. Das sei ja wohl eine billige Retourkutsche, dass ich dich einfach aussperre, meinst du.
»Ich habe es nicht absichtlich gemacht.«
Ich öffne dir grinsend.
»Du sperrst mich ein und ich dich aus, wenn das nicht komisch ist.«
»Was habt ihr da zu tuscheln?«
»Geheimnis!«
Das hört sich hübsch an. Wir haben ein nettes kleines Geheimnis wie die Kinder in der Küche. Vielleicht ist es ja gar keine Katastrophe.

Am Abend möchtest du mit mir reden. Aber ich will nicht reden, beim Reden hast du die bessere Kondition. Du kannst mich besoffen reden. Ich habe Angst vor den Endlosschleifen.
»Wir wollten uns doch nicht mehr ineinander verhaken.«
»Was schlägst du vor?«
»Lass uns irgendetwas Unkompliziertes tun.«
»Tatort gucken?« – »Tatort gucken.«
Der Fernsehfilm senkt sich einschläfernd auf meine Seele. Beim Nachspann weckst du mich.
»Komm, schlafen gehen.«
Zur Bekräftigung haust du den Korken in die leere Flasche.
»Nicht schon wieder!«
Wie oft habe ich dir gesagt, dass beim Recycling keine Korken im Glas sein dürfen.
»Ich bin eben ein schlechter Mensch.«
»Das habe ich nicht gesagt. Aber es endet immer damit, dass ich den Korken aus der Flasche pulen muss. Das ist lästig.«
»Und ungeheuer bedeutend.«
»Das sind die Dinge, über die Ehepaare sich streiten.«
»Wenn du mal eins triffst, sag ihm, es lohnt sich nicht.«
Du holst den Korken aus der Flasche, schenkst ihn mir mit großer Geste und reichst mir den Arm, als sei der Weg ins Schlafzimmer der Gang aufs Tanzparkett. Wie kann ich da grollen?
Du putzt dir die Zähne, als du mich lachen hörst. Neugierig trittst du in die Badezimmertür und siehst mich mit aufgeschlagenem ›Spiegel‹ im Bett liegen.
»Warum lachst du?«
»Mainzer Allgemeine Zeitung: Neunzehn Uhr dreißig. Die Frage nach dem Sinn des Lebens. Fällt heute aus. – Die Frage nach dem Sinn des Lebens fällt aus!!! Ist das nicht komisch?«
»Wunderbar, dass du lachen kannst«, meinst du reserviert.
»Und das hier, das ist auch gut: Der Innenminister hat das Grundwasser im Auge.«
Ich kann gar nicht aufhören zu lachen und du weißt nicht, ob du mich hysterisch oder lustig finden sollst. Du gehst wieder ins Bad. Aber ich habe schon wieder etwas Komisches gefunden und rufe dir hinterher:

»Vierhundertfünfzig Gemeinden im Seegebiet sind jetzt an die Kläranlagen angeschlossen. Aber noch ist der malerisch gelegene See nicht über den Berg.«
Ich sehe die Wassermassen nach oben schwappen.
»Noch ist der See nicht über den Berg! Oje.«
Ich schnappe nach Luft. Du siehst mich mit nachsichtigem Lächeln an und willst dich neben mich legen.
»Stehst du noch?«, frage ich.
»Ja?«, kommt von dir.
Es ist ein wachsames Ja, ein fragendes. Du hast mich missverstanden. Da muss ich schon wieder lachen.
»Dann mach doch bitte das Fenster auf.«
Jetzt lachst du auch. Über dem Gelächter löst sich unsere Verkrampfung und wir kommen zusammen wie lange nicht.

Unsere Ehe normalisiert sich. Ich muss nicht mehr weinen, wenn wir miteinander schlafen. Der Alltag kehrt ein und ich habe eine Erfolgssträhne. Du freust dich mit mir, als mein Pilotdrehbuch abgenommen wird. Das nächste Jahr ist gesichert. Und mein Seminar ist auch gut gelaufen, so gut, dass die Teilnehmer mir Blumen schenken am Ende.
»Von wem sind die denn?«, fragst du mit auffälligem Interesse.
Ich sollte dich ein bisschen zappeln lassen, aber ich eigne mich nicht zur Koketterie.
»Von den Seminarteilnehmern«, sage ich und es ist, als würde ein Scheinwerfer ausgeknipst vor deinem Gesicht. Würde es dich erleichtern, wenn ich einen Lover hätte? Vermutlich ja.
»Hast du sie noch einmal getroffen?«
»Ja.«
»Wo?«
»Im Café.«
»Du bist damit noch nicht durch, wie?«
»Nein.«
Dabei belasse ich es. Ich will dich nicht bedrängen.

Ich gehe einen Feldweg entlang. Die Landschaft ist wunderschön. Der Pfad wird enger, Brombeerbüsche drängen sich über einen

Zaun. Ich muss die Ranken anheben, um durchzukommen, aber die Unterseite wimmelt von Wespen. Ich bleibe ruhig, damit sie mich nicht stechen. Doch dann sitzen sie überall auf meinem Gesicht, auch auf den Augendeckeln …

»Es ist nicht so schön, wie es aussieht«, sagt Frau Norden lapidar, als ich ihr meinen Traum erzähle.

Die Wahrheit

Zwei Tage später liegt ein Brief unter meinem Frühstücksteller. Ich lasse ihn liegen, hänge zuerst die Wäsche ab. Es ist ein klarer Wintermorgen, frisch auf dem Balkon. Du bist schon weg. Ich trinke Kaffee und lese die Zeitung. Dann öffne ich den Brief. Buchstaben wie eilige Fußabdrücke. Du hast immer wieder welche ausgelassen. So hüpfen Vögel mit ausgebreiteten Schwingen, wenn sie sich nicht entscheiden können zu fliegen. Ich habe Mühe zu entziffern, was da steht. Von einer Verwirrung deiner Sinne lese ich, bis in die Selbstgefährdung. Es sei kein Verrat, sondern eine Flucht in Träume. Du behauptest, deine Expedition würde dich hilflos fesseln. Du bittest mich um meine Hilfe.
Aber wie soll meine Hilfe aussehen?
›Ich suche dich‹, schreibst du, ›ich kann und will dich nicht verlassen. Man muss doch gemeinsam durch diese Krise zu einem befreiten, veränderten Leben kommen können.‹
Wer ist »man«?

Ich gehe mit Lissie ins Kino. Eine französische Dreiecksgeschichte, ausgerechnet. Wenn die Franzosen Gefühle abhandeln, dann tun sie das mit einer Leichtigkeit, die mich zu Boden drückt. Herr Depardieu spielt einen Mann, der eine sexuelle Obsession auslebt. Die Sympathien der Zuschauer sind ihm sicher, als er zerrissen zwischen zwei Frauen klagt: »Wir haben keine zwei Leben, sondern nur eins, und das ist auch noch kurz.« Niemand soll glauben, es sei nur lustvoll, eine Affäre zu haben. Nein, auch der Inbegriff von

Männlichkeit muss leiden. Denn das, was vorher so nett funktionierte, die Ehe und der Freundeskreis, das ist jetzt durcheinander geraten. Und am Ende, da hat er es wirklich schwer, der Arme. Da sind beide Frauen weg. Ob ihnen das gut tut, das allerdings steht dahin. Die verlassene Geliebte sagt beim Blick in den Spiegel:
»Ich habe eine glänzende Nase, aber keine glänzende Zukunft.«
Und der Abgang der Ehefrau ist modernistisch diffus. Sie behauptet tapfer, alles sei besser als die Gefühllosigkeit der letzten Jahre. Sie hat keinen anderen Mann. Natürlich nicht. Wer könnte einen Herrn Depardieu ersetzen? Einen mit so viel Verdrängungsraum.

So kommst du auch immer ins Zimmer. Erst wenn du die Tür aufmachst, meinst du, kann das Leben beginnen. Zugegeben, das hat etwas Mitreißendes.
Auch heute klingelst du wieder Sturm, um deine Rückkehr anzukündigen. Du kommst spät, das möchtest du wettmachen. Noch im Mantel umarmst du mich herzlich und sagst freudestrahlend:
»Da bin ich.«
Es könnte ein gelungener Abend werden, wenn nicht irgendein misstrauischer kleiner Teufel mich fragen ließe:
»Hast du ein schlechtes Gewissen?«
»Nein!«, sagst du und wendest dich mit einem Seufzer ab, als hätte ich dir einen Zentnersack auf den Kopf geschmissen. So kann es nicht gehen. Aber ich war so unruhig den ganzen Tag. Ich hatte Bauchweh. Ich wollte deine Stimme hören. Und dann sagte die Sekretärin, dass du bei einem aushäusigen Termin seist. War sie dein aushäusiger Termin?
»Du willst doch vielleicht manches gar nicht so genau wissen«, sagst du.
Ist das so?
»Aber wenn ich dich frage, dann sollst du die Wahrheit sagen.«
»Warum ist das wichtig?«
Warum, warum? Meine Stimme ist dünn, als ich sage:
»Wir waren immer ehrlich miteinander. Das ist unsere Basis.«
Du versteckst dich hinter der Zeitung.

Später im Bett. Ich komme nicht zur Ruhe. Du hast zugegeben, dass du sie im Café getroffen hast. Was, wenn das Café nur euer Treffpunkt war und ihr anschließend zu ihr nach Hause gegangen seid? Bevor ich es richtig merke, höre ich mich fragen:
»Wart ihr neulich wirklich nur im Café?«
»Warum ist das jetzt wichtig, ich war gerade eingeschlafen!« Du beschwerst dich. Und schon bin ich in der Defensive.
»Aber du kannst doch nicht nur deine Gefühle sehen! Meine sind vielleicht nicht so interessant wie deine, aber sie sind doch auch da.«
»Was hast du davon, wenn du es weißt?«
»Klarheit.«
»Ich könnte jetzt sagen, ich war nur im Café.«
»Was heißt das, du könntest?«
Ich setze mich auf, mache das Licht wieder an. Es blendet dich. Du hältst dir die Augen zu. Aber das hilft dir jetzt nicht. Ich warte.
»Ich bin vielleicht nicht immer stark. Was machst du dann?«
»Das weiß ich nicht, das muss ich dann sehen.«
»Das tut doch bloß weh«, warnst du mich. Aber ich habe schon als Kind die Haut auf dem Mondaminpudding gehasst und sie mit dem Löffel zerstört.
Plötzlich wirst du laut.
»Aber so kann es doch nicht gehen, dass ich immer verkünde, dann und dann war ich im Café, und dann und dann haben wir gebumst!«
Pause. Ist das jetzt ein Eingeständnis?
»Also hast du wieder mit ihr geschlafen?«
Als keine Antwort kommt, weiß ich, dass keine kommt, weil du ja sagen müsstest.
Ich liege am äußersten Rand meiner Betthälfte. Das Blut rauscht, als würde ich einen Rekord laufen. Mein Gott, er hat es getan, er hat es wirklich getan. Wie konnte ich nur so naiv sein zu glauben, dass es nicht so wäre? Er hat mir ja nichts versprochen. Er hat mir nur seine Liebe beteuert und aufmerksam zugehört, wenn ich verlangt habe, dass er seine Affäre nicht weiter betreibt. Warum habe ich das als Stillhalteabkommen interpretiert?
»Wir müssen Zeit miteinander haben, um alles zu sortieren«, hast

du gesagt und für unseren gemeinsamen Weihnachtsurlaub plädiert. Aber du wolltest die Zeit gar nicht für uns, du wolltest sie für deine Affäre.
Und jetzt? Was mache ich jetzt? Heute Morgen habe ich dich noch zu mir gelassen. »Komm«, habe ich gesagt, als ich spürte, wie du deine Härte gegen mich presstest. Warum schäme ich mich jetzt dafür? Und die anderen Male? Wie oft war sie dazwischen? Wann denn? Wann kann es gewesen sein? Deine Dienstreise. Der Klassiker. Du bist gar nicht gefahren, oder du bist früher zurückgekommen, nur nicht zu mir. Einen Moment habe ich mich gewundert, warum du mir in aller Ausführlichkeit erzähltest, mit wem du zurückgeflogen bist. Es klang so, als wolltest du irgendetwas beweisen. Aber ich bin nicht auf die Idee gekommen, dass das dein Alibi war.
Es sah schöner aus, als es war.

»Wo willst du hin?«, fragst du, als ich jetzt aus dem Bett aufstehe.
Ich weiß es nicht. Ich weiß nicht, wo ich hin will. Ich weiß auch nicht, was ich will.
Soll ich deinen Auszug verlangen? Jetzt sofort, auf der Stelle?
Soll ich unsere Reise nach Lanzarote canceln? Wie weitsichtig von mir, auf der Ausfallversicherung zu bestehen. Hätte ich es früher gewusst, hätte ich mit Babette nach Indien fliegen können. Das ist nun zu spät. Ich habe sie gestern zum Flughafen gebracht.
Wenn ich jetzt keine Konsequenzen ziehe, verrate ich mich dann? Andererseits, wenn ich eine Konsequenz ziehe, bin ich dann ein moralisierender Prinzipienreiter? In einem unserer vielen Gespräche hast du gesagt:
»Sei doch nicht so rigide, so ist das Leben doch nicht.«
Aber wie ist das Leben denn? Vielleicht weiß das Bücherregal Antwort. ›Warum Männer und Frauen Angst vor Autonomie haben.‹ War ich das, die das so dick angestrichen hat? Was habe ich mir dabei gedacht? Wenn schon meine eigenen Gedanken von gestern mir so unerreichbar sind, wie soll ich dann dich verstehen? Oder überhaupt irgendetwas?

Drei Uhr. Morgen früh muss ich fit sein. Wo ist das Valium? Eine halbe Tablette sollte reichen, den Rest zurück in die Packung, den werde ich noch brauchen. Weihnachten steht an. Und das mit Schwiegermutter. Oder nicht? Du hast mir gar nicht gesagt, ob sie nun kommt oder nicht. Vielleicht hast du sie gar nicht angerufen. Oder sie war schon am Telefon so schwierig, dass du die Einladung nicht über die Lippen gebracht hast.
Deine Mutter hat sich mit ihrem Bruder überworfen. Sie hat sich geweigert, seine neue Freundin zum Weihnachtsessen einzuladen. Nun kommt er auch nicht, das hat sie davon.
»Das geht doch nicht, dass sie an Weihnachten ganz allein ist«, habe ich beim Adventstee gesagt und dich auffordernd angesehen.
»Übernehmen wir uns da nicht?«, fragst du mit gequältem Blick.
»Wir könnten versuchen, pragmatisch damit umzugehen.«
»Pragmatisch kann man gerade nicht mit ihr umgehen, das weißt du.«
Ja, man muss ihr den roten Teppich ausrollen, das ist anstrengend. Das weiß sie selber am besten. ›Fisch und Besuch stinken nach drei Tagen‹, pflegt sie zu sagen.
»Es wäre ja nur vom vierundzwanzigsten bis zum sechsundzwanzigsten. Dann fliegen wir sowieso.«
»Scheußlich«, meinst du, »das schmeckt scheußlich«, und steckst dir den letzten Diätspekulatius verachtungsvoll in den Mund. Ich habe sie extra für dich gekauft, hergestellt mit Eigelbersatz für den cholesterinbewussten Advent. Jetzt schwenkst du die leere Packung, als hättest du ein großes Opfer für mich gebracht. Außerdem ist dir ein neues Argument gegen den Mutterbesuch eingefallen.
»Am vierundzwanzigsten auf der Bahn, das können wir ihr nicht zumuten.«
»Also gut, dann eben Anreise am dreiundzwanzigsten.«
»Aber am dreiundzwanzigsten bist du nicht da.«
»Ist doch wunderbar. Da hat sie erst mal dich, ungeteilt.«
»Das hört sich jetzt nicht nett an.«
Nun steht der Adventskranz auf dem Tisch und keiner hat die Kerzen angezündet. Das macht ja auch keinen Sinn. Ich suche nach Streichhölzern.

»Warte«, sagst du eifrig und ziehst ein Feuerzeug aus der Tasche. Warum hast du ein Feuerzeug in der Tasche? Du hast doch das Rauchen aufgegeben. Ist es für sie? Ist sie eine Raucherin und du willst es immer bereit haben für sie?
»Was ist los?«, beschwerst du dich. »Jetzt wird es gerade gemütlich und du springst auf!«
»Die Waschmaschine ist durchgelaufen. Ich bin gleich wieder da.«
Den Waschmaschinenkrieg habe ich vor vielen Jahren verloren. Du hast behauptet, sie nicht bedienen zu können. Außerdem würdest du keine Waschmaschine brauchen. Du würdest deine Hemden mit der Hand waschen. Also habe ich deine Hemden neben der Maschine liegen lassen. Aber du hast sie nicht gewaschen, sondern den Haufen anwachsen lassen, bis ich die Geduld verlor und die Hemden in der Badewanne einweichte. Da kamst du dann nach Hause und konntest kein heißes Bad nehmen ... Das ist lange her.
Jetzt nehme ich deine Hemden aus der Maschine und ziehe die Ärmel glatt. Jede Ehe entwickelt ihre Spielregeln. Ausgesprochene und unausgesprochene. Erst wenn einer nicht mehr mitspielt, gerät alles ins Rutschen. So wie bei Grischa. Aushäusige Nächte sind o. k., solange jeder um vier Uhr zurück ist. Sie hatte immer Zweitbeziehungen neben der Ehe. Gemeinsames Familienfrühstück, das war ihre Definition von Treue. Ihr Mann spielte mit, bis er sich eines Tages selber eine Geliebte zulegte. Da war es vorbei mit Grischas Toleranz. Da war sie gekränkt.
Und was sagt mir das jetzt? Ich hänge die Socken, die zusammengehören, nebeneinander, Grau neben Grau und Beige neben Beige.
»Wo könnte sie überhaupt schlafen?«, fragst du, als ich zurückkomme.
Das Klappsofa, mit dem unsere Gäste normalerweise vorlieb nehmen, kannst du deiner Mutter nicht anbieten. Hotel geht auch nicht, da fühlt sie sich abgeschoben.
»Wahrscheinlich lehnt sie die Einladung sowieso erst mal ab«, überlegst du weiter. Und dann würdest du nicht wissen, ob das ein Hilferuf sei und du sie überreden solltest oder ob es richtig sei, das zu akzeptieren.

Ich mühe mich derweil vergeblich an der Folie über den Dominosteinen ab. Du kennst meinen Kampf mit der Verpackungsindustrie und reichst mir lächelnd den Korkenzieher. Dankbar hacke ich die scharfe Spitze in die Plastikhaut. Zucker ist gut für die Nerven. Nur noch drei Stunden Zeit, bis der Wecker klingelt.

Ich sitze schon über meinem Müsli, als du ungewohnt leise in die Küche kommst.
»Du siehst ja so klein aus«, sage ich verblüfft.
»Wahrscheinlich bin ich über Nacht geschrumpft.«
Selbst wie du dir Kaffee eingießt, hat etwas Geducktes.
»Ich weiß, dass du mich nicht richtig belogen hast, und ich weiß auch, dass du mir nichts versprochen hast«, lenke ich ein.
»Da bin ich aber froh, dass du das sagst, ich will dich wirklich nicht hintergehen«, fällst du mir erleichtert ins Wort, »ich habe nämlich noch im Ohr, wie du gesagt hast, warum sagst du nicht, was ich hören will?«
Warum habe ich vergessen, das Radio einzuschalten? Wenn ich es jetzt anmache, bist du beleidigt und meinst, ich wolle dem Gespräch ausweichen.
»Du musst doch gewusst haben, dass ich die Lage anders verstanden habe.«
»Nein, nein, das habe ich nicht gewusst«, sagst du eifrig und malst das Bild einer wahrhaft progressiven Ehe an die Wand. Als ich dir gesagt hätte, dass du dir Zeit lassen könntest mit dem Nachhausekommen, weil ich noch ins Kino ginge, da hättest du gedacht, ich meinte, dass du sie treffen könntest.
Es verschlägt mir die Sprache.
»Aber das ist wohl zu viel verlangt?«
»Ja, das ist zu viel verlangt.«
Während ich das Geschirr in die Maschine räume, beschwörst du unsere Basis. Du sagst, du hast deine Wurzeln bei mir und willst mich nicht verlassen. Welcher Ehemann will schon seine Frau verlassen, wenn er beides haben kann?
Du möchtest nach vorne sehen.
»Getrennte Schlafzimmer und gemeinsame Gespräche, ist das die Zukunft?«

Nein, du willst keine getrennten Schlafzimmer. Es sei doch nicht so, als würdest du mich nicht begehren, ich solle mich nicht wie im 19. Jahrhundert verhalten.
»Aber das ist doch schieres 19. Jahrhundert!«, explodiere ich, »die Ehefrau für den Alltag und das wirklich Aufregende bei der Geliebten!«
Ich knalle die Tür hinter mir zu. Du machst sie wieder auf. Sind wir jetzt in einem Boulevardstück oder was?
Du hältst mich an der Schulter fest, zwingst meinen Blick zu dir.
»Und was machen wir jetzt?«
»Ein dummes Gesicht!«
Ich reiße mich los und packe meine Arbeitssachen zusammen.

Liebesunordnung

Die Besprechung läuft gut. Wahrscheinlich braucht der Mensch gar nicht so viel Schlaf. Oder mein Blutdruck ist höher als sonst. Jedenfalls soll ich vier weitere Folgen schreiben und die Regie wird mir auch bestätigt, jedenfalls im Prinzip. Unklar ist nur, für wie viele Folgen. Das ist in Ordnung. Ich will ja auch noch etwas anderes tun, zum Beispiel leben.
Mit dir?
Soll ich dich in die Wüste schicken? Vielleicht wäre das ein Befreiungsschlag. Schluss mit dem Kuhhandel. Aber vielleicht will ich eine Kuh sein, eine dumme Kuh? Eine, die sich alles gefallen lässt und dann auch noch Milch gibt? Nein, verdammt noch mal! Aber was, wenn ich mir damit mehr zumute, als ich aushalten kann. Was, wenn ich anschließend nur leide? Der Anlass ist läppisch. Ist er das? Banal ist er. Eine andere Frau, du liebe Zeit, wahrhaftig keine originelle Geschichte. Soll ich dafür alles aufs Spiel setzen? Unsere Körper- und Kopfliebe? Es hat ja Gründe, dass ich wieder weich geworden bin, dass ich mich von deiner Zärtlichkeit habe korrumpieren lassen. Wir sind uns so vertraut.
»Bei wem sonst können wir unsere Niederlagen eingestehen?«, hast du neulich gefragt. Ja. Aber gerade von den Niederlagen pro-

fitiert die Neue. Sie kennt sie nicht. Sie bringt dir frische Bewunderung entgegen.
Soll ich die Augen zumachen? Früher hatten die Frauen keine Wahl. Ich habe die Wahl. Freiheit ist auch nicht einfach.

›Liebesdroge Drama‹ schreit mich im Supermarkt eine Schlagzeile an, als ich in der Kassenschlange warte. ›Reizhunger als Motiv der Partnerwahl.‹ Das klingt interessant, das nehme ich mit. Von Frauen, die nichts so sehr fürchten wie Langeweile und Mittelmäßigkeit, lese ich. Diese Frauen kämen meist aus harmonischen Elternhäusern, in denen es nur ein Manko gebe, Probleme fänden nicht statt. Eine amerikanische Psychotherapeutin schreibt dazu: ›Die tragische Gefühlsstruktur von Kindern aus idealer Familie entsteht durch den inneren Aufruhr, den die Diskrepanz zwischen Ausgesprochenem und Unausgesprochenem herstellt.‹ Und was hat das jetzt mit der Partnerwahl zu tun? Jeder Mensch brauche ein unterschiedliches Maß an Stimulation, lese ich. Werde dieses unterschritten, so verändere sich die Gemütslage aufgrund unzureichender Produktion von Neurotransmittern in Richtung auf Langeweile und Depression.
Es ist doch immer schön, wenn es neue Worte gibt für etwas, das man schon lange kennt. Der so erzeugte Reizhunger verlange nach intensiven oder neuartigen Erfahrungen. Man hat ihn sogar schon gemessen, auf einer so genannten ›sensation seeking scale‹. Das beweist natürlich alles. Und jetzt kommt es: ›Während reizhungrige Männer ihre Herausforderung vorwiegend im Beruf, beim Bungeespringen oder Bergsteigen suchen, ist bei Frauen das private Feld beliebter. Frauen stürzen sich entweder in notorisch aussichtslose Affären, oder sie greifen zum Belebungsfaktor unberechenbarer Mann. Partner mit chronisch instabilem Seelenzustand schützen vor Langeweile und Harmonie. Ihre unvorhersehbaren Reaktionen sind ein stets interessantes und aufregendes Betätigungsfeld.‹
So habe ich das noch nie gesehen.
Vielleicht sollte ich Hermann dankbar sein, statt mich darüber zu beschweren, dass er mich ständig in Atem hält.

Beim Abendessen ignorierst du das alkoholfreie Bier, das ich auf den Tisch gestellt habe, und holst dir das »unkastrierte« aus dem Kühlschrank. Den Käse isst du gleich aus der Hand, ohne Brot.
Ich denke an Frau Dr. Nordens Ratschläge und sage nichts. Es nützt mir nichts, dass ich nichts sage. Du fängst meinen Blick auf. Wir kennen uns zu gut.
In der Zeitung stand eine Meldung über einen erfolgreichen Designer, der seinen Sohn erstochen hat. Er ertrug es nicht, dass sein Sohn alkoholsüchtig war. Man hatte ihm geraten, den Sohn rauszuschmeißen, aber das konnte er nicht. Stattdessen hat er ihn umgebracht.
Du hast ein Foto mitgebracht, ein Fotografenfoto von dem Empfang auf dem Petersberg. Ich sehe irritierend gut aus, geradezu glücklich. Aber wir waren doch schon mitten in der Krise, wie kann das sein?
Dir fällt auf, dass ich dich nicht ansehe.
»Da sitzt ein alter Mann und da die Zukunft«, interpretierst du. Warum guckst du mich jetzt so triumphierend an? Was hast du davon, dass du dich älter machst, als du bist? Soll ich alles mit deiner Krankheit entschuldigen?
»Hast du deine Mutter angerufen?«
»Sie kommt nicht.«
»Warum nicht?«
Du zitierst ihren pikierten Tonfall:
»Auf die Idee hätten wir ja nun früher kommen müssen.«
Gut, bitte. Ein Problem weniger.

Es klingelt. Clemens und Lissie fragen, ob wir mit in die Kneipe kommen. Dankbar für die Ablenkung sage ich »Gute Idee« und bin schon auf dem Weg ins Bad, um mir Make-up ins Gesicht zu schmieren.
»In die Kneipe?«, fragst du entgeistert. »Warum denn das?«
»Schöne Männer angucken«, meint Lissie.
Am Ende kommst du mit und ich begreife völlig neu, wozu eine Kneipe gut ist. Da kann man nichts ausdiskutieren, dazu ist es zu laut. Gleichzeitig erfährt man, dass die anderen auch ihre Probleme haben, das tröstet. Lissie erzählt von Helke. Deren Mann

verfolgt jetzt seine Karriere in Dresden. Die Woche über sitzt sie mit dem Kind allein da. So werden auch die klügsten Frauen auf klassische Weise eingeholt.
Unsere Männer führen derweil ein Jobgespräch.
»Könnt ihr denn über nichts anderes reden?«
»So ist es eben. Der Beruf macht zwei Drittel des Lebens aus und das Private nur ein Viertel.«
Ich frage nach der Diskrepanz zwischen den zwei Dritteln und dem einen Viertel. Du grinst und sagst:
»Ich war schon immer ein schlechter Rechner.«

Und du warst schon immer ein guter Beobachter, wenn es um Erotik ging. Du bemerkst, dass mein Blick an der Stelle hängen bleibt, an der das ausgeschnittene T-Shirt des Barkeepers seine Achselhöhle umspielt. Ich bemerke, dass du es bemerkst.
»Tätowierungen werden auch immer moderner«, wiegele ich ab und bestelle mir noch einen Caipirinha.

Wieder zu Hause, haben wir Angst, ins Bett zu gehen. Deshalb schalten wir den Fernseher an. Auf der Mattscheibe fetzt sich gerade ein Paar.
›Du kotzt mich an, ich mach nicht mehr mit, ich steige aus!‹
›Mach doch, warum haust du nicht endlich ab.‹
»Die im Fernsehen haben es auch nicht leicht.«
Es geht um Telefonsex. Die Ehefrau des Oberarztes weiß von seiner Obsession, hält zu ihm und meint, dass es die Polizei nichts angehe.
Während ich zusehe, denkt irgendetwas in mir, und plötzlich, mit einem leisen Plopp, springt ein Gedanke an die Oberfläche: Ich muss gar nicht leiden. Ich entscheide, was ich mir wann und wie von dir hole. Den Sex, den ich will, will ich für mich! Auf einmal fühle ich mich nicht mehr gedemütigt. Sexualität ohne Gefühlsfransen, das ist es. Ich sehe dich an wie vorhin den Barkeeper. Du spürst meinen Blick und stehst erwartungsvoll auf. Das könnte dir so passen.
»Nein danke«, sage ich und verkünde das Ende der Scham.
Du willst wissen, was das heißen soll.

»Das heißt, dass du jetzt fernsiehst und ich ins Bett gehe.«
So verdutzt hast du selten geguckt.
Du hältst es nicht lange aus vor dem Fernseher. Du weißt sofort, was ich lese, obwohl ich das Cover verdecke. Du bist animiert, suchst mich unter der Decke. Ich halte dir meine Hand unter die Nase. Das macht dich wild. Ich kann deine Wildheit genießen. Aber irgendwann stolperst du über dich selber.
»Du machst mich so geil«, keuchst du, und das scheint einen Kurzschluss in deinem Hirn zu bewirken. Das war wohl zu ähnlich. Jedenfalls lässt deine Härte nach.
»Lügner«, lache ich, als du aus mir herausflutschst.
Du willst, dass ich dich wieder groß mache. Aber genau das werde ich nicht tun. Die Krankenschwesternummer, nein, die nun auf gar keinen Fall.
»Du gehst jetzt brav Fernsehen gucken und ich fummle zu Ende.«
Du fügst dich, ziehst deinen Pullover wieder an.

›Die neue Liebesunordnung‹ heißt ein Buch, das du für unser Eifelwochenende eingepackt hast. Das Cover zeigt eine vornübergebeugte Schneefrau und einen Schneemann, der sie von hinten nimmt. Er raucht Pfeife dabei, so unbeteiligt ist er. Das ist dir nicht aufgefallen. Du findest das Bild animierend.
Ich finde es kalt. Der Schneemannpenis ist spitz wie der eines Stiers. Er sticht in die Frau, die halb im Schnee versinkt.
Es hat geschneit. Der erste Schnee seit drei Jahren. Den letzten habe ich noch gut in Erinnerung. Er gehört zu den Momenten, die bleiben. Du hast mir vorgelesen, während ich im Sonnenfenster sitzen durfte und meine Augen über dem Glitzern da draußen schmal wurden.
Heute ist der Schnee bitter. Hochnebel. Das Stück auf der Höhe ist eine einzige verharschte Schneewehe. Zwei Schritte auf der vereisten Fläche, dann unvermutetes Einbrechen. Du reagierst auf deine Weise, legst an Tempo zu, versuchst dem Einbrechen davonzurennen. Du bist schneller als ich, aber dann musst du stehen bleiben. Als ich dich einhole, bist du erschöpfter als ich.
Jetzt schläfst du, während ich mich zitternd in Decken und Kla-

viertöne einhülle, bis das innere Frösteln warmer Erschöpfung weicht.

Küsse und Zärtlichkeit. Leiber liebevoll ineinander verschlungen. Aber dann tauchen auf einmal kleine Rasiermesser zwischen den Fingern auf wie Schwimmhäute. Blitzschnell breiten sich blutige Sterne aus auf der weißen Haut, rote Schneeflocken.

Ich muss eingeschlafen sein, alle Knochen tun mir weh. Mute ich mir zu viel zu?
»Keinen Rückfall in Heimlichkeiten«, habe ich postuliert und behauptet: »Es geht nur mit Ehrlichkeit.«
»Auch wenn es wehtut?«
»Es tut sowieso weh.«
Du hast mich zweifelnd angesehen.

Den gestrigen Abend haben wir getrennt verbracht.
Du hast herumgestottert, du wüsstest nicht, ich könne das vielleicht missverstehen, wäre es unter diesen Umständen möglich, so etwas zu wollen, wie ins Konzert zu gehen, du wüsstest allerdings noch nicht, ob du eine Karte bekämst, aber ich wäre dann am Freitagabend allein …
Das macht mir nichts, dann gehe ich mit Vera ins Theater.
»Ach ja, was denn?«, fragst du interessiert.
›Vokabelmischung für Zuschauer.‹
Du schneidest eine Grimasse. Du hältst dich lieber an die etablierten Kunstformen. Bitte, ich habe dich ja nicht gebeten mitzukommen. Wir müssen ja nicht alles teilen.
Nun ja, ich habe mich mäßig amüsiert. Als wir hinterher mit den Schauspielern an der Bar stehen, drücke ich mich diplomatisch aus:
»Gut gespielt, allerdings muss ich gestehen, mir als Konventionalistin hat ein bisschen die dramaturgische Linie gefehlt.«
»Hast du das mitgeschrieben? So elegant hat das noch keiner gesagt.«
Gelächter. Jetzt könnte ein Gespräch beginnen. Aber Vera möchte nach Hause und ich bestehe darauf, sie zu begleiten.

»Die hätten gerne noch länger mit dir geredet«, sagt sie.
»War doch ein guter Abgang, oder?«, meine ich.
»Ein guter Abgang macht Eindruck, aber er verhindert auch Kontakt.«
Sie sieht mich von der Seite an. Schlaumeier!
Ich gehe oft zu früh. Bisher hatte ich immer einen Ort, wo ich hingehen konnte. Habe ich jetzt keinen mehr?
Ich schiebe diesen Gedanken beiseite und erzähle Vera stolz, dass ich mich nun nicht mehr als Opfer empfinde, dass Hermanns Affäre mich auch befreit habe. Und wieder ernte ich einen skeptischen Blick. Wenn die Befreiung durch ihn käme, dann könne er mich auch wieder anketten, meint sie sanft.

Der Satz steckt als Widerhaken in meinem Hirn, als ich um halb zwölf nach Hause komme und damit rechne, dass du schon da bist. Vor dem Konzert hast du dich mit einem liebevollen ›Bis gleich‹ verabschiedet. Aber nun ist die Wohnung dunkel. Nur Elfriede erhebt sich träge von ihrem Lager, um zu sehen, ob es noch etwas zu fressen gibt. Nein, es gibt nichts zu fressen!
Soll ich jetzt nur meine Betthälfte aufdecken? Wie war mein Vorsatz? Die Welt ohne rosa Brille sehen, ohne Wattepolsterung. Wenn du jetzt nicht da bist, sage ich mir nüchtern, dann heißt das wahrscheinlich, dass du heute nicht mehr kommst, also lasse ich deine Betthälfte zugedeckt.
›Analytisches Denken statt moralischer Empörung‹ habe ich mir auf einen Zettel geschrieben und ihn an meine Pinnwand gesteckt.
Ich werde von Tag zu Tag klüger. Ich habe das Moralisieren durchschaut. Wenn ich dein Verhalten abwerte, dann werte ich nur mich selber auf.
Meine Mutter stand immer untadelig da. Dadurch, dass sie an allen anderen etwas auszusetzen hatte, war sie selber fein raus. Nur genützt hat es ihr nichts. So will ich nicht sein. So bin ich nicht!

Es gelingt mir einzuschlafen. Aber nach zwei Stunden bin ich wieder wach, weil du immer noch nicht da bist. Wie hast du dich ausgedrückt? Du weißt noch nicht, ob du eine Karte bekommst. Also entweder du warst überhaupt nicht im Konzert, oder du hast nicht eine, sondern zwei Karten bekommen und dann … So geht es nicht. Nein, so kann es nicht gehen. Dein Verhalten ist eine Zumutung!

Ich rupfe den Zettel von meiner Pinnwand und zerreiße ihn in winzige Fetzen. Jetzt gehst du mit dieser Frau, mit der du angeblich ein reines Sexverhältnis hast, schon in ein öffentliches Konzert!?

Ich schmeiße die Fetzen ins Klo und spüle nach.

Als das Rauschen der Spülung nachlässt, höre ich den Schlüssel in der Tür. Wie soll ich dir jetzt begegnen? Panisch flitze ich unter die Bettdecke.

Bis du hereinkommst, hat sich mein Atem beruhigt.

Du willst mir zeigen, dass du da bist, willst dich meiner vergewissern. Du suchst mich, ich rolle unauffällig zur Seite, wie im Schlaf. Da berührst du meinen Rücken. Und mir ist, als würde die Haut unter deinen Händen porös. Meine ganze Lebenskraft rinnt durch die Löcher. Ich wage es nicht, mich noch einmal zu bewegen. Wenn du merkst, dass ich wach bin, willst du reden.

Nach einer Weile drehst du dich um, deine Atemzüge werden tief. Und ich liege noch lange wie gelähmt.

Auf der Fahrt in die Eifel sondiere ich das Terrain. Ich muss auf den Verkehr achten und empfinde es als hilfreich, dass ich geradeaus gucken muss. Meine Stimme hat einen metallischen Klang, als ich frage, wie er sie vorstellt, wenn er unsere Bekannten trifft.

»Das ist doch nicht das Problem.«

»Für mich ist es ein Problem!«

»Es ist nicht so geplant gewesen, es hat sich ergeben«, weichst du aus.

»Ach ja, es ergibt sich so, dass man zwei Konzertkarten besorgt anstelle von einer«, schnappe ich zurück.

»Ich wollte dich schonen«, sagst du.
Aber mit dieser Art Schonung kann ich nichts anfangen. Frau Norden hat mir erklärt, warum nicht. ›Er will nicht Sie schonen, er schont sich. Wenn er klar sagt, was er tut, riskiert er Ihren Widerspruch. Wenn er es dann trotzdem tut, muss er die Schuld auf sich nehmen.‹
Und das willst du natürlich nicht, du Feigling.
»Hätte ich dir denn sagen sollen, dass ich sie treffe?«, fragst du kleinlaut.
»Wenn das so weitergeht, glaube ich dir überhaupt nichts mehr.«
»Die Zweite rechts.«
»Wie bitte?«
»Ich meine ja nur, weil das so eine Situation ist, in der du dich verfahren könntest.«
Wie rücksichtsvoll. Ich schalte das Radio an, damit das Schweigen nicht so laut ist.
»Und welche Kneipe habt ihr aufgesucht?«, fragst du.
Versuchst du es jetzt mit Konversation? Darauf antworte ich gar nicht.
»Wir waren in der Südstadt«, fährst du fort, »das heißt eigentlich noch nicht ganz. In der Nähe vom Volksgarten.«
Nun weiß ich also, in welcher Gegend sie wohnt. Das tut mir auch nicht gut. Ist das Eifersucht?
»Hier ab.«
Ist ja schon recht. Ich bin noch zurechnungsfähig und den Weg bin ich schätzungsweise dreihundertmal gefahren.
Als es wieder geradeaus geht, habe ich eine Formulierung gefunden, die weder moralisch noch allzu banal eifersüchtig klingt.
»Es gefällt mir nicht, dass alles zu deinen Bedingungen stattfindet.«
»Aber das ist doch kein Kampf«, sagst du und siehst zur Burg Satzvey hinüber. Da finden jeden Sommer die Ritterspiele statt. Im Mittelalter gab es klare Regeln. Aber wir sind nicht im Mittelalter. Wir sind modern.

Du wachst mit ansteckend guter Laune von deinem Mittagsschlaf auf. Alle schweren Gedanken verdunsten wie Morgennebel in der Sonne. Unser Abend wird schön, und als du neben mir liegst, verspüre ich Lust. Warum soll ich verzichten? Du reagierst sofort. Unsere Körper verstehen sich noch immer.
Ich bin schneller als du. Das passiert uns öfter. Neu daran ist nur, dass du an Härte verlierst, sobald du mich befriedigt hast.
»Du kannst mich wecken, wenn du wieder willst«, sage ich.
»Aber ich will doch«, sagst du und nimmst meine Hand. Diesmal helfe ich dir.
Wo fängt die Korruption an? Corumpere heißt durchlöchern. Neulich haben deine Hände Löcher in meinen Rücken gebrannt.

»Ich küsse deine Träume«, sagst du, als du dich zur Seite drehst. Das kannst du nur sagen, weil du meinen Traum mit den kleinen scharfen Messern nicht kennst.
›Vielleicht haben Sie seine Hilfe gebraucht‹, sagte Frau Norden in der letzten Sitzung zum Thema Freiheit. ›Vielleicht war der Anker zu schwer, als dass Sie ihn allein hätten hieven können.‹
Bei ihren Worten sah ich ein prächtiges weißes Schiff, das ins Offene fuhr, aus dem Hafen heraus.
›Allerdings muss dann die Eigensteuerung einsetzen, damit der Kurs nicht durch Kollisionen bestimmt wird‹, setzte sie hinzu, und vorbei war es mit dem schönen Bild. Mein Schiff geriet in einen grässlichen Schlingerkurs.
Will ich sie denn überhaupt, diese Freiheit, die da über mich gekommen ist? Ich habe mich doch wohl gefühlt in unserer Ehe, oder nicht? Ich will doch gar nicht weg, ich will nur, dass es wieder so ist, wie früher.
›Die Vergangenheit ist nicht wählbar.‹
Frau Norden sagt öfter solche Sätze, die wie Felsbrocken niedersausen.

Unsere Vergangenheit sollte auch unsere Zukunft sein. Wir haben uns gegenseitig getröstet über die ersten Altersanzeichen. Deine Locken sind dünn geworden und ich bekämpfe die grauen Haare

mit Henna. Als ich eine Lesebrille brauchte, hast du sie mit mir ausgesucht und gesagt, dass sie mir gut steht.
Wie friedlich du schläfst. Ich liebe deine Wärme. Lasse ich mich durch sie korrumpieren? Ein Schiff mit Löchern sinkt.

Wenn ich nicht die Kraft habe, dich in der Nähe auf Distanz zu halten, muss ich dann eine räumliche Distanz suchen? Aber wenn ich mich in die Kälte stelle aus Angst vor der Wärme, falle ich dann nicht auf die nächstbeste Wärmequelle herein?

Distanz

»Und? Hast du geträumt?«, willst du am nächsten Morgen wissen.
»Nur krauses Zeug«, wehre ich ab. »Wir sind zusammen in einem Bus gefahren, durch Stuttgart. Keine Ahnung, warum ausgerechnet durch Stuttgart.«
Den Rest erzähle ich vorsichtshalber nicht. Das ist neu, dass ich sorgfältig abwäge, was ich dir sage. Wahrscheinlich befinden wir uns doch in einem Kampf, und ich will dir nicht unnötig Munition liefern. Ich weiß noch genau, wie der Traum war:

Ich sehe fröhlich aus dem Busfenster und male mir aus, wie es sein wird, wenn ich ausgestiegen bin. Da fallen mir die beiden großen Taschen ein, die ich mit mir herumschleppe. Damit bin ich ja gar nicht beweglich. Ich versuche noch im Bus, den Tascheninhalt zu sortieren. Unter dem klaffenden Reißverschluss ist ein wildes Durcheinander. Aber wohin mit den Sachen, die weg sollen? Der Bus ist eng und das Sortieren braucht mehr Zeit, als ich habe. Die Haltestelle ist schon da. Ich raffe hastig beide Taschen und steige aus. Du fährst weiter und winkst mir zu.
Doch dann sehe ich mich um und kann nicht mehr verstehen, warum ich ausgestiegen bin. Da ist nichts als hässliche, zugige Vororttopographie, nichts zum Bleiben.

Dünne Wintersonne hat sich einen Weg durch die Wolken gebahnt. Es zieht mich nach draußen.
»Ich gehe jetzt spazieren, wenn du mitkommen willst ...«
»Was meinst du denn jetzt, willst du allein gehen oder mit mir?«
»Ich gehe auf jeden Fall, aber wenn du auch spazieren gehen willst, habe ich nichts dagegen, wenn du mitkommst.«
Du findest das unklar.
Ich finde, mein Standpunkt sei klar, ich lasse dir nur die Möglichkeit, dich frei dazu zu verhalten. Damit ziehe ich meine Jacke an. Als ich mich umdrehe, hast du dir ein Buch genommen. Das trifft mich. Eigentlich habe ich gar keine Lust, allein zu gehen. Aber das kann ich jetzt nicht mehr zugeben.

Ich gehe zur anderen Seite des Dorfes. Wenn schon, dann sollen es wenigstens neue Wege sein. Ein junger Hund läuft auf mich zu, macht einmal Wuff und wedelt mit dem Schwanz. Einsame Frau mit Hund, auch keine verlockende Vorstellung.
Kurz vor der Pferdeweide prescht der Mercedes von Rabenigs an mir vorbei. Rabenig setzt seine Frau nur ab, dreht und fährt wieder zurück. Die Pferde kommen mit dampfendem Atem angetrabt, als sie das Futter in den Trog schüttet. Ein schönes Bild.
Ich begrüße sie und erfahre, dass ihr alles über den Kopf wächst, besonders im Winter, da schufte sie nur. Auch hier ist es nicht so schön, wie es aussieht. Eigene Pferde waren ihr Traum, aber elf sind zu viel. Sie kommt kaum noch zum Reiten. Und das alles nur, weil sie sich so schlecht trennen kann. Sie guckt sich die Käufer genau an und die Haltebedingungen. Wer Stacheldraht um die Weide hat, fällt bei ihr schon aus. Die meisten Reitställe auch, die mit den kleinen Boxen, in denen die Tiere gehalten werden. Kein Auslauf, immer im Kreis gehen, das will sie ihren Pferden nicht zumuten. Sie ächzt, als sie das versiffte Stroh beiseite hievt.
Ist das so, wenn man sich nicht trennen kann? Verwandeln sich dann die Träume in Albträume? Und wenn man sich trennt, was passiert dann?

Die Dämmerung kommt früh.
Am Wasserreservoir erschrecke ich zwei Kinder.

»Wer bist du denn?«
Ich sage, dass ich am Burghaus wohne. Das kennen sie, damit bin ich akzeptiert. Da, wo ich herunterwill, sei gar kein Weg, sagen sie. Der Schnee ist glatt und der Abhang steil. Ich stehe unschlüssig davor.
»Willst du mit auf den Bob?«
»Ja, danke«, sage ich überrascht und nehme das Angebot an. Es macht Spaß.
Fröhlich pfeifend setze ich meinen Weg fort. Auf den letzten Metern vorm Haus vergeht mir das Pfeifen. Der Ausflug ist vorbei.

»Du hast schon wieder auf mein Glas geguckt!«
»Habe ich nicht, ich habe auf den CD-Player geguckt und überlegt, ob ich eine neue Musik auflegen soll.«
Du fühlst dich trotzdem bevormundet. Vielleicht hast du Recht. Ich habe deine Gläser zwar nicht gezählt, aber ich sehe natürlich, dass die Flasche beinahe leer ist. Ich habe mich nicht am Wein beteiligt. Mir war nach Pfefferminztee zumute.
»Warum weinst du jetzt?«
»Ich habe keine Chance. Ich bin doch gezwungen zu sehen, was du machst.«
Du ringst der Flasche die letzten Tropfen ab und hältst mir einen Vortrag über meinen Rückfall in die Krankenschwesterrolle.
Das ist zu viel.
»Hau dir doch die Triglyzeride rein!«, schreie ich und schleudere dir meine Wut entgegen. »Du fährst ja schon wieder Schlitten mit mir! Ich soll alles aushalten, dass du eine Geliebte hast, dass du mit deiner Gesundheit Raubbau treibst, und wenn du dann wieder im Krankenhaus liegst, dann darf ich dich besuchen!«
Du duckst dich unter meinen Vorwürfen. Du weißt, dass du nichts mehr von dem tust, was dir die Ärzte geraten haben. Du weißt, dass es einen Grund hat, wenn ich zurückfalle in die Fürsorgerolle.
Es sei nicht nett, dass ich dich gleich im Krankenhaus sähe, meinst du lahm und verziehst dich ins Schlafzimmer.

Ich stelle meinen Computer an. Sein freundlich gleichmütiges Ping begrüßt mich wie immer. Doch danach ist alles anders. Ich habe ihn aufgerüstet, ihn auf den aktuellen Stand gebracht. Aber Veränderungen sind nicht leicht. Noch nicht mal beim Computer. Die eingefahrenen Wege funktionieren nicht mehr und die neuen sind noch unbekannt.

Ich versuche, ein überholtes Set von Kürzeln zu beseitigen, doch es kommt immer wieder zurück. Der Papierkorb lässt sich einfach nicht entleeren. Selbst der Befehl »Löschen«, den ich unter dem Menü »Bearbeiten« anwähle, nützt nichts.

Ich sehe auf die Uhr. Ja, es geht noch. Meinen Bruder kann ich um diese Zeit noch anrufen. Er ist meist lange auf. Hat er keine Lust auf sein Ehebett? Wir wissen wenig voneinander. Aber er sagt mir, wie ich mit meinem Computer umgehen muss. Ich muss in den Systemordner steigen, interessant, sozusagen in die Basis, ins Unbewusste. Da in der Tiefe, da sind die Kürzel unter ›Preferences‹ gespeichert, unter ›Vorlieben‹. Erst wenn ich sie dort packe, kann ich die bisher nützlichen, aber jetzt überflüssig gewordenen Formeln entfernen. Da sage noch einer, Computer seien unmenschlich. Erschöpft gehe ich ins Bett. Auch mein Traum ist mühsam:

Eine Frau von den Grünen muss erst Kommanditistin werden, bevor sie auf die alte Lok steigen darf. Sie bezahlt ihre tausend Mark und wird hochgezogen. Dann noch eine Frau. Die Stimmung wird übermütig, die Fahrt geht los. Bergauf tut sich der alte Dampfzug schwer, aber dann auf dem Abwärtsstück wird es abenteuerlich schnell, die alten Gummireifen platzen weg, jeden Moment kann das alte Ding umkippen. Doch es kippt nicht um, es kommt am Meer an. Das Experiment ist gelungen, man wird den alten Zug wieder in Betrieb nehmen. Einiges muss grundlegend erneuert werden, aber es lohnt.

Doch plötzlich ist das Meer zurückgewichen. Die Markierung ist beinahe unleserlich im Sand. Da werden zwei Pflöcke eingeschlagen, gleich groß, einen Meter voneinander entfernt. Sie sind konisch: oben rund und glatt poliert mit bunten Ringen, nach unten spitz zulaufend.

Beim Frühstück erzähle ich dir meinen Traum. Dir gefällt, dass die alten Gummireifen weggeplatzt sind. Eine Eisenbahn auf Gummireifen, das sei ja auch widersinnig, meinst du. Eisenräder seien zwar ein bisschen härter, aber richtig. Mir gefallen die gleichberechtigten Pflöcke. So hätte ich meine Ehe gern, mit Distanz, aber aufeinander bezogen. Du stimmst mir zu. Über die zwei Frauen, die auf die alte Lok springen, schweigen wir. Schließlich musst du in den Sender und ich habe auch zu tun.

Bei einem Arbeitsessen im Edelimbiss höre ich über drei warmen Scampis auf Salat den neuesten Klatsch. Gitta soll ein Verhältnis mit Rodenborn haben. Nein, das glaube ich nicht. Sie holt sich doch eher junge Lover. Sie ist eine Frau, die ihre Affären mit Konsequenz angeht. Sie zieht jedes Mal aus der Ehewohnung aus und kauft eine neue Küche. Das muss sie schon ein Vermögen gekostet haben. Wir lachen. Dreiecksgeschichten sind sehr unterhaltsam, solange sie einen nicht selber betreffen.

Ich erfahre noch mehr. Ich erfahre, dass du gar nicht gehandelt wirst für den Posten, den du so gerne möchtest. Es sieht so aus, als würde ein jüngerer Kollege an dir vorbeiziehen. Das wird dich nicht freuen. Du bist erfolgsverwöhnt. Erst seit deiner Krankheit bist du nicht mehr auf der Siegerstraße. Aber das hat nichts mit deiner Krankheit zu tun oder nur indirekt. Du hast zu viel Neues versucht und es gleich darauf wieder gelassen. Nun giltst du als unberechenbar, das disqualifiziert dich für die Ebene der Führungskräfte. Ich habe sowieso nie verstanden, warum du da auf einmal hin willst. Es passt gar nicht zu dir. Willst du die Todesangst zudecken mit äußerem Erfolg? Oder, weil der sich nicht einstellt, mit einer Affäre?
Und was nützt es mir, dass ich so schlau bin? Nichts. Absolut gar nichts. Denn ich bin nur für dich schlau. So wie du immer für mich schlau warst. Wenn ich einen Misserfolg hatte, dann hast du mich ermahnt, ich müsse diese beruflichen Dinge nüchtern sehen, nicht als Liebesangelegenheit. Nicht ich würde abgelehnt, sondern nur mein Projekt. Das sei eine sachliche Entscheidung. Wenn es dich nicht selber betrifft, kannst du erstaunlich sachlich sein.

Es ist spät, als du nach Hause kommst.
»Hallo«, sagst du und küsst mich im Vorbeigehen aufs Haar.
Du riechst nach Rauch und Alkohol. Wenigstens bist du endlich da. Ich schreibe den Absatz zu Ende, dann mache ich den Computer aus. Das Schlafzimmer ist schon dunkel. Bist du eingeschlafen, oder tust du nur so, um meinen Fragen zu entgehen? Das Badezimmerlicht fällt auf einen teigigen Fuß. Wie ein Fremdkörper ragt er mir aus der Bettdecke entgegen.
Der Alkohol dünstet über zwei Meter Entfernung. In diesen Dunst soll ich mich jetzt legen? Wie kommst du dazu, mich so selbstverständlich mit deinem Suff zu belästigen? Wenigstens schnarchst du nicht. Meistens schnarchst du auch noch, wenn du zu viel getrunken hast, zumindest wenn du auf dem Rücken liegst. Aber im Moment liegst du auf der Seite.

Männer im mittleren Alter bleiben häufig stehen, Frauen mit ihrem weniger linearen Lebenslauf erleben oft noch einen neuen Aufbruch, hat Vera neulich gesagt. Vera ist Analytikerin, sie muss es wissen. Und dann fügte sie nach einem Zögern hinzu:
»Wenn sie es schaffen. Genauso oft ist natürlich Zusammenbruch oder Krankheit.«
»Wie bei meiner Mutter«, sage ich, »sie hat in meinem Alter Krebs entwickelt.«
»Ja«, antwortet Vera, und in ihrem Tonfall schwingt etwas mit, das mich aufhorchen lässt.
»Es geht mir nicht gut«, sagt sie. Sie habe ihren Kalender verloren, den mit allen Terminen fürs nächste Jahr. Das mache sie ganz konfus. »Vielleicht steht zu viel drin«, lächelt sie müde.
»Du hast dich zugebaut?«
»Ja, ich bin zu. Wir leben nur noch nebeneinander her.«
Sie kämpft mit den Tränen, aber ich traue mich nicht, sie in den Arm zu nehmen. Es gebe Zärtlichkeit, sagt sie, aber sie hätten die Liebe verloren. Da sei so viel Distanz.
Ich bin verwirrt. In meiner Ehe bemühe ich mich gerade um Distanz. Aber das hört sich nicht so an, als wäre Distanz gut. Vielleicht sind dieselben Dinge für verschiedene Menschen verschieden.

Jetzt dreht Hermann sich auf den Rücken und beginnt zu schnarchen. Ich weiß, dass dann auch mit Atemstillständen zu rechnen ist. Die sind schlimmer als das Schnarchen. Die jagen mich hoch, machen mir Angst. Da kann ich sowieso nicht schlafen. Vielleicht versuche ich es stattdessen mit Yoga. Das ist auch gegen meine Rückenschmerzen gut.
Was hat Enno neulich gesagt? Im tiefen Bereich des Kreuzes wird die Basis abgehandelt, lange in die Vergangenheit hineinreichende Verspannungen. Der Rücken ist geduldig, die Symptome treten auf, gehen wieder weg, verlagern sich, manifestieren sich vielleicht als Depression.
Wie er Verspannungen im Schulterbereich sieht, habe ich ihn dann gefragt. Die seien eher aktuell bedingt, durch Arbeit, banalen Termindruck oder Ähnliches.
Diesmal sitzen meine Schmerzen tief. Vielleicht erzählt mir mein Rücken ja etwas, wenn ich das »Gespräch« mit ihm beginne. Als ich meine Wirbelsäule zum siebten Mal in Zeitlupe vom Boden hebe und wieder senke, lösen sich ein paar Farbkaskaden in meinem Hirn. Ich kann die Bedeutung nicht verstehen, aber meine Rückenschmerzen werden weniger, und ich fasse einen Entschluss: Ich schlage mir das Gästebett im Wohnzimmer auf. Da höre ich weder Schnarchen noch Atemstillstände.
Was ist mit der schönen Vorstellung von zwei gleichberechtigt aufeinander bezogenen Menschen, wenn der eine den anderen mit seiner Krankheit erpresst?

Gruppensitzung. Zu Beginn gibt es das übliche Schweigen. Wer den Kopf raussteckt, riskiert, dass er ihm abgehackt wird. Der Typ mit seinen Cowboystiefeln schnäuzt sich ins Taschentuch und besieht, was dabei herausgekommen ist. Die Krähen schreien. Es gibt eine Bewegung vor dem Fenster. Ein Eichhörnchen springt.
Also gut, wenn niemand etwas Dringendes hat, dann komme ich eben mit meinem Problem. Ich muss mich räuspern, so lange dauert die Stille schon an.
»Manchmal habe ich das Gefühl, ich muss ausziehen, bevor mein Mann zusammenbricht, sonst bin ich dran.«
Die Gruppe quittiert mein Geständnis mit Schweigen.

Scheiße, hätte ich doch den Mund gehalten.
»Wahrscheinlich bin ich auch dran, wenn ich schon ausgezogen bin«, schiebe ich hinterher. Warum sagt keiner etwas? Interessiert das die anderen nicht, oder sind sie geschockt? Frau Dr. Norden blickt auffordernd in die Runde, ob nicht doch jemand etwas dazu sagen möchte. Niemand möchte.
Da problematisiert sie, was das denn heißen könne, mein ›Dran sein‹. Es könne doch nur heißen, er läge vielleicht im Krankenhaus, mit *seiner* Krankheit. Und ich würde ihn besuchen.
»Aber so einfach ist das nicht!«, platze ich heraus. »Es betrifft doch auch *mein* Leben! *Ich* werde in die Enge getrieben, festgehalten, gekrallt, zurückgeworfen in die Mutterrolle!«
Mitten in die Stille hinein bin ich laut geworden.
Sie rückt meine Sichtweise sanft zurecht. Er habe getrunken, aber weil er es wollte, nicht um mich zu provozieren.
Ich sehe sie fassungslos an.
Sie will nicht ausschließen, dass sein Trinken auch eine unbewusste Strategie sein könne, mit der er mich festhalten wolle. Aber das sei für mich egal. Ich müsse meine Reaktion auf mich nehmen.

Was meint sie damit? grübele ich auf der Rückfahrt. Wie geht das, meine Reaktion auf mich nehmen? Mein Kopf kann sich das nicht ausdenken.
Es hupt.
Ja, schon gut, es ist grün, ich fahre ja schon. Ich sollte jetzt sowieso besser an das Exposé denken, das ich noch schreiben muss.

Weihnachtszeit

Einmal in der Woche trifft sich der Damenvierer zum Tennis spielen. Heute ist unser Vierer ein Dreier. Beatrix hat eine Weihnachtsfeier im Kindergarten.
»Es geht auch zu dritt«, meint Gudula.
Es geht. Aber es geht nicht gut. Eigentlich ist es nicht einzusehen,

warum es so schwierig sein soll. Doch offensichtlich ist das Gehirn zu träge. Es schafft die Umstellung zwischen Einzelfeld und Doppelfeld nicht. Die Bälle bleiben entweder zaghaft im mittleren Bereich oder sie gehen aus.
Bei der anschließenden Limonade berichtet Gudula von einem Erfolg. Sie muss jetzt doch nur *ein* großes Weihnachtsessen kochen. Wider jede Erwartung ist es ihr gelungen, Schwiegermutter und Vater an einen Tisch zu kriegen. In der vorigen Woche hatten wir sie mit guten Ratschlägen überschüttet. Was man nicht wolle, das müsse man ändern. Sie solle sich einfach weigern, zweimal Weihnachten zu feiern. So aufgestachelt, hat sie es tatsächlich geschafft, eine alte Feindschaft zu überwinden.

Beflügelt von der Aussicht, dass manche Probleme lösbar sind, fahre ich in die Stadt und kaufe mir ein Kleid für Weihnachten. Ich will schön sein. Du sollst sehen, was du aufs Spiel setzt.
»Rechne nicht so früh mit mir«, hast du gesagt, dir umständlich deinen Mantel angezogen und etwas gemurmelt, das sich anhörte wie einen Schlussstrich ziehen. Wenn du einen Schlussstrich ziehen willst, dann warte ich gerne ein bisschen länger und frage vorsichtshalber nicht, ob du einen generellen Schlussstrich meinst oder nur einen für die Weihnachtsferien, die du mit mir verbringst. Es leuchtet mir sogar ein, dass du dich von ihr verabschieden willst. Denke ich die andere Seite immer noch mit? Und wenn ja, warum? Vielleicht wollen Sie ihn gar nicht ganz, echot es. Und plötzlich habe ich die aberwitzige Vorstellung, ich wäre dankbar, dass es diese Frau gibt. Ich würde dich sogar zu ihr schicken. Damit wäre sie für dich nicht mehr so attraktiv, oder?
Das Kleid, das ich anprobiere, ist gewagt. Es ist vorne hochgeschlossen, aber der Rückenausschnitt ist tief und der schwarze Samt über den Hüften so gerafft, dass der Po voll zur Geltung kommt, während die Taille schlank erscheint.
An unserem ersten gemeinsamen Weihnachten habe ich auch ein Samtkleid getragen, ein rotes. Im Überschwang unseres Glücks habe ich mir die Soße vom Tournedo Rossini darüber gekippt. Das Kleid schwamm dann in der Badewanne. Du hast die Situation genutzt, und unser Essen ist kalt geworden.

»Das steht Ihnen wirklich gut«, sagt die Verkäuferin, als sie mein Lächeln sieht.

Das Kleid ist ein Erfolg. Unser Galadinner für vier Freundespaare auch. Sogar die kleine Krise mit den Kerzen am Weihnachtsbaum ist rasch überwunden. Du hast sie schon einmal kurz angezündet, damit sie im entscheidenden Moment nicht mehr so lange brauchen. Leider wollen die angekokelten Dochte dann gar nicht mehr brennen. Aber ich halte das jetzt mal für einen Zufall, der rein gar nichts bedeutet. Du setzt dich ans Klavier und stimmst Weihnachtslieder an. Da singe ich kräftig mit.
Als ich den Nachtisch hereinbringe, streichelt mich dein Blick.
»Egal, wo auf der Welt wir uns gerade befinden«, sagst du, nachdem die Gäste weg sind und wir gemeinsam den Abwasch machen, »Weihnachten möchte ich immer mit dir zusammen feiern.«

Versöhnungsreise

›Wenn Ihnen nur noch der Mut fehlt, den letzten Trennungsstrich zu ziehen, dann werden Sie dies bis zum Sommer hinter sich bringen.‹
»Was?«, frage ich irritiert und reiche der Stewardess das leere Glas an.
»Dein Jahreshoroskop.«
Zum Beweis hältst du mir eine Frauenzeitschrift entgegen. Gefällt dir etwa, was da steht? Willst du, dass ich einen Schlussstrich ziehe? Schon liest du genüsslich weiter vor:
›Sie werden mit einem Partner, der auf der gleichen Wellenlänge schwimmt wie Sie, den frischen Wind für einen gemeinsamen Törn nützen.‹ Ist das jetzt dein Masochismus oder eine versteckte Aufforderung? Und dann, als hättest du dich zu weit vorgewagt, weist du mich auf die bestrafenden Aspekte deines eigenen Horoskops hin.
›Der saturnische Revisor quittiert mit roten Zahlen. Sparprogramm ist angesagt in Bezug auf Ihren Energiehaushalt.‹

Ich nehme dir die Zeitschrift aus der Hand, will selber sehen, was bei dir steht. ›Sie werden Ihrem Partner erst die gelbe, dann die rote Karte zeigen.‹ Das hast du mir nicht vorgelesen.
»Wer will hier einen Trennungsstrich ziehen?«, frage ich.
Aber du kramst angelegentlich in der Tasche und schniefst bedeutungsvoll, obwohl du gar keinen Schnupfen hast.
»Fliegender Partnerwechsel ist out«, steht bei dir. Ich werfe dir einen triumphierenden Blick zu. Aber du betrachtest gerade die Wolkenformationen vor dem Fenster. Du hast schon weitergelesen. Du weißt schon, was danach kommt. ›In dagegen ist, eine Partnerschaft auf solide Beine zu stellen. Die richtige Frau dazu ist die, die Ihren exquisiten Geschmack erfüllt, ohne ihn zu strapazieren.‹
Ohne ihn zu strapazieren? Über unsere Ehe lässt sich vieles sagen, nur nicht, dass sie unstrapaziös ist. Ich sehe dich an. Doch du hast anscheinend jegliches Interesse an Horoskopen verloren. Du schulst inzwischen deinen exquisiten Geschmack an der Bordzeitschrift. Also lese ich für mich allein weiter, was noch in deinem Horoskop steht. ›Laut Sternenplan erwarten Sie die schönsten Liebesstunden Ende Januar bis Anfang April und dann wieder Ende Mai bis Anfang Juli, Anfang September bis Mitte Oktober und noch einmal im Dezember.‹ Mit anderen Worten, fast immer!!! Bei mir ist nur ein netter Törn avisiert. Scheiße.
»Und?«, fragst du, als ich die Zeitschrift unter dem Sitz verstaue.
»Alles Quatsch. Seit wann glaubst du an Horoskope?«
»Tu ich ja gar nicht.«
Ich auch nicht. Trotzdem reiße ich kurz vor der Landung die Seite mit den Horoskopen heraus und nehme sie mit.

Neujahr auf Lanzarote. Warmer Wind unter der Pergola, Blick auf drei Palmen, Eukalyptus und Hibiskusbüsche. Die Blüten glühen vor der schwarzen Asche. Ferienarchitektur, Flachbauweise im Landesstil. Der Meerwasserpool riecht nach Chlor. Der Spanier als solcher ist sauber, nicht wahr?
Wenn einer einmal eine Diktatur gehabt hat, das schult. Nein, das ist kein Kabarett, das kann man an den Frühstückstischen hören.

Wieso hat es uns in diesem Urlaub in ein Pauschaltouristenhotel verschlagen? Das haben wir noch nie gemacht, warum jetzt? Warum setzen wir uns einem ungenießbaren Galamenü inmitten einer Kakophonie von Silvestertröten und Knallfröschen aus? Auch andere Menschen haben Angst und müssen sie vertreiben. Die Fotos mit Hütchen und Federn werden später beweisen, dass man nicht verzweifelt war, sondern lustig. Wie geduldig die meisten Paare sind, wie komfortabel sie sich mit ihrem Unglück arrangiert haben. Oder sind sie gar nicht unglücklich, sondern nur dumpf? Und wir, was sind wir, mit unseren aberwitzigen Kreiseldebatten?

Zum Beispiel gestern, in dem Restaurant am Meer. Alles, wie es sein soll, Mittagssonne, Wind, winzige Kartoffeln in Salzkruste mit roter und grüner Knoblauchsauce, alles perfekt. Und dann das! Vorsichtig, mit fragendem Blick meinst du, du würdest gerne ein Glas Wein trinken.

»Gut, dann bestellen wir ein Viertel und eine Flasche Wasser.«

»Wenn du so anfängst, dann bestelle ich gleich Wasser, das willst du doch.«

»Wieso denn, ein Viertel ist doch für jeden ein Glas.«

»Ein Viertel war noch nie für jeden ein Glas, aber bitte.«

»Bestell dir doch, was du willst!«

»Also dieser Rückfall, das war jetzt wirklich nicht nötig.«

»Ich hab doch gesagt, du sollst dir bestellen, was du willst.«

»Das kann ich nicht, jetzt nicht mehr.«

Einmal tief durchatmen.

»Wir bestellen einen halben Liter und eine Flasche Wasser, o. k.?«

Ich interpretiere dein Schweigen als Einverständnis. Aber als die Bedienung kommt, bestellst du nur Wasser.

»Für mich«, fügst du hinzu, »und was trinkst du?«

Ich bin so verblüfft, dass ich gar nichts bestelle.

»Wieso hast du jetzt keinen Wein bestellt?«, frage ich, als die Kellnerin weg ist.

»Konnte ich doch nicht mehr nach der Debatte.«

»Willst du Streit?«

»Ich will überhaupt keinen Streit, aber wenn es denn mal so ist, was soll ich denn machen?«

Beleidigt spießt du eine Kartoffel auf. Als die Kellnerin das Wasser bringt, bestelle ich eine cerveza. Damit fängt die nächste Drehung an.
»Du willst doch gar kein Bier! Wenn du Wein trinken möchtest, warum bestellst du dir dann Bier?«
»Kannst du nicht aufhören? Du hast dir doch jetzt Wasser bestellt. Da habe ich mir überlegt, was ich in der neuen Lage will.«
Der gesamte Atlantikwind hat keine Chance gegen die dicke Luft an unserem Tisch. Das Bier kommt nicht. Die Wasserflasche ist inzwischen leer. Ich will keine neue Debatte und gehe in die Küche, um zu fragen, wo mein Bier bleibt. Da rufst du hinter mir her: »Jetzt bestell schon den halben Liter Wein.«
Ich tue es und bin unzufrieden mit mir. Warum mache ich mich zu deinem Erfüllungsgehilfen? Und du, wenn du Wein bestellen willst, warum schickst du dann mich? Vielleicht müssen wir uns tatsächlich trennen, um da herauszukommen.

Neulich habe ich das Trennungsszenario einmal angesprochen, so wie man einen Schirm einsteckt in der Hoffnung, dass es nicht regnet.
»Ich nehme nicht an, dass du zu ihr ziehen willst?«
»Nein, das würde sie nicht wollen.«
Das ist klug von ihr. Wer weiß, ob es stimmt. Aber es ist klug, das zu behaupten. Ich mache dir einen scherzhaften Vorschlag, will damit beweisen, wie absurd diese ganze Trennungsidee ist.
»Eva ist gerade ausgezogen. Du könnest Untermieter bei Markus werden.«
Das ist dir keine Antwort wert, nur einen Blick. Gut, denke ich, Thema ex. Aber dann machst du einen Gegenvorschlag und meinst, ich könne doch ausziehen.
»Wieso soll ich ausziehen, wenn du fremdgehst!?«
Ganz einfach, sagst du, weil du gar nicht weg willst. Ich sei diejenige, die weg wolle.
Bin ich das?
Der Gedanke hat eine gewisse Faszination. Neuland. Herausfinden, wie ich ohne dich bin. Aber das kann ich auch, wenn *du* ausziehst.

»Warum soll ich meine Energie an Wohnungssuche und Umzug verschwenden?«
»Ein Umzug setzt auch Energien frei«, gibst du zu bedenken.
Unmerklich hat sich das Thema verlagert. Es geht nicht mehr um die Frage, Trennung ja oder nein, es geht darum, wie die Trennung vollzogen werden soll. Früher konntest du dir nicht einmal getrennte Schlafzimmer vorstellen. Jetzt denkst du offenbar ohne Panik an getrennte Wohnungen. Ist das ein Fortschritt? Du wirst auf einmal ganz enthusiastisch. Du machst mir eine neue Art von Gemeinsamkeit schmackhaft, eine vom Alltagsballast befreite.
Du beschwörst das Modell Sartre/Beauvoir. Das soll es uns ermöglichen, aus dem Mutter-Sohn-Spiel auszubrechen. Auch aus dem Vater-Tochter-Spiel, fügst du hinzu, als ich nicht gleich begeistert zustimme. Wir müssten endlich erwachsen werden, dann könnten wir uns neu begegnen, meinst du.

Statt Patience zu spielen, wie sonst im Urlaub, legen wir uns einen Farbtest. Den haben wir zu Weihnachten geschenkt bekommen. Es gibt vier Karten von jeder Farbe. Jede Farbe bietet fünfundzwanzig Wahlmöglichkeiten, das macht zweihundertsechsundfünfzig Wahlmöglichkeiten insgesamt. Wenn man das bedenkt, ist es kaum zu glauben, dass wir unsere Farben unabhängig voneinander so aussuchen, dass die Blaukombination und die Gelbkombination identisch sind. Aber genau so ist es. Wenn wir uns so nah sind, warum streiten wir dann? Oder streiten wir, weil wir uns so nah sind?
Die gelbe Reihe steht für Zukunftserwartungen. Das, was wir gelegt haben, deutet auf eine Konflikttendenz hin. Das wundert uns nicht.
Ich lese die Erläuterung vor:
»›Möchte am liebsten aus der aktuellen, unbefriedigenden Situation ausbrechen. Hofft, künftig unter neuen Voraussetzungen die erwünschte Lösung zu finden. Möchte sich dann, befreit von den Behinderungen, in neuen Beziehungen und Erlebnismöglichkeiten frei entfalten können.‹«
Du findest das interessant. Ein vorsichtiges Wort.
Ich blättere weiter und sehe, dass man sich auch eine Konflikt-

farbe aussuchen kann. Man soll sich auf eine besonders unangenehme Situation konzentrieren und dann die Farbe wählen, die dazu passt.
»Du zuerst.«
»Na gut.«
Ich denke an unsere Kreiseldebatte und nehme ein besonders ekliges Grün. Diesmal liest du die Interpretation vor.
»›Der Betreffende versucht mit taktischen Mitteln rücksichtslos zu dominieren. Er will, dass seine Absichten unbedingt respektiert werden.‹ Siehst du, du sollst mich in Ruhe lassen.«
»Wieso ich? Du bist doch der Taktiker!«
Ich nehme ihm das Buch weg und finde in derselben Rubrik noch eine Empfehlung:
»›Lassen Sie den Gockel auf dem Misthaufen krähen, auf den er sich stellt.‹ Kokokokooook!«, mache ich und wackele mit den Händen, als seien es Hermanns Federn. Er lacht und wählt sich dann mit Bedacht ein schäbiges Gelb. Ich schlage nach.
»›Die gewünschte positive Entwicklung ist bereits behindert oder enttäuscht worden.‹«
Jetzt lacht keiner mehr.
»Gibt es auch eine Empfehlung?«
»›Wenn Sie die künftige Entwicklung für fraglich halten, sollten Sie mit dem Wunschdenken aufhören.‹ Völlig klar, du sollst aufhören mit diesem Wunschdenken, dass du zwei Frauen gleichzeitig haben kannst.«
Jetzt nimmst du mir das Buch weg und findest etwas, das dir besser gefällt.
»›Wenn Sie den übersteigerten Anspruch aufgeben, sind Sie von den Illusionen, die das Leben scheinbar bequemer machen, nicht mehr abhängig.‹«
Moment mal, das verstehe ich nicht. Was ist jetzt bequem? Und was ist Illusion? Du hast weiter vorgelesen, aber ich habe nicht mehr zugehört.
»Was war das jetzt? Lies noch mal.«
»Das sind doch bloß Allgemeinplätze«, sagst du und klappst das Buch zu, »die passen ja immer irgendwie.«
»Vielleicht sollten wir lieber wieder Patience spielen.«

Aber dazu hast du jetzt auch keine Lust. Ich ziehe den Badeanzug an und schnappe mir das Handtuch von der Leine.
»Wo willst du denn jetzt noch schwimmen?«
»Im Pool.«
»Ich denke, du magst kein Chlorwasser?«
»Mag ich auch nicht. Aber irgendwohin muss ich meine Kopfschmerzen tragen.«
Ist eigentlich schon alles passiert, und ich will es nur nicht wahrhaben? Gestern hast du von quälenden Defiziten geredet, die wir jetzt aufdecken. Du hast mich aufgefordert, mein ungelebtes Leben zu leben. Welches ungelebte Leben kannst du nur meinen? Und wo sollen die quälenden Defizite sein?
Das Wasser tut gut. Es ist frisch. Schwimmen, außer Atem sein und dann auf dem Rücken liegen, nur ein bisschen mit den Füßen paddeln. Da verabschieden sich die Zweifel, da kommen all die schönen Dinge wieder hoch. Ja, unser Urlaub ist auch schön. Wir haben unsere Sinnlichkeit wiedergefunden. So war es immer, wenn wir Zeit hatten und die Sonne schien.
In meinem morgendlichen Traum bin ich stundenlang mit ausgebreiteten Armen in sanften Kurven durch eine Turnhalle geflogen, bis du behutsam die Grenze von meinem Traum in unsere Wirklichkeit verschoben hast.
Danach musste ich wieder weinen. Aber das waren glückliche Tränen, wohl tuende Tränen, Tränen, die du mir von den Augen geschleckt hast. Nein, du willst nicht weg. Wir gehören zusammen. Das sagst du ja auch. Es geht dir nicht um die andere Frau, es geht dir um deine Eigenständigkeit. Ich glaube dir. Ich begrüße die Art, wie du deinen Geburtstag feiern willst. Das setzt ein gutes Zeichen. Wir feiern gemeinsam in deinen Geburtstag hinein, und am Abend selber gönnst du dir etwas ganz für dich allein.
Warum wird mir jetzt plötzlich heiß, mitten im kalten Wasser? Das hast du schon einmal gesagt, dass du allein ins Konzert gehst. Aber dann bist du mit ihr gegangen. Nein, das wäre zu einfallslos. So bist du nicht. Die Situation ist ja auch eine ganz andere. Inzwischen weißt du, wie sehr mich das verletzt hat.
Der Wind ist schärfer, als ich dachte. Ich renne zurück. Du siehst mir freundlich entgegen. Ich erschrecke deinen warmen Bauch

mit meinen kalten Händen. Wir balgen ein bisschen wie in unseren besten Zeiten. Es ist wirklich ein Versöhnungsurlaub. Was wir vorhaben, ist zwar ungewöhnlich, aber machbar. Wir wollen es beide. Wie wundervoll sich der warme Pullover auf der frischen Haut anfühlt. Vielleicht sollte ich dir vorsichtshalber noch einmal sagen, wo für mich die Schmerzgrenze ist, nur um sicherzugehen.

»Ich möchte, dass du weißt«, sage ich, während ich eine lange Hose überziehe, »dass es mir wichtig ist, dass du an deinem Geburtstag wirklich allein ins Konzert gehst.«

Warum ist es auf einmal so still? Bist du nicht mehr da?

Doch, du sitzt noch auf der Veranda, aber du siehst mich nicht an.

Ich stehe im Türrahmen und warte.

»Warum ist das wichtig?«

Du hast ganz leise gesprochen, aber deine Worte haben einen Nachhall, die Wellen breiten sich aus und verschwinden in einer lautlosen Implosion. Äußerlich ist alles unverändert. Die Neutronenbombe trifft auch nur das Lebendige, alle Gebäude bleiben stehen.

Bin ich das, die diese Tür zugeknallt hat? Unter der Bettdecke finde ich mich wieder. Ich ersticke mein Schluchzen mit dem Kissen. Ich Kuh! Ich dusselige, vertrauensselige Kuh! Habe ich mich schon wieder täuschen lassen! Bin ich dir schon wieder auf die Honigrute gekrochen?! Muss ich denn in jede Grube fallen, die du für mich gräbst? Warum sagst du bloß, dass du allein ins Konzert gehst, wenn du das gar nicht vorhast? Ist das dein Mut, deine viel beschworene Autonomie? All talk, no trousers, sagen die Engländer dazu. Und ich bin auch noch so dämlich und gebe dir freie Bahn. Ich reiße die Tür auf.

»Ist dir nicht klar, was das für eine Demütigung ist? Mich als Vorspeise und die andere als Hauptgericht!?«

Du hast natürlich wieder für alles eine Erklärung. Du hast mich gar nicht angelogen. Als du mir gesagt hast, dass du allein gehst, da hast du auch noch vorgehabt, allein zu gehen. Erst in einem Gespräch mit ihr habe es sich dann anders ergeben. In einem Gespräch mit ihr? Wir sind doch schon zehn Tage auf der Insel?

»Wann?«, schreie ich. »Wann habt ihr das abgemacht?«
»Jetzt fang bitte kein Gemetzel an aus lauter Angst!«, zischst du durch die Zähne und grüßt freundlich zu den Nachbarn, die dir sonst herzlich egal sind. Du reichst mir ein Taschentuch. Was soll ich damit? Kannst du nicht aushalten, dass ich ein verheultes Gesicht habe?

Ein uriger Strand. Fünf Kilometer Staubfahne haben wir hinter uns gelassen, um ihn zu erreichen. Der Wind bläst hart, aber es gibt genügend schützende Felsnischen für die wenigen Paare. Prickelnde Haut, blauer Schaum und Silbergeglitzer. Unter normalen Umständen ist das für mich der Inbegriff von Glück. Aber heute findet meine Traurigkeit diese Schönheit unpassend.
Noch gestern hätte ich mich über das schwäbische Ehepaar lustig gemacht. Heute sehe ich mit Neid, wie sie ihre dickliche Nacktheit in den Wellenausläufern drapiert, damit sie ihr Mann per Video aufnehmen kann. Sie gucken sich das dann später zu Hause an. Moni als Schaumgeborene, kreisch, und weißt du noch, die große Welle, beinahe wäre die ganze Kamera dabei nass geworden ...
Wahrscheinlich bin ich die komischere Figur. Warum kann ich nicht aufhören, mich wie das Klischee einer Ehefrau zu benehmen? Ich dränge dir die Sonnencreme auf, damit du dir keinen Brand holst wie im letzten Urlaub, als ich dir die Hautfetzen vom Rücken ziehen durfte. Natürlich verschmähst du die Creme. Als wüsste ich nicht, dass Sonnenbrand bei dir zum Urlaubsgefühl gehört. Und dann warne ich dich auch noch, nicht hinter die Brandungslinie zu gehen, die Wellen sind zu hoch. Neulich soll einer ertrunken sein.
»Na und«, meinst du kess, »das wäre doch eine elegante Lösung.«
Geschieht mir recht. Warum kann ich das Maul nicht halten. Frauen, die ihre Männer infantilisieren, sind abstoßend. Andererseits sind Frauen, die sich nicht um ihre Männer kümmern, grässliche Emanzen, denen die Männer weglaufen. Hier in der Illustrierten steht es: Eine, die ihrem Mann keinen Kaffee kocht und sich dann noch mit ihrem Einsatz für bedrohte Fledermäuse

unbeliebt macht, fordert und kämpft, so eine muss sich nicht wundern, wenn sie irgendwann am Straßenrand stehen gelassen wird, so wie der geliebte alte Volkswagen, dessen Macken man jahrelang gleichmütig hinnahm …
Was soll das denn? Ist eine Frau dazu da, gefahren zu werden? Muss man sie auf den Schrottplatz bringen, wenn sie altert? Nein, das wäre offensichtlich noch zu viel Aufwand, man lässt sie einfach stehen, sollen andere sie doch entsorgen.

»Ah!!! Herrgott noch mal, hast du mich erschreckt!«
Ich war so in meinen Gedanken, dass ich gar nicht gehört habe, dass du aus dem Wasser gekommen bist. Du zeigst mir stolz die blutigen Schrammen auf deinem Oberschenkel. Was stellst du dir jetzt vor? Soll ich dich bewundern oder bedauern oder verarzten?
»Salzwasser desinfiziert«, sage ich und drehe mich wieder auf den Bauch.
Da gibst du mir die Schuld dafür, dass es dich über den Boden geratscht hat. Du hättest dich nur ungeschickt verhalten, weil ich dich vor den Wellen gewarnt habe, sagst du aus Protest.
Ja, natürlich.
Was immer ich tue, ich kann nicht gewinnen. Wenn es einmal falsch ist, ist alles falsch. Wann haben wir aufgehört, so zu sein wie das junge Paar da drüben? Anscheinend unverwundbar spielen sie Adam und Eva in der Gischt. Auch für Unfälle muss man prädisponiert sein.

Am Silvesterabend war ich dran. Kurz nach zwölf bin ich mit meinen hochhackigen Schuhen auf dem Marmor ausgeglitten und hingefallen. Ich habe schamhaft nach rechts und nach links geguckt, aber es hat niemanden interessiert, dass ich hingefallen bin. Dich würde es interessieren, aber du warst nicht da, du warst verschwunden. Das war der Grund. Ich war auf der Suche nach dir. Jetzt erst, jetzt wird es mir klar, wo du warst. Du hast sie angerufen, du hast ihr ein frohes neues Jahr gewünscht.
Ich war gerade dabei, wieder aufzustehen, als du zurückkamst von deinem heimlichen Telefonat. Du warst besorgt und ganz liebe-

voll. Du hast mich bedauert, als wäre ich drei Jahre alt. Du hast auf meinen Knöchel gepustet, bis ich lachen musste. Dann hast du mich festgehalten und mir gesagt:
»Das sollst du wissen, wenn du krank bist oder mich sonst wie brauchst, dann bin ich immer für dich da, jederzeit.«
Das hat mich zum Weinen gebracht vor lauter Rührung. Oder habe ich den Abschied in deinen Worten geschmeckt? Schminke ist aus meinen Augen gelaufen. Da hast du das Nasse mit dem Schwarzen verwischt und gesagt:
»Jetzt siehst du aus wie ein Clown.«
Das brachte mich erst recht zum Weinen. Ich hasse Clowns. Sie sind überhaupt nicht komisch.
»Du musst nicht weinen, wir verstehen uns doch. Wir suchen nur nach neuen Wegen«, hast du gesagt, und dann haben wir getanzt. Mein Fuß hat gar nicht mehr wehgetan. Wir sind über das Marmorparkett geglitten, wir haben uns losgelassen für getrennte Pirouetten und sind uns wieder in die Arme geflogen für die nächsten Schritte. So kann man nur tanzen, wenn man tief zusammengehört, habe ich gedacht.

Was zwingt mich bloß, diese Wolke da anzuschauen? Woher wusste ich, dass sie sich trennen würde? Eine Weile segeln beide Teile noch nebeneinander her. Dann driftet das eine Teil nach oben. Elender Luftikus, denke ich, du kannst doch nicht einfach abhauen, nur weil ich dir zu schwer geworden bin.
Mein Teil beginnt zu sinken. Woher weiß ich, dass das mein Teil ist?
Ja, bin ich denn vollends verrückt geworden? Das sind doch nur Wolken!
Ich kann doch nicht die ganze Welt in ein Orakel verwandeln! Das ist ja wie mit den Trauben am Silvesterabend.
Wir sollten zwölf Trauben essen, bei jedem Glockenschlag des Hotellautsprechers eine, das sei die örtliche Sitte, das bringe Glück, sagte der Conferencier. Ich habe die gestellte Aufgabe ordentlich absolviert. So bin ich nun mal. Du aber hast getrödelt. Du warst noch beim Mai, als es bereits um September ging, und beim zwölften Schlag hattest du vier Trauben übrig. Das hat mich wie

ein Omen durchzuckt. Aber du hast gegrinst und dir alle übrig gebliebenen Trauben auf einmal in den Mund gesteckt.

Warum löst sich das obere Wolkenteil jetzt auf? Bitte nicht. Das will ich nicht. Nein, so nicht! Herrgott noch mal! Wie komme ich bloß dazu, mir einzubilden, dass diese Wolke etwas mit dir zu tun haben könnte. Und selbst wenn! Orakel sind immer vieldeutig. Das kann alles Mögliche heißen. Zum Beispiel, dass du für *mich* nicht mehr existierst. Das ist schlimm genug.
Mein Wolkenteil ist dichter geworden, dunkler. Es hat flüchtige Begegnungen mit anderen Wölkchen. Hoffnung kommt auf. Aber es ergibt sich keine neue Paarung. Das trennt sich wieder und gleitet weiter nach unten.
Sinkflug.

Aufbruch

Es schien eine sanfte Landung zu werden. Die Ankunft im heimischen Ehebett morgens um fünf ist so zärtlich und sinnlich, dass mir Zweifel an unserer Trennungsidee kommen. Was, wenn wir durch die Trennung gar nicht neu und anders zusammenkommen, sondern am Ende nur einfach getrennt sind?
»Schick mich nicht weg, dann kann ich nicht gehen.«
Ich werde ganz klein und rund vor Angst. Du legst dich mit deinem ganzen Körper um mich herum.
»Spürst du meine Wärme und Nähe?«
Ja, ich spüre sie. Ich sauge sie ein.

Nach dem Frühstück erklärst du dich bereit, einkaufen zu gehen. Ich füttere derweil die Waschmaschine und räume auf. Die Reisemüdigkeit holt mich ein. Am liebsten würde ich zurück ins Bett schlüpfen. Aber ich will nicht faul sein, wenn du einkaufst. Deswegen nehme ich das Kleiderbündel und gehe zur Reinigung.
Was machst du denn da drüben? Du winkst mir von der Ampel aus zu. Ich winke zurück. Wieso hast du nicht die kleinste Ein-

kaufstüte in der Hand? Da drüben sind gar keine Geschäfte. Da ist nur die Post. Die Post? Während ich weiter in Richtung Reinigung gehe, sickert die Erkenntnis durch, dass du den Einkauf als Vorwand genommen hast, um mit ihr zu telefonieren. So eilig hast du es, Kontakt mit ihr aufzunehmen?

Der Teil mit den Wohnungsanzeigen fällt aus der dicken Samstagszeitung. Ich lasse ihn liegen und schlage den Fernsehteil auf. Mir ist schlecht. Ich höre den Schlüssel in der Tür. Heute kündigst du dein Kommen nicht mit heftigem Klingeln an. Du kommst leise und geschäftig herein. Ich helfe beim Auspacken, verstaue den Salat im Kühlschrank und frage mit spitzer Stimme:
»Wann darf ich in der kommenden Woche mit dir rechnen?«
Du verstehst nicht gleich, was ich meine.
»Für wann hast du dich verabredet?«, schiebe ich tapfer nach.
Ein kurzer prüfender Blick und dann:
»Ich möchte morgen Abend essen gehen.«
Schon morgen! Da rutscht mir die Milchflasche aus der Hand. Nein, sie fällt nicht wirklich, ich fange sie noch rechtzeitig auf. Meine verdammte Selbstbeherrschung sitzt tief. Ich werde doch nicht einfach die Milchflasche auf den Kachelboden fallen lassen. Dann müsste ich womöglich noch die Küche wischen und würde mir Splitter in die Hand reißen.
Andererseits, das wäre wenigstens ein physischer Schmerz. Wie kannst du nur so brutal sein? Kaum aus der Wärme unseres Beischlafs aufgestanden, hast du nichts Eiligeres zu tun, als sie anzurufen. Wie musst du nach ihr gefiebert haben, während du mir deine Liebe beteuertest. Du gönnst mir keine Atempause. Nun hast du mich doch weggeschickt. Wie auf Gleitschienen befördert es mich aus der Küche.
»Wo gehst du hin?«
Gute Frage. Wo gehe ich hin?
»Wohnungsannoncen sichten.«

Fakten schaffen. Pflöcke einschlagen, damit ich nicht wieder und wieder auf meine eigenen Hoffnungen hereinfalle. Ich schreibe einen Brief an Vater und Stiefmutter. Ich teile ihnen mit, dass wir

vorhaben, uns zu trennen. Ich muss es schwarz auf weiß sehen, sonst glaube ich es nicht. Ich benutze Hermanns Formulierung von der Suche nach neuen Wegen für unsere Gemeinsamkeit und gebe ihm den Brief zu lesen.
»Ein schöner Brief«, sagt er, »aber willst du ihn wirklich abschicken?«
»Ich hätte gern mehr Zeit gehabt, aber so wie du dich verhältst, zwingst du mich zur Flucht nach vorn.«
»Was meinst du damit, wie verhalte ich mich denn?«
»Musstest du sie gleich heute anrufen?«
»Ich habe geglaubt, man müsste sich melden.«
Wie elegant du verallgemeinerst.
»Für sie ist doch auch wichtig, was passiert.«
»Dann kannst du ihr ja jetzt die volle Erfolgsmeldung überbringen. Es ist dir gelungen, deine Frau davon zu überzeugen, dass sie ausziehen soll.«
Ich renne aus der Tür. Als ich im Flur stehe, weiß ich nicht, was ich da soll. Die Tapete weist Katzenspuren auf. Wir müssten mal wieder renovieren. Du bist mir nicht nachgekommen, dann kommst du jetzt wohl auch nicht mehr. Aber wenn ich einfach zurückgehe, sieht es albern aus. Als ob es darauf noch ankäme. Wie bin ich in die Küche gekommen? Wieso habe ich den Wasserkessel in der Hand? Er ist klebrig. Ein Tropfen tanzt auf der Herdplatte. Ich sehe ihm zu, bis er verbrannt ist.
Mit einer Kanne Tee gehe ich zurück ins Wohnzimmer. Da sitzen wir dann. Du in diesem Sessel, ich in jenem. Ich weiß noch, wie wir die Sessel gekauft haben. Sie gehörten einem weißhaarigen Paar, das sich entschlossen hatte, ins Altersheim überzusiedeln. ›Wir haben viele schöne Stunden darin verbracht‹, sagten sie und wünschten uns viel Freude damit. Ja, wir haben Freude damit gehabt. So viele Gespräche. So viele Menschen, die darin gesessen haben. Fünfzehn Jahre stehen sie schon in unserer Wohnung. Das Leder ist dünn geworden von so viel gelebtem Leben.
»Carola, bitte.«
Was? Ach so, du bist noch da. Hübsch, der leichte Trauerflor, mit dem du deine Stimme garniert hast.
»Das ist keine Erfolgsmeldung«, sagst du.

»Nein?«

»Mach bitte nicht kaputt, was wir in den letzten beiden Wochen geredet haben.«

Haben *wir* geredet? Es kommt mir eher so vor, als hättest du auf mich hingeredet, bis du mich da hattest, wo du mich haben wolltest. Nur du wusstest, wen du anrufen würdest, noch bevor die Arbeitswoche wieder anfängt und sie dich im Büro erreichen kann.

»Ich dachte, das Wochenende ist noch für uns.«

Warum habe ich das gedacht? Ich begegne deinem Blick, der versucht eine Brücke zu schlagen. Doch bevor ich in Versuchung komme, über diese Brücke zu gehen, zerstörst du sie selber.

»Wahrscheinlich ist es ein Fehler, dass ich zu viel über dich nachdenke«, sagst du, »ich habe aus Rücksicht auf dich nicht von zu Hause aus telefoniert, das wäre viel bequemer gewesen.«

Ach, so siehst du das? Und ich sitze da und nippe an meinem Pfefferminztee, anstatt ihn dir über den Kopf zu schütten. Salamitaktik. Scheibchen für Scheibchen, und ich bin die Wurst, die zerschnitten wird.

Du meinst, es mache keinen Unterschied, ob du sie morgen oder erst nächste Woche sehen würdest. Es wäre doch dieselbe Situation. Und dann willst du wissen, wie ich überhaupt gemerkt habe, dass du telefoniert hast. Warum interessiert dich das? Willst du es beim nächsten Mal schlauer anstellen? Aber es wird kein nächstes Mal geben. Ich muss mir das in den Kopf hämmern, es wird kein nächstes Mal geben!!! Und gleichzeitig sagt ein anderer Teil von mir, der es immer noch nicht glauben kann:

»Heute Morgen, als ich in deinen Armen lag, da habe ich dir gesagt, dass ich noch nicht so weit bin, dass ich Angst habe.«

»Dann müssen wir über deine Ängste reden.«

Nein, es hat keinen Sinn. Du willst nichts ändern. Du willst nur geschicktere Worte finden. Ich hebe den Zeitungsteil mit den Annoncen auf.

So geht der Samstag dahin. Ich tippe Briefe, du leckst die Briefmarken höchstpersönlich ab und klebst sie eifrig auf. Dann gehen wir gemeinsam zum Briefkasten. Du nimmst meine Hand. Wer uns so

sieht, könnte uns für ein frisch verliebtes Paar halten. Dass man auf Wohnungsannoncen antwortet, heißt ja noch nicht, dass man auch wirklich auszieht. Noch ist nichts zu spät.
»Was wäre, wenn ich dich bitten würde, morgen Abend nicht mit ihr essen zu gehen?«
Der Wind zupft an kahlen Ästen. Es sieht nach Regen aus.
»Übermorgen sitze ich wieder hinter Klimaanlage«, sagst du, als sei dein klimatisiertes Büro ein Gefängnis. Ich soll dich wohl bedauern und dir das bisschen ausgleichende Freiheit nicht missgönnen. Wir sind schon wieder zu Hause, als ich nachfrage, ob ich noch mit einer Antwort rechnen kann.
»Ich habe geglaubt, man müsse das machen.«
Man. Offenbar ist es ganz unpersönlich, was du da machst, du bist gar nicht dabei.
»So wie die Lage jetzt ist, sollten wir wohl in getrennten Zimmern schlafen«, sage ich.
»Wollen wir das gleich heute einführen?«, fragst du beflissen.
Ich bin nur noch müde. Ich sage, dass ich zu schwach bin, um irgendwelche Entscheidungen zu treffen. Man kann auch im gemeinsamen Bett weit voneinander entfernt sein.

Sonntagmorgen. Du bist schon angezogen, bevor ich aufwache.
Du kommst ins Zimmer, sagst »guten Morgen« und legst die Hand auf meine Schulter. Das ist die Geste, die für entfernte, aber liebe Freunde reserviert ist, die als Logiergast bei uns weilen. Jetzt wäre die Frage nach dem Frühstücksei fällig. Tatsächlich, du stellst sie. Aber du musst nicht fragen, ob ich es weich oder hart gekocht haben will. Das weißt du.
Als du gegangen bist, habe ich Gelegenheit, unauffällig eine Runde zu heulen, bevor ich unter die Dusche gehe.
Nach dem Frühstück müssen wir rechnen. Das Ganze hat ja auch eine ökonomische Seite. Wohnungen sind teuer. Wir versuchen, unsere Finanzlage zu sichten. Wir waren immer stolz auf unsere getrennten Konten, nur keine finanziellen Abhängigkeiten. Also, wer hat welche Ausgaben? Wer welches Einkommen? Mein Problem ist, dass ich als Freiberuflerin nie weiß, was ich verdiene. Das geht stoßweise, mal ein großer Betrag, dann wieder wochenlang

gar nichts. Mal geht die Steuer vorher ab, mal hinterher, mal kommt sogar Steuer zurück. Ich kann das nicht umrechnen auf ein Monatseinkommen. Das war bisher auch nicht nötig. Die laufenden Kosten haben wir aufgeteilt. Du die Miete, ich das Auto. Ansonsten gab es ein Haushaltsportemonnaie, das einfach aufgefüllt wurde, mal von dir, mal von mir. Geld war kein Thema. Es war genug davon da.

Die Sonne ist herausgekommen. Ich brauche frische Luft.
»Möchtest du allein gehen?«
Wenn wir zusammen gehen, wird diese elende Diskussion fortgesetzt. Mir ist jetzt schon schlecht, andererseits …
»Allein spazieren gehen kann ich noch lange genug.«

Wie viele von den anderen Leuten haben auch nur deshalb eine Sonnenbrille auf, weil man damit die Tränen kaschieren kann?
»Mehr habe ich nicht eingesteckt«, sagst du, als du zum vierten Mal das Päckchen mit den Tempotüchern zücken musst. Und dann fragst du auf einmal doch noch, ob du den Abend absagen sollst – oder ihn auf den Nachmittag verschieben, fügst du rasch hinzu.
»Ich weiß nicht. Ich weiß gar nichts mehr. Tu, was du willst.«

Von den Rouladen, die du kochst, kann ich nichts essen.
Ich verziehe mich mit Magentabletten ins Bett.
Eine Weile noch dringt deine Opernmusik zu mir. Danach ein sehr leises Geräusch. Die Wohnungstür fällt ins Schloss. Ich hätte nie gedacht, dass ich es durch zwei geschlossene Türen hindurch hören kann. Du hast dich davongeschlichen.

Montag. Nicht nur in meinem Privatleben, auch in Afrika kriselt es wieder. Das ist kein Trost. Ich erledige Telefonate und finde unter meiner Post die Lösung für das Geburtstagsproblem. Eine Einladung zum Regieverbandstreffen. Ich werde nach München fahren und weit weg sein.
»Die letzte Maschine zurück wie immer?«, fragt der Mann vom Reisebüro.

»Nein, ich bleibe über Nacht. Können wir den Rückflug offen lassen?«
Ich habe keine Eile zurückzukommen. Ich werde Freunde besuchen.

Auf der Bank erfahre ich, dass die umweltfreundlichen Aktien, die ich Ende November für 6800 Mark gekauft habe, heute nur noch 5400 Mark wert sind. Dafür ist auf meinem Sparbuch erfreulich viel. Ich kündige es zum nächstmöglichen Termin.
Danach rufe ich die Therapeutin an und frage, ob ich eine Einzelstunde haben kann. Vermutlich hört sie meiner Stimme eine gewisse Dringlichkeit an. Jedenfalls hat sie Zeit für mich.

Diesmal möchte ich tiefer graben. Wozu ist sie Analytikerin, da geht es doch immer um die Kindheit.
»Wie war es bei Ihnen zu Hause?«, fragt sie.
»Wir waren die beste Familie weit und breit, nie ein lautes Wort, nie Streit, wir waren die ideale Familie.«
Frau Norden wartet.
»Auf dem Totenbett hat meine Mutter gesagt, es lohnt sich nicht, Kinder zu kriegen.«
Meine Stimme zittert. Deshalb rede ich jetzt ganz schnell.
»Ich glaube, wir waren ihr lästig. Wir waren immer zu laut. Mit vier Jahren bin ich wochenlang nicht in den Kindergarten gegangen, und sie hat es nicht einmal gemerkt. Erst als die Nonnen fragten, warum ich denn nicht mehr komme, ist es aufgeflogen. Ich bin lieber mutterseelenallein in der Stadt herumspaziert, als in diesem Stühlchen eingesperrt Papierblumen zu falten. Ich musste dann zurück zu den Nonnen. Und als mein Bruder geboren wurde, da haben sie mich ganz weit weg geschickt, in das Land, wo Milch und Schokolade fließen. Ich wusste nicht, dass es meiner Mutter nicht gut ging mit ihrer Schwangerschaft, ich wusste nicht einmal, dass sie schwanger war. Als ich zurückkam nach einem halben Jahr, sollte ich mich über mein Brüderchen freuen.«
Nun kann ich die Tränen doch nicht mehr zurückhalten. Herrgott nochmal, diese alte Geschichte. Wie oft haben wir unsere Kind-

heitsnummern durchgekaut, seine und meine. Nie musste einer dabei weinen. Warum ertrinke ich jetzt vor Selbstmitleid?

»Die Gefühle, die Sie hatten, waren nicht die Gefühle, die Sie haben durften?« Der Ton von Frau Norden ist einfühlsam und gleichzeitig sachlich. Das holt mich zurück.

Ich glaube, ich habe überhaupt keine Gefühle gehabt. Jedenfalls erinnere ich mich an keine. Doch, ich erinnere mich daran, dass ich mich geschämt habe, meinen kleinen Bruder im Kinderwagen spazieren zu fahren. Aus irgendeinem Grunde glaubte ich, man könne mich für die Mutter halten. Das war absurd. Ich war gerade mal sechs.

»Andere Gefühle als Scham wären vielleicht zu gefährlich gewesen.«

Watteboxen, es war immer so, als würde ich in Watte boxen. Und plötzlich schimpfe ich laut los:

»Es gibt kein Wetter, das ich so abgrundtief hasse wie diese grauen Tage, an denen sich nichts bewegt!«

Der Zusammenhang ist mir nicht ganz klar. Auch nicht, warum mir jetzt dieses Horrorschloss einfällt. Wir hatten uns von Freunden Kinder ausgeliehen und waren mit ihnen in einen Fun-Park gefahren. Da gab es eine Treppe, die sich spaltete, ein Teil versank nach unten, sobald man versuchte, hochzusteigen. Die Beine gerieten in einen Spagat.

»Es geht nicht um den Widerstand«, sagt Frau Norden, »sondern um die Eigensteuerung.« Das kommt mir bekannt vor, aber was hat das mit der Geistertreppe zu tun? Mein Kopf fühlt sich neblig an. Irgendwie kriege ich das alles nicht auf die Reihe.

»Es ist die Stelle der Trennung, an der Sie eine Überlastung empfinden bei gleichzeitiger Liebe.«

Ja, die gleichzeitige Liebe, die macht es schwierig.

Ich konnte nie wütend sein. Es gab nie einen Grund. Alle waren immer lieb zu mir und haben mir immer alles erklärt. Hermann erklärt mir auch immer alles. Er ist auch ganz lieb zu mir.

»Sie haben eine Chance, das zu bearbeiten, wenn Sie dableiben. Ich habe den Eindruck, sie wollen die Basis gar nicht aufgeben?«

»Nein, das will ich nicht.«

Als ich im Auto sitze, wundere ich mich. Hat sie mir nicht neulich etwas völlig anderes geraten? Aber sie rät mir ja nichts, sie reagiert nur auf mich und stellt Fragen.
Will ich wirklich bleiben? Was erwartet mich, wenn ich bleibe? Für Hermann die Lust und für mich die schlaflosen Nächte. Wie soll ich das aushalten? Und wenn ich gehe? Einsamkeit. Alles in allem sehen meine Wahlmöglichkeiten nicht besonders verlockend aus.

Verdammt, ich bin zu spät über die Ampel. Das hätte schief gehen können. Tränen am Steuer sind verkehrsgefährdend. Ernüchtert rette ich mich in die nächste Parkbucht.
Das ist doch wohl nicht die Art von Zusammenstoß, die ich suche, oder?

Jede Wohnung ein Lebensentwurf

Am Nachmittag besichtige ich die erste Wohnung. Zusammen mit neunundzwanzig anderen Leute quetsche ich mich in eine Drei-Zimmer-Neubauwohnung mit Balkon. Es ist ein Schattenbalkon und er sieht auf einen Schulhof hinaus. Ob mir das gut tun würde, jeden Morgen so viele Kinder zu sehen? Ich drängele zurück, Richtung Ausgang.
Danach lege ich mich ins Bett, am hellen Tag.

Ein Barockschloss explodiert. Die Kaminziegel kollern wie Erbsen, ein Stück vom Dach fliegt weg. Hermann will es reparieren, aber ich frage ihn skeptisch, ob er es richtig macht. Nun knicken auch noch die Kamine ein. In Zeitlupe brechen sie zusammen und entlassen eine Staubwolke. Da kommt meine Mutter und wirft mir vor, meine Zeit zu verplempern, statt zu arbeiten. Ich schreie sie an: »Kein einziges Mal bin ich hier gewesen ohne Arbeit!«

Draußen ist es schon wieder dunkel, als ich wach werde. Ich hasse den Januar. Ich kann mich nicht dazu bringen aufzustehen. Statt-

dessen erinnere ich mich an eine Szene aus dem Film ›Ordinary People‹. Der sechzehnjährige Konrad hat ein Problem, er möchte mit seiner Mutter darüber reden und weiß nicht, wie er es anfangen soll. Er bietet ihr an, beim Tischdecken zu helfen. Sie ist unfähig, die Botschaft hinter seinem Angebot zu sehen, und reagiert ablehnend. Konrad bleibt trotzdem da und wartet auf den richtigen Moment. Die Mutter fühlt sich in ihrer Routine gestört. Es verunsichert sie, dass Konrad einfach dasteht. Weil sie nicht weiß, wie sie anders mit ihm reden könnte, stellt sie ihm eine Kontrollfrage: ›Hast du deine Hausaufgaben gemacht?‹ Normalerweise würde das reichen, um Konrad in die Flucht zu schlagen, aber diesmal möchte er wirklich mit ihr reden. Er bleibt, auch als das Telefon klingelt. Die Stimme der Mutter verändert sich, wird hell, aufgedreht, bis die Mutter sich von Konrads Blick belästigt fühlt. Sie wendet ihm irritiert den Rücken zu, bevor sie ihre Golfplatzverabredung trifft.
Ich mag den Film. Er macht die leisen Katastrophen sichtbar.

Meine Mutter ist an ihrem eigenen Erbrochenen erstickt. Was für ein Tod für eine Frau, die auf Stil und Haltung bedacht war. Ich habe noch wochenlang ihre toten Hände gesehen, wenn ich auf meine geguckt habe.

Sind das jetzt Salmonellen, oder kommt es nur von meinem Gefühlswirrwarr? Anscheinend ist es möglich, Verstopfung und Durchfall gleichzeitig zu haben. Auch mein Schneidezahn meldet sich wieder. Ich sollte zum Zahnarzt gehen. Wenn sich die Wurzel entzündet hat, muss die Füllung wieder aufgemacht werden. Mein Gott, wie symbolisch.
Wenn ich fest angestellt wäre, würde ich mich heute krankmelden. So quäle ich mich in den Tag hinein, sichte die Post und mache Listen von all den Leuten, die ich eigentlich anrufen müsste, in meiner gegenwärtigen Verfassung aber besser nicht anrufe. Stattdessen zupfe ich verwelkte Blätter aus den Grünpflanzen und tue mir Leid. Um wenigstens irgendetwas zustande zu bringen, telefoniere ich mit zwei Maklerbüros und mache einen Termin beim Zahnarzt aus. Dann lege ich mir einen Farbtest. Heute wird mir bescheinigt, dass ich ein gequälter Konfliktflüchter sei. Empfehlung: ›Bewerten

Sie nichts als negativ, nur weil es anders ist, als sie es erwarten oder wünschen.‹ Leitsatz: ›Ich bin innerlich frei und unabhängig.‹ Da kann ich auch gleich den Rosenkranz beten oder zweihundertmal sagen, es geht mir gut, es geht mir gut, es geht mir gut.

Das nächste Wohnungsangebot klingt viel versprechend am Telefon: Appartement über zwei Etagen. Leider hat selbst die untere Ebene nur schräge Wände und die Lukenfenster lassen so wenig Licht herein, dass schon mittags um zwei Dämmerung herrscht. Das kann ich mir nicht antun.

Also weiter zu den zweieinhalb Zimmern mit Balkon für nur tausend Mark. »An ruhige Mieterin« stand in der Annonce. Ruhig bin ich ja, wenigstens äußerlich. Der Vermieter hat einen Haushaltswarenladen im Erdgeschoss und vermietet nur an Damen über vierzig. Er mustert mich skeptisch und fragt, ob ich öfter Herrenbesuch bekäme.

»Ich dachte eigentlich daran, hier einen Massagesalon zu eröffnen.«

Sein entgeistertes Gesicht heitert mich wenigstens vorübergehend auf.

Zurück zu Kamillentee und Zwieback. Als das Wasser zu sieden beginnt, fällt mir ein, dass ich über meinen eigenen Problemen völlig vergessen habe nachzufragen, was bei diesem Untersuchungstermin meines Vaters herausgekommen ist. Sie hätten doch Entwarnung gegeben, wenn alles gut wäre, oder ist auch in diesem Fall keine Nachricht eine gute Nachricht? Ich habe schon die Hand auf dem Hörer, als ich zögere. Was, wenn sie meinen Brief schon haben? Egal.

Es ist keine gute Nachricht. Er muss operiert werden, in drei Tagen schon, wegen einer beginnenden Nierenvergiftung. Und die Geschwulst, ist sie bösartig? Das weiß man erst nach dem Eingriff.

Leider ist mein Brief auch schon angekommen. Mein Vater will mit mir sprechen. Muss das jetzt sein? Es muss.

»Ja, also, Kind, das ist ja eine Katastrophe für uns.«

Wieso für euch?

Ruhe, nur nichts sagen, jetzt nicht, er ist krank, er muss ins Krankenhaus. Auch wenn es nur ein kleiner Eingriff ist, in seinem Alter ist das bedrohlich.
»Ja, ist denn da gar nichts zu machen?«, fragt er. »Männer sind nun mal so«, fügt er hinzu, wohl um mich zu beschwichtigen.
Wie denn? Er auch? Hat er meine Mutter betrogen und ich habe es nur nicht gewusst?
»Soll ich mal mit Hermann reden?«
Um Gottes willen, nein! Bei diesem Angebot werde ich ganz souverän, behaupte, dass wir unsere Ehe durch diese pragmatische Lösung zu retten gedächten, dass es sich nur um eine Renovierung und nicht um einen Häuserabriss handele, außerdem sei das jetzt alles ganz unwichtig, wichtig sei nur, dass er schnell wieder gesund werde.

Hermann ruft an. Ich soll in die Stadt kommen. Er hat von der idealen Wohnung gehört, mitten im swingenden Zentrum.
Wir besichtigen ein Lifestyleappartement für Singles. Alles offen und um eine Innentreppe gruppiert. Verspiegelte Wandschränke und weiße Kacheln. Hermann ist begeistert. Sogar eine Küchenzeile gehört dazu.
»Du könntest schon in zwei Wochen einziehen.«
Das klingt, als wäre er Marktschreier und hätte ein einmaliges Angebot. Beflügelt ihn die Aussicht, mich so bald los zu sein? Nein, das darf ich nicht denken. Ich bin diejenige, die weg will. Ich bin nicht das Opfer, ich bin es, die einer unhaltbaren Situation ein Ende macht.
Aber wie werde ich mich fühlen in diesem Glaspalast? Ich kann mir nicht vorstellen, meinen Schreibtisch mitten in den Raum zu stellen. Wo sollen meine Aktenordner und Bücher hin?
»Hier ist so gar keine Kuschelecke, keine Rückzugsmöglichkeit für Regentage.«
»Du willst es doch immer hell.«
Bist du jetzt beleidigt, weil ich etwas auszusetzen habe an deinem Sonderangebot?
»Ich muss auch einen Baum sehen können. Willst du nicht hier einziehen?«, schlage ich vor.

»Nein, für mich ist das nichts.«
Ach. Für mich soll es gut genug sein, aber für dich selber lehnst du es ab.
»Und warum nicht!?«
Angelockt von meinem aggressiven Tonfall sieht der Vermieter um die Ecke. Da wirfst du mir warnende Blicke zu, lobst die Wohnung ganz außerordentlich und behauptest, gleich am nächsten Tag werdest du anrufen.
Auf der Treppe machst du mir Vorwürfe.
»Beinahe hätten wir uns diese Chance zerstört.«
Wer zerstört hier wem welche Chance?
»Ich habe keine Lust mehr, meine Zeit und meine Energie bei der Wohnungssuche zu verplempern. Jetzt bist du dran! Jetzt sollst du Ausschau halten nach einer Wohnung für dich. Ich bleibe da, wo ich bin.«
Du machst mich darauf aufmerksam, dass du es warst, der seinerzeit die Wohnung gefunden hat.
»Und wer hat hundertzwanzig Meter Fußleisten gestrichen!?«
So ist das also. Das ist ein neues Stadium.

Meine Freundin Kirsten trennt sich auch. Jetzt also doch. Dabei schien es ihnen gelungen zu sein, ihre Partnerschaft in eine Art toleranter Wohngemeinschaft umzuwandeln. Ich habe gestaunt, wie sie es aushielt, dass er seine Freundinnen mit in die Wohnung brachte. Nun ja, im Gegenzug hat ihr Liebhaber auch manchmal da übernachtet. Sie hielt diese Konstruktion für das kleinere Übel. Selbst in der Distanz gebe es immer noch Strukturen, die man vermissen würde, wenn sie auf einmal nicht mehr da seien, meinte sie. Und nun will sie doch auf diese Strukturen verzichten, weil alles nur noch niederdrückend gewesen sei. Schade, dass sie in Hamburg lebt, sonst könnten wir zusammenziehen.

Ich habe meine Zahnschmerzen zu lange ignoriert. Der ganze Kiefer ist eitrig. Der Zahn muss gezogen werden. Kein großer Verlust, meint der Zahnarzt, er sei ohnehin tot gewesen.
Ich sehe das anders. Er war vielleicht tot, aber wenigstens war da nicht diese Lücke, an der ich jetzt immer herumpulen muss mit

meiner Zunge. Ich sollte das nicht tun. Es muss abheilen, damit die Brücke montiert werden kann.

Babette ist aus Indien zurück. Sie bringt mir ein handgemaltes Kästchen mit und schwärmt mir von ihrer Reise vor. Sie fühle sich großartig, nun, da es ein Jahr her ist, dass sie ihren Ehemann in flagranti entdeckt hat im eigenen Bett.
Männer sind halt so. Aber wo kommen die entsprechenden Frauen dazu her? Sind Frauen auch so?
Babette findet, es sei keine gute Idee, dass ich in der Wohnung bleiben will. Babette weiß, wovon sie spricht. Sie hat ihr Trauerjahr in der alten Wohnung verbracht. Das sei das Schwierigste gewesen. Monatelang habe sie die vertrauten Geräusche vermisst. Ein richtiger Neuanfang wäre leichter, meint sie. Und dann fällt ihr eine mögliche Wohnung ein. Sie kennt da jemand …
»So, du kennst da jemand? Davon hast du mir noch gar nichts erzählt.«
In einer Mischung aus Stolz und Verlegenheit wehrt Babette ab. Es sei schon wieder vorbei, und das sei auch gut so, er gehe sowieso zurück nach Wien, aber, und das sei das Entscheidende, seine Wohnung werde frei, und die sei genau das Richtige für mich. Großzügig, mit einer kleinen Dachterrasse und Blick auf die Domtürme. In der Südstadt. Wenn schon umziehen, dann auch gleich in ein neues Viertel, rät sie mir. Sie malt den Grundriss auf die Papierserviette.
Und was kostet das?
Ja, es sei teuer, aber in so einer Situation dürfe ich nicht sparen, ich müsse eine Umgebung finden, die mir helfe.
Ich denke an die Wohnung ohne Herrenbesuch und stimme ihr zu.
»Außerdem gebt ihr doch bestimmt eure Eifelwohnung auf, da spart ihr dann wieder.«
Geben wir die Eifelwohnung auf? Daran habe ich noch gar nicht gedacht. Ja natürlich, das werden wir wohl müssen. Babette findet, ich sehe besser aus als bei unserem letzten Treffen. Will sie mich aufmuntern?
»Nein, wirklich. Du warst so bitter geworden.« Und dann fügt sie hinzu, das kenne sie von sich, von ihrer letzten Zeit mit Gunter.

»Und jetzt?«, frage ich.
Sie habe aufgehört, in der Wir-Kategorie zu denken. Das sei der entscheidende Schritt. Da bin ich noch lange nicht. Will ich da überhaupt hin?

Die Wohnung gefällt mir. So wollte ich immer schon einmal wohnen, über den Dächern von Köln. Hier habe ich es sogar besser als du! Wahrscheinlich wirst du neidisch sein. Hier werde ich gut arbeiten können, alles griffbereit um mich herum und für niemanden verantwortlich als für mich.
Neues Terrain.
Ja, das ist gut. Das ist viel besser, als in der großen Wohnung zwischen all den Erinnerungen zu hocken. Damit musst du jetzt klarkommen. Ich setze meinen Namen unter den Mietvertrag. Natürlich ist es teuer. Aber wofür habe ich gespart? Das ist jetzt der Ernstfall. Den Querschlägergedanken, warum ich dafür bezahle, dass Hermann beschlossen hat, fremdzugehen, schiebe ich rasch beiseite. Ich verdiene genug Geld. Ich habe den großen Coup gelandet, habe meine Serienidee verkauft. Dabei fällt mir ein, dass ich dringend meinen Agenten anrufen muss.
Wieso ist der Vertrag noch nicht da? Was für ein Datum haben wir heute? Einundzwanzigster Januar.
Ich erinnere mich vage an das Horoskop aus dem Flugzeug. Stand da nicht etwas von Brücken abbrechen oder einen Schlussstrich ziehen? Ich muss unbedingt nachlesen, was da steht. Wo habe ich diese herausgerissenen Seiten nur hingetan? Wahrscheinlich sind sie bei den Hotelunterlagen. Und die sind im Ordner mit den Flugreisen. So, her damit. Was hat denn der Syltprospekt hier zu suchen? Nach Sylt fährt man mit dem Auto oder mit dem Zug. Wer hat da wieder etwas falsch eingeordnet?
Ach so, dieser Prospekt ist es, das Häuschen am Watt ist rot umkringelt.
Dass Hermann ihn in den Ordner mit den Flugreisen getan hat, ist das jetzt seine normale Schlampigkeit oder eine Freudsche Fehlleistung? So oder so, ich jedenfalls fühle mich, als hätte ich gerade eine Bruchlandung gemacht. Keine Spur mehr von Aufbruchseuphorie. Plötzlich sehe ich nur noch Lästigkeiten auf mich zu-

kommen. Das müssen wir alles auseinander nehmen, deine New-York-Reise, meine nach Boston. Von wegen wir, so wie ich das kenne, bleibt das Mühsame allein an mir hängen. Nur weg damit, nur zurück ins Regal.
O nein! Jetzt gibt auch noch der Boden von diesem verdammten Pappschuber nach, da flattern sie alle einzeln herum, unsere gemeinsamen und unsere getrennten Reisen.
Ich kann nicht mehr, ich will nicht mehr. Ich lasse mich rücklings auf die Papiere fallen.

»Was ist denn hier los?«
»Ich habe das Horoskop gesucht.«
»Das hier?«
Ja, das da, aber es interessiert mich jetzt nicht mehr.
»Was machen wir bloß mit dem ganzen Zeug? Das müssen wir alles sortieren«, sage ich gequält.
»Wir müssen gar nichts«, sagst du, ziehst mich vom Boden hoch und schmeißt alle Papiere in den Papierkorb.
»Die müssen wir schon mal nicht mehr sortieren.«
Ich liebe deine Rundumbefreiungsschläge. So habe ich dich kennen gelernt. Du bist gut für mich. Wenn ich unter dem Alltag zusammenbreche, findest du eine einfache Lösung, ich liebe dich.

»Hilfst du mir beim Kistenpacken?«
»Ja, natürlich.«
»Wenn ich aus München zurückkomme, fangen wir an.«
Das kleine Köfferchen für meine Geburtstagsabwesenheitsreise habe ich allein gepackt. Ich ziehe den langen schwarzen Mantel an.
»Bist du sicher, dass dir der Mantel nicht zu schwer wird?«
»Nein. Aber ich bin mir sicher, dass ich ihn anziehen will.«
Wer bemuttert hier eigentlich wen? Und wer sagt, dass es nicht schön ist, ein bisschen bemuttert zu werden?
Du erwiderst mein Lächeln.
»Hast du etwas von deinem Vater gehört?«
»Er hat alles gut überstanden.«
»Und der Befund?«

»Ja, es ist Krebs, ein so genannter Haustierkrebs. In seinem Alter wächst der nur langsam, haben sie gesagt. Jedenfalls machen sie keine Chemobehandlung.«

Die räumliche Entfernung bewahrt mich nicht davor, mir vorstellen zu müssen, wie du an deinem Geburtstag neben ihr in der Philharmonie sitzt. Sie bewahrt mich auch nicht davor zu träumen.

Ich bin vielleicht neun oder zehn. Ein wunderschöner Schmetterling hat sich ins Kinderzimmer verirrt. Mein kleiner Bruder grabscht nach ihm. ›Nicht‹, schreie ich ihm zu. ›Nicht die Flügel berühren, sonst stirbt er!‹ Aber er hat ihn schon erwischt. Der rechte Flügel hat ein Loch. Was sein muss, muss sein: Ich hole eine Nadel und steche von oben in den Schmetterlingsleib, so wie ich es bei den aufgespießten Exemplaren in Glaskästen gesehen habe. Mein kleiner Bruder hält ihn tapfer fest, obwohl er blutet und blutet. Damit haben wir nicht gerechnet, wo kommt es nur her, dieses viele Blut, das da herausfließt aus dem Schmetterlingsleib? Der sollte doch eher staubig sein wie bei einer Motte.

Mit klopfendem Herzen wache ich auf. Die Bedeutung ist mir klar. Mein kleiner Bruder steht für Hermann, und der Schmetterling, den er beschädigt hat, ist unsere Ehe.
Aber als ich den Traum in der Therapiegruppe erzähle, werde ich angegriffen:
»Was nicht vollkommen ist, darf nicht leben.«
Das trifft mich. Hermann hat mir auch Perfektionismus vorgeworfen. ›Was wert ist, getan zu werden, ist auch wert, richtig getan zu werden‹, hat mein Vater mir ins Poesiealbum geschrieben. Ich fand den Spruch immer gut. Warum ist auf einmal alles falsch?
Es gehe hier nicht um richtig oder falsch, wird mir erklärt. Solange ich in diesen Kategorien denken würde, gehe es mir ums Recht haben.
Jetzt verstehe ich gar nichts mehr.
»Wie kann es falsch sein, wenn ich Recht habe?«
»Es ist nicht falsch, aber es nützt nichts.«

»Soll das jetzt heißen, es ist zwar falsch, dass mein Mann eine Geliebte hat, aber es nützt mir nichts?«
»Wenn der andere zwar nicht Recht hat, aber seine Gefühle lebt, dann kommt es zu folgender Situation: Der eine hat Recht und der andere ist frei.«
»Aber objektiv ist das doch ...«, versuche ich zu widersprechen.
»Es geht nicht ums Objektive. Der Preis für das Objektive ist der eigene Stand.«
Der eigene Stand. Vor Beginn der Gruppensitzung dachte ich noch, ich hätte einen. Jetzt habe ich eher das Gefühl, auf Treibsand zu stehen.
»Das ist nur so, wenn Sie stehen bleiben, während sich um Sie herum alles ändert. Sie müssen sich selber bewegen.«
Aber das versuche ich doch die ganze Zeit! Warum sonst habe ich diesen Scheißmietvertrag unterschrieben!? Und wurde nicht genau das eben als Überreaktion bezeichnet? Was ist das denn für eine Verdrehung? Nicht mehr die Beschädigung meiner Ehe ist jetzt das Problem, sondern mein Umgang damit. Was ist denn jetzt richtig und was falsch? Moment! Richtig war ja gerade eine falsche Kategorie. Aber falsch ist genauso wenig richtig. Ich bin in einem Irrgarten. So kann ich nicht denken. Ich sitze erschöpft auf meinem Stuhl und beschließe, gar nichts mehr zu sagen. Wie komme ich nur auf die Idee, dass so eine Therapiegruppe etwas Aufbauendes wäre? Ich klappe einfach meine Ohren zu, schalte auf Durchzug.
Dass Frau Haberscheid die Gruppe verlassen will, höre ich dann aber doch.
Ob sie für sich erreicht habe, was sie erreichen wollte, wird sie gefragt. Sie lässt sich Zeit mit der Antwort.
»Ich kann jetzt mit Menschen reden«, sagt sie schließlich. Früher habe sie auf Distanz bestanden, sei oft weggegangen.
Die auch?
»Aus Angst?«, frage ich sie.
Angst will sie nicht gelten lassen, aber es habe etwas mit Fassade zu tun. Nicht jeder solle alles von ihr sehen. Im letzten Sommer hat sie ihre Brille gegen Kontaktlinsen eingetauscht. Danach habe sie noch zwei Monate lang eine Sonnenbrille über den Linsen getragen, weil sie sich ohne Brille nackt vorkam.

Nun meldet sich diese Dame mit Goldkettchen und Pumps zu Wort, die, solange ich hier bin, noch nie etwas gesagt hat. Auch sie fühlt sich nackt ohne Brille. Auch sie ist betrogen worden. Sie hat ihre Sachen gepackt und ist ausgezogen, binnen weniger Stunden. Das hätte ich ihr nicht zugetraut.
Die Geschichte ziehe sich bis heute hin, redet sie weiter. Sie komme nicht von ihm los. Damals sei sie radikal gewesen, habe es abgelehnt, mit ihm zu sprechen, ließ sich sogar am Telefon verleugnen. Aber er war hartnäckig, gab sich als Patient aus und verschaffte sich unter falschem Namen Zutritt. Sie ist Ärztin? Das hätte ich ihr auch nicht zugetraut.
Er habe sie festgehalten, und sie sei geblieben, obwohl ihr Pieper die ganze Zeit gemahnt habe. Sie wisse selber nicht, warum sie geblieben sei.
Stille. Ich denke an meine Verführbarkeit.
»Es ist auch schön, intensiv begehrt zu werden«, sage ich.
Ja, aber er wolle nicht sie, sondern nur einen Teil von ihr, den Teil, der sich unterordne, anpasse, zurücknehme, unselbständig sei.
Ist das diese schon morgens um acht perfekt geschminkte Dame, die ich bisher unter Bridge spielende Nurhausfrau eingeordnet habe? So viel zu meiner Menschenkenntnis.
»Aber er kommt doch gerade, wenn Sie ihm weglaufen«, sagt jetzt der mit den ungeputzten Cowboystiefeln.
»Ich kann nicht immer laufen, da komme ich aus der Puste.«
Ihre Stimme ist leise geworden. Sie fügt hinzu, dass sie immer weg wolle. Überall gehe sie weg. Auch als sie in die Gruppe gekommen sei, habe sie gleich zu Beginn daran gedacht, wann sie wieder gehen werde.
Ich fühle mich ertappt.
»Wenn ich die Vorstellung habe, dass ich morgen wieder gehe«, sagt Frau Norden, »dann brauche ich mich nicht vorbehaltlos auf das einzulassen, was hier ist. Ich bin nur unter Vorbehalt hier, nicht wirklich.«
Aha. Vielleicht sollte ich mich fragen, was ich davon habe, wenn ich mich nicht wirklich auf das einlasse, was ist. Ich bin ja deswegen nicht anderswo. Ich bin nur unwirklich.

Auszug

Am Umzugstag ist es so kalt, dass die Hydraulik des Lastwagens eingefroren ist. Die Möbelpacker mustern uns neugierig. Sie können sich keinen Reim machen auf dieses Paar, das so liebevoll miteinander umgeht und im besten Einverständnis seine Zerstörung betreibt. Ich fange Blicke auf, als sie die Kisten mit meinen Kleidern schultern. Vielleicht denken sie, dass Hermann mein Neuer ist, der Grund für meinen Auszug aus der ehelichen Wohnung. Aber dazu passt nicht, dass er zu meinen Gunsten auf die Stehlampe verzichtet. Sie wundern sich auf dezente Art. Erst nachdem sie meinen zwei Meter fünfzig breiten Schreibtisch ins oberste Stockwerk gebracht und wieder zusammengebaut haben, fassen sie ihre Eindrücke zusammen.

»Eine Art Wohnbüro?«, fragen sie.

»Ja, eine Art Wohnbüro«, bestätige ich und räume die Kleider mit ein paar Griffen aus den Kisten in den eingebauten Schrank. Das ist das Gute an dieser Wohnung. Sie ist teilmöbliert. Das ist gar nicht wie ein Auszug, das ist eher wie ein längerer Auslandsaufenthalt, denke ich. Als ich mich umdrehe, belehren die Kistengebirge in der Mitte des Raumes mich eines Besseren.

Die Gebrauchsanweisungen der Elektrogeräte, die ich mitgenommen habe, fehlen. Ich fahre in die alte Wohnung. Als ich den Schlüssel in die Tür stecke, frage ich mich, ob ich jetzt klingeln müsste.

»Hallo, ich bin's«, schreie ich in den Flur, »ich brauche die Bedienungsanleitungen.« Muss ich mich jetzt rechtfertigen dafür, dass ich hier bin?

Ich nehme die Unterlagen vom CD-Player und die Garantie vom Toaster aus dem Ordner. Bleibt das Problem mit dem Staubsauger. Ich habe ihn gerade erst gekauft. Hermann wird ihn sowieso kaum benutzen. Er ist für die Putzfrau. Ich dagegen werde in Zukunft selber putzen. Trotzdem habe ich Skrupel, Hermann den Staubsauger einfach wegzunehmen. Ich möchte es mir von ihm absegnen lassen, möchte es mit ihm bereden. Aber er will nichts bereden, er wirft mir vor, ich wolle unsere Trennung perfektionieren.

»Mir ist nicht damit gedient, dass du meine Probleme zu Nichtproblemen erklärst!«
»Ich finde es idiotisch, wegen eines Staubsaugers zu streiten.«
»Aber ich will ja gerade nicht streiten. Ich möchte mich mit dir einigen.«
Du hörst gar nicht zu. Du bist damit beschäftigt, die von mir hinterlassenen Lücken zu füllen. Du versuchst deinen Schreibtisch mit allen Papieren, die darauf liegen, aus dem Schlafzimmer in mein leer gewordenes Arbeitszimmer zu transportieren. Ich will dir helfen, raffe die Papiere, bevor sie zu Boden fallen. Da schreist du mich an:
»Das sieht nur aus wie Unordnung, das ist Ordnung!!!«
Ist ja schon gut, bitte, mach es selber. Wahrscheinlich geht der Schreibtisch sowieso nicht durch die Tür. Ich habe ihn im Schlafzimmer aufgebaut. Er war ein Geburtstagsgeschenk.
»Am besten, man misst es erst mal aus.«
Aber so viel Geduld hast du nicht. Ich soll jetzt nicht nach einem Zollstock suchen, sondern einfach anfassen. Wenn wir ihn kippen, wird es schon gehen, meinst du. Aber es geht nicht. Das Holz am Türrahmen splittert. Und dann lässt sich das Scheißding noch nicht einmal mehr zurückschieben. Man muss es auseinander nehmen. Aber wie?
»Du hast ihn doch zusammengebaut. Du musst doch wissen, wie er auseinander geht.«
Ich weiß es nicht. Das ist neun Jahre her.

Manchmal ist es gut, einen Bruder zu haben. Tobias gibt mir nicht nur den Zweitstaubsauger aus seinem Hobbykeller, sondern sägt mir auch gleich noch ein paar Bücherbretter passend kürzer.
Damit stehe ich um halb zwölf hilflos vor der verschlossenen Tür meiner neuen Wohnung. Der obere Riegel bewegt sich nicht. Warum passt der Schlüssel nicht? Ich rüttele und rüttele. Vergeblich. Soll ich mitten in der Nacht einen Schlüsseldienst holen? Ich entschließe mich zum zweiten Mal an diesem Tag, zurück in die alte Wohnung zu fahren.
Rote Ampeln, vor denen niemand wartet außer mir. In ›Ninotschka‹ rechnet jemand nach, wie viel Zeit die Menschen im Ka-

pitalismus nutzlos vor Ampeln warten. Der Film wurde gemacht, als viele noch glaubten, dass andere Systeme die Menschheit nach vorne bringen könnten. Aber die Absurdität sitzt in den Menschen selbst.
Hermann registriert kurz, dass ich wieder da bin, und schläft weiter, so als wäre das normal. Doch es ist nicht mehr normal, seit heute ist es die Ausnahme, dass ich hier bin. Ist das noch nicht bei ihm angekommen? Was habe ich erwartet? Dass wir uns lieben, nur weil die Mächte des Himmels mich vor der Tür stehen lassen und mich noch einmal zurückschicken?
Ich mache mir einen Kakao. Die Küche scheint mir merkwürdig unvertraut. Da schubbert etwas an meinen Beinen entlang. Ach ja, Kätzchen, komm, Elfriede, komm auf meinen Arm. Ja, schnurr du ein bisschen. Du wirst mir fehlen. In meinem Mietvertrag sind Haustiere nicht vorgesehen.

Am nächsten Morgen ist Hermann voller Energie. Er schnappt sich den Werkzeugkoffer und will mir beweisen, dass es ganz leicht ist, meine Wohnungstür aufzukriegen. Es befriedigt mich, dass es ihm auch nicht gelingt. Dann also doch der Schlüsseldienst.

Es wird gar nicht hell heute. Ich muss die Stehlampe anders stellen. Wo ist die Verlängerungsschnur? Welcher Platz eignet sich zum Lesen? Ich schiebe den Sessel ans Fenster und setze mich probeweise. Wird es auf einmal wirklich heller, oder bilde ich mir das nur ein? Weiße Flocken gleiten über die Aussicht. Schnee! Schnee in Köln! Das ist ein Geschenk. Diese Stille. Alles ist plötzlich rund, beinahe heilig. Wenn ich nicht aus der Kirche ausgetreten wäre, könnte ich jetzt beten. So zelebriere ich das Teekochen und drapiere die hellblaue Wolldecke auf den Sessel vorm weißen Fenster. Weiß, Neubeginn. Eine Umzugskiste als Beistelltisch, Kekse ... Ein Buch fehlt noch. Welches Buch? Was will ich lesen? Warum nicht Gedichte? Ja, ich könnte wieder einmal Gedichte lesen. Beim Einpacken habe ich den Staub von dem schmalen Bändchen gebürstet. Ich gruppiere die Utensilien zu einem Stillleben und betrachte sie. Stillleben. Stilles Leben. Das muss schon immer eine Faszination gehabt haben, auch in langsameren Zeiten. Ich setze mich mitten hinein und spüre, wie sich Ruhe in mir ausbreitet. Das ist schön.

›Verweile doch, du bist so schön.‹ Mit diesem Satz besiegelt Faust den Teufelspakt. Wieso Teufelspakt? Weil das Leben nicht verweilt, weil es gnadenlos weitergeht. Nichts bleibt so, wie es ist. In ein paar Stunden ist die weiße Pracht schmutzig. Schnee in der Stadt führt nur zu Verkehrschaos.

Runterkommen, sagt Enno immer beim Yoga, loslassen, die Erde trägt. Das, was mich zwanzig Jahre lang getragen hat, ist nicht mehr da. Ich muss mir etwas Neues suchen und ich weiß noch nicht, wo ich es finde. Der Schnee gibt auch keine Antwort. Weiß ist die Bündelung sämtlicher Farben. Tabula rasa. Ich habe mich aus dem alten Leben herauskatapultiert. Meine Lebenskonturen verschwimmen wie die Konturen da draußen in diesem weißen Gestöber. Man sieht keinen Horizont.

Wenn alle Richtungen gleich aussehen, kann man genauso gut stehen bleiben. War das Tempo in den letzten Wochen so überstürzt, dass jetzt Schneckenzeit angesagt ist? Der Tee ist kalt geworden. Ich muss mir eine Thermoskanne kaufen, die fehlt hier.

Jetzt stehe ich mitten im Raum und habe vergessen, was ich eigentlich suche. Ach so, den Hammer. Wo ist der Hammer? Da ist er ja. Da hat er sich versteckt!

Habe ich das jetzt laut gesagt? Ich muss aufpassen, dass ich nicht anfange, Selbstgespräche zu führen wie eine alte Frau. Ich bringe das Hakenbrettchen in der Küche an. Wieder etwas geschafft. Das Brettchen sieht ein bisschen verloren aus, so ganz ohne etwas, das daran hängt.

In welcher Kiste sind die Topflappen? Die Kartons sehen alle gleich aus. Ich hätte sie doch beschriften müssen. Aber ich wollte mir nicht schon wieder Perfektionismus vorwerfen lassen. Morgen kaufe ich einen Knoblauchzopf, dann sieht die Küche bewohnter aus.

Das Telefon klingelt. Na bitte, ich existiere noch. Jemand möchte mit mir reden. Nein, nicht mit mir, mit meinem Vormieter. Bitte, gern geschehen, keine Ursache, die Vorwahl von Wien weiß ich leider nicht.

Was für verschiedene Arten von Stille es gibt. Die jetzt ist gar nicht mehr rund. Sie fühlt sich eher wie ein Loch an.

Ich könnte von mir aus Leute anrufen. Aber wen? Und was soll ich dann sagen? Dass ich noch keine neue Ordnung für meine Bücher gefunden habe? Die alphabetische Ordnung macht keinen Sinn, dafür habe ich nicht genug Bücher mitgenommen. Vielleicht sollte ich sie nach der Größe sortieren, so wie Jenny und David, wenn sie Bibliothek spielen. Oder ich ordne sie nach Sachgebieten. Aber das ist auch nicht so einfach. Hans Werner Richter zum Beispiel, ist das jetzt Psychologie, Politik oder Literatur?
Wo kommt denn dieses Vogellexikon her? Das habe ich nicht eingepackt. Das hat bestimmt Hermann mir in den Karton getan. Das ist eine Gemeinheit. Soll ich jetzt die Vögel beobachten? Überhaupt diese Bücheraufteilung.
Es gab Bücher, die ich gar nicht haben wollte. Andere gehörten ganz klar zu mir. Aber dann gab es noch die unklaren Fälle. ›Montauk‹ von Frisch beispielsweise war gleich zweimal da. Gebunden und als Taschenbuch. Ich hätte gern die gebundene Ausgabe gehabt, aber die Unterstreichungen darin sahen eher nach Hermann aus. Also bin ich bescheiden und lege die Taschenbuchausgabe auf meinen Bücherhaufen. Bei den Mitscherlichbüchern komme ich wieder ins Schleudern. Soll ich sie aufteilen oder zusammen lassen? Und wenn ich sie aufteile, wer kriegt dann was? Ich möchte Hermanns Hilfe und frage ihn um Rat. Aber er will mir keinen Rat geben, er will mir völlig freie Hand lassen.
»Heißt das, du verweigerst die Mitarbeit?«
»Ich habe dir schon tausendmal gesagt, du sollst alles so machen, wie du es willst! Ich bin nicht bereit, um jedes einzelne Buch zu feilschen!«
Als ob ich feilschen will.
Und dann kommst du plötzlich näher, siehst mir über die Schulter und pickst mit spitzen Fingern den ›Montauk‹ von meinem Bücherberg.
»Das geht jetzt aber nicht«, sagst du, »das habe ich gerade vor zwei Wochen von ... also das habe ich geschenkt bekommen.«

»Na, wunderbar! Dann kriege ich doch die gebundene Ausgabe!«
Ich schleudere sie in den Karton.

Ich sollte meine Zeit nicht mit Bücher sortieren verplempern. Ich sollte meinen Agenten anrufen. Er hat schon versucht, mich zu erreichen. Erst hat er unter der alten Nummer angerufen, und dann war ich nicht da. Mein Anrufbeantworter funktioniert noch nicht. Der alte Stecker passt nicht in die neue Wanddose.
Ich hätte besser nicht angerufen. Es gibt Schwierigkeiten mit meinem Vertrag. Man will die Regieklausel nicht akzeptieren. Man möchte die Serienidee und meine Buchverträge abkoppeln davon, dass ich die Regie führe. Aber die Regie war doch der Grund, warum ich das Ganze gemacht habe! Damit hat mein Agent auch schon argumentiert, er hat den Eindruck, das würde womöglich zäh. Ich solle schon mal überlegen, inwieweit ich kompromissbereit sei.
Treibsand. Wenn sich alles bewegt, muss ich mich auch bewegen, hat Frau Norden gesagt. Aber ich habe nicht den Eindruck, dass das nützt. Ich bewege mich jetzt gar nicht mehr. Ich trinke zwei Bier, und dann schlafe ich.

Rasender Stillstand

Es geht weiter. Es geht ja immer alles irgendwie weiter, auch wenn es nicht weitergeht. Wahrscheinlich ist die ganze Welt ein einziges gigantisches Ablenkungsmanöver. Nun also die Filmfestspiele. Alles wie immer, dieselben Farben, nur ein anderes Design. Als Erster läuft mir Thomas über den Weg. Wir verabreden uns für den nächsten Abend, aber da verpassen wir uns. Man soll sich nicht verabreden auf Filmfestspielen.
Warum fällt mir erst jetzt auf, wie völlig unerotisch so ein Festival ist. Es geht nur auf der Leinwand um Liebe, die im Parkett sind mit Selbstdarstellung beschäftigt. Sie rangeln um Jobs, Verträge oder Marktanteile. Die Filme dienen als Gesprächsfutter und sind dazu

da, den nackten Ehrgeiz angemessen zu bekleiden. Um bei diesen Stehkonvents mit Weingläsern in der Hand nicht peinlich aufzufallen, sollte man wissen, was gerade die Mode der Saison ist. Bin ich zu arrogant oder zu träge, mich darum zu kümmern?
Man kennt sich lange. Eigentlich weiß ich, dass man das nicht verwechseln darf mit Freundschaft. Doch ich bin unvorsichtig, rede mit offenem Visier über meine Befindlichkeit und trage meine Trennung zu Markte. Kein Wunder, dass ich mir Angst und Abwehr einfange. Das reicht von ›Man hört das nicht gerne‹ bis zu abwiegelndem ›So schlimm wird es nicht gewesen sein‹. Geschieht mir recht. Wie komme ich auch dazu, ausgerechnet den Produzenten mit seiner erzkatholischen Ehefrau mit der Meinung zu beglücken, Frauen hätten heute andere Möglichkeiten als die, ihr Unglück still zu ertragen, wo doch jeder weiß, dass keine Blondine vor ihm sicher ist. Da kann er doch nur Angst kriegen oder ein schlechtes Gewissen. Jetzt kehrt er mir die Schulter zu und sucht den Raum ab nach jemand, der ihn von mir erlöst, während er gleichzeitig behauptet, er würde selbstverständlich gerne wieder mit mir zusammenarbeiten, nur dieses Projekt, das ich ihm neulich geschickt hätte, das sei leider zu schwierig, aber für die Zukunft, jederzeit, alles offen. Ein Kollege wittert seine Chance, nickt mir zu und fragt, ob er auch nicht störe.
»Nein, nein, Sie stören nicht. Wir waren gerade fertig.«

Wo ist das Büfett? Vielleicht sollte ich zur Abwechslung mit ein paar Frauen sprechen. Hella umarmt mich und findet mich mutig, enorm mutig. Sie lädt mich ein, bei ihr zu wohnen, jederzeit, wenn mir in Köln die Decke auf den Kopf fällt. Danke. Das ist nett. Gisela ist vitaler und überzeugender denn je. Sie hat ein neues Leben angefangen. Mit einem neuen Mann? Nein, hier und da mal etwas, aber ihre Unabhängigkeit würde sie nie mehr aufgeben, nie mehr mit jemandem zusammenziehen, das raube zu viel Energie. Auch Gesche findet, Männer seien nicht das Problem, Männer gebe es genug.
Ich betrachte ihre weiß blondierten Dauerwellen und denke, vielleicht will sie andere Männer als ich. Aber was für Männer will ich denn? Darüber habe ich mir noch gar keine Gedanken gemacht.

Sicher nicht solche wie Wülfing. Früher mochte ich ihn sehr. Ich hätte mir alles Mögliche mit ihm vorstellen können. Aber jetzt wirkt er so grau wie sein Businessanzug. Bin ich auch so alt geworden? Er lässt sich erklären, was hinter meiner neuen Adresse steckt, will aber nicht in die Tiefe gehen. Natürlich nicht. Er hatte schon früher Schwierigkeiten mit seinen Gefühlen, inzwischen weiß er vermutlich gar nicht mehr, was das ist. Er lebt in Flugzeugen und Hotels und strickt an einer europäischen Theater-Film-Fernseh-Koproduktion, ein mühsames Unterfangen.
»Und deine Frau?«
Wenn er einen Zwischenaufenthalt am Ammersee einlegen kann, tut er es, leider ergibt es sich nicht oft, meint er dumpf.
Manfred dagegen wirkt heute ansteckend lebendig. Er war noch nie mein Typ, aber heute hat er ein Blitzen in den Augen. Er hat sich nach neunzehn Ehejahren von seiner Veruschka getrennt, sie hat ihn betrogen.
Macht ihn das so fröhlich oder hat er eine Neue?
Nein, nein, er hat keine Neue. Er hat nur festgestellt, dass er gut allein sein kann, und es gefällt ihm, dass Veruschka ihn heimlich anruft, wenn sie mit ihrer Liaison nicht klarkommt. Vom Ehemann zum Beichtvater. Von der Ehefrau zur Beichtmutter? Auch kein Konzept für mich.

Ein paar Filme sehe ich natürlich auch. Aber sie erreichen mich nicht. Wahrscheinlich ist mein eigenes Leben im Moment zu spannend.

Drei Tage Filmfestspiele sind genug. Jetzt ist Hermann dran.
Wir haben uns auch früher abgewechselt. Damit haben wir Unabhängigkeit demonstriert, und einer konnte die Katze versorgen. Das mit der Demonstration ist jetzt überflüssig. Und die Katze zu versorgen ist komplizierter geworden. Ich muss nun quer durch die Stadt fahren. Aber das nehme ich gerne auf mich. Wir sind überhaupt sehr nett zueinander. Hermann hilft mir noch, meinen neuen Fernseher abzuholen, bevor er nach Berlin fliegt. Leider geraten wir in einen Stau. Und dann stellt sich heraus, dass der Aufzug in meinem Haus kaputt ist. Zu Fuß sind es einhundertacht-

undzwanzig Stufen. Er beschwert sich nicht. Jede Stufe ein Fegefeuer, in dem er seine Schuldgefühle verbrennt. Mir gleitet das schwere Ding aus der Hand. Hermann federt den Sturz mit dem Knie ab. Kein böses Wort. Früher wäre es hier sehr laut geworden, aber jetzt pflegen wir die Höflichkeit. Als wir endlich oben sind, bedanke ich mich artig. Er hilft mir noch beim Auspacken, dann muss er zum Flugzeug.
In der Tür erreicht ihn mein Hilfeschrei.
»Der Fernseher ist kaputt, er muss bei dem Sturz kaputt gegangen sein, er bringt überhaupt kein Bild!«
»Er ist nicht kaputt, die Kanäle müssen nur eingestellt werden!«, sagt er nachsichtig genervt.
»Aber das kann ich nicht, das habe ich noch nie gemacht!«
Dafür hat er nun wirklich keine Zeit mehr.
Nein, natürlich nicht, also dann, tschüs.

Mein Agent hat immer noch keine bessere Nachricht. Da freue ich mich über den Anruf des Redakteurs vom Kinderprogramm. Ja, ich komme gerne zu einem Vorgespräch, nur wann? Dummerweise finde ich meinen Kalender gerade nicht. Meine Sachen haben noch keinen neuen Platz und keine Ordnung. Und jetzt klingelt es auch noch an der Tür. Ich lege den Hörer auf den Tisch, um zu öffnen. Es ist der sehnlich erwartete Fernmeldetechniker, der den Anrufbeantworter gangbar machen soll.
»Einen kleinen Moment bitte«, sage ich zu ihm und eile zurück ans Telefon.
Mein Kalender ist noch immer unauffindbar und der Redakteur hat keine Zeit mehr. Leider kann ich ihn auch nicht zurückrufen, weil er gleich außer Haus ist. Nun reden wir darüber, wann wir miteinander reden können. Aber selbst das gestaltet sich kompliziert und nimmt mehrere Minuten in Anspruch. Der Fernmeldetechniker räuspert sich und sieht auffordernd auf seine Uhr. Da klingelt es schon wieder. Wer ist das denn?
Mein Vater will sich meine neue Wohnung ansehen. Er habe mich nicht erreicht, sagt er vorwurfsvoll. Ja, ich weiß, der Anrufbeantworter tut es nicht.
»Das sieht ja noch wüst aus bei dir«, meint mein Vater fröhlich

und will helfen. Er nimmt die Glaslampe aus der Noppenfolie und steigt auf einen kippeligen Hocker. Das würde jetzt noch fehlen, dass er hier stürzt und sich ein Bein bricht, wo er gerade dem Krankenhaus entronnen ist. Außerdem soll die Lampe da gar nicht hin. Ich habe mich noch nicht entschlossen, ob ich sie überhaupt aufhängen will.
»Bitte, setz dich doch einfach.«
Der Fernmeldetechniker will wissen, ob ich bar bezahle oder eine Rechnung haben will. Ich bezahle bar und lasse mir seine Telefonnummer geben, für alle Fälle.
Mein Vater lädt mich zum Mittagessen ein. Ich habe überhaupt keinen Hunger.
»Gut essen hält Leib und Seele zusammen.«
Ich muss das Chaos auf meinem Schreibtisch angehen, damit ich endlich wieder arbeitsfähig bin. Aber er duldet keinen Widerspruch.
»Es ist nichts so dringend, als dass es durch längeres Lagern nicht noch dringender werden könnte.«
Wahrscheinlich hat er Recht.

Am Nachmittag fahre ich zu IKEA. Ohne Bücherregal kann ich die Kisten nicht auspacken. Ich habe Glück. Billy schwarz ist vorrätig. Aber dann stehe ich hilflos mit meinem Paket vor der Absperrung. Ich müsste mich zweiteilen. IKEA ist auf Familien eingerichtet oder zumindest auf Paare. Während einer bei der bezahlten Ware bleibt, holt der andere das Auto vom Parkplatz. Wer passt auf mein Bücherregal auf, während ich das Auto zur Absperrung hole? Das Leben stellt mir ganz neue Aufgaben. Ich schreibe meinen Namen auf die Pappe und hoffe auf ehrliche Zeitgenossen.

Eifelschnee

Noch haben wir die Eifelwohnung. Die Nachmieter wollen am ersten März einziehen. Draußen liegt Schnee. Ich könnte das Angenehme mit dem Nützlichen verbinden, Jenny und David zum

Schlitten fahren mitnehmen und schon mal anfangen, ein bisschen zu packen. Aber vorher will ich mit den beiden rodeln.
Leider macht das Rodeln keinen Spaß. Mein Knie tut weh. So lasse ich die Kinder allein und gehe zu den Umzugskartons. Was kommt in welche Wohnung? Das Gästebettzeug wird hier jedenfalls nicht mehr gebraucht. Damit ist ein Karton schon voll. Diesmal beschrifte ich ihn.
Was machen wir mit den Matratzen? Vielleicht sollten wir sie an die Nachmieter verkaufen? Aber was, wenn mein Großauftrag platzt und ich mir die jetzige Wohnung nicht mehr leisten kann? Wenn ich in eine unmöblierte Wohnung einziehe, brauche ich ein Bett oder zumindest Matratzen. Andererseits, wenn wir wieder zusammenziehen, sind sie nur lästig. Unser Keller ist rattengefährdet. Wieso unser Keller? Hermanns Keller ist rattengefährdet. Die Ratten kommen durch den Estrich und fressen sogar die Schaumstoffpolsterung aus den Fahrradhelmen. Matratzen wären ein Leckerbissen für sie.
Vor ein paar Jahren habe ich wochenlang Matratzenprospekte studiert. Die waren ganz wissenschaftlich aufgemacht, mit bildlichen Darstellungen der Wirbelsäule und Berichten von Untersuchungen über den Effekt unterschiedlicher Matratzen auf die Schlaftiefe. Ich hatte damals häufig Rückenschmerzen, habe der Werbung geglaubt und ein Wahnsinnsgeld für neue Matratzen ausgegeben. Danach war ich drei Monate lang beruflich unterwegs, habe in den unterschiedlichsten Hotelbetten geschlafen. Manche Matratzen waren durchgelegen, andere hatten geborstene Sprungfedern. Von Rückenschmerzen keine Spur.
Jetzt habe ich es wieder im Kreuz. Kein Wunder bei dieser Schlepperei. Oder ist es nicht die Schlepperei, bin ich nur unglücklich? Kreuzunglücklich? Die Sprache ist witzig.
Eigentlich hat es gar keinen Sinn, jetzt noch mehr einzupacken. Ich sehe auch gar nicht ein, dass ich das allein machen soll. Ich sollte wieder nach draußen gehen. Unser Bettzeug brauchen wir wahrscheinlich noch. Müssen wir hier übernachten, wenn wir die Wohnung ausräumen? Warum müssen, es könnte ja auch schön werden.
Meine Finger wählen die Nummer deines Hotels in Berlin. Die

Wahrscheinlichkeit, dass du noch auf dem Zimmer bist, ist gering, aber du bist da und freust dich über meinen Anruf. Du hast auch schon versucht, mich zu erreichen. Ja, ich bin in der Eifel, mit David und Jenny. Der Schlittenberg ist ganz glatt gerodelt. Die Sonne scheint. Und wie ist es bei den Filmfestspielen?
Du setzt deine guten Vorsätze um, du trinkst überall nur Sprudel, und beim Büfett bedienst du dich an der Gemüseseite. Leider musst du jetzt Schluss machen.
Ja, natürlich musst du das. Ich habe diese Tür im Hintergrund sehr wohl gehört, dieses leise, aber verräterische Klappen einer Tür. Du hast diese Frau mitgenommen. Deshalb bist du noch um halb eins im Hotelzimmer, eine kleine Vögelrunde nach dem späten Frühstück. Für sie trinkst du Sprudelwasser, damit du fit bist. Du Rabenmann, du Beschöniger, falscher Harmonisierer!

›Die schwerste Aufgabe in den nächsten Monaten wird es für Sie sein, Ihre Gedanken abzukoppeln von dem, was er macht‹, hat Frau Dr. Norden gesagt. Aber wie soll ich das tun? Genau daran kaue ich herum wie ein Hund an einem abgenagten Knochen. Der Reflex ist unwiderstehlich.
Nimmst du sie jetzt überall mit hin? Wie geht das mit dem von dir beschworenen Sartre-Beauvoir-Modell zusammen? Doch, ja, wahrscheinlich hast du es genau so gemeint. Sartre hat seine Simone ja auch pausenlos betrogen.
Das ist ein bescheuertes Modell. Das wollen wir doch gleich zusammen mit dieser verschimmelten Zitrone in den Mülleimer werfen. Und dann kann ich ruhig schon mal eine Runde putzen. Wir müssen die Wohnung ja ordentlich übergeben. Putzen sollte als Sport anerkannt werden. Es ist besser als Tennis und Sauna. Man gerät genauso ins Schwitzen und tut außerdem noch etwas Nützliches. Das ist alles eine Frage der Einstellung. Wenn du die Welt nicht ändern kannst, dann musst du dich selber ändern. Wo sind denn die Taschentücher schon wieder abgeblieben? Schnupfen oder Tränen, das ist hier die Frage. Wahrscheinlich habe ich einfach die Nase voll.
Was ist Liebe?
Wenn Liebe ein Gefühl ist, dann liebe ich dich nicht. Ein Gefühl

kann ich nämlich nicht entdecken im Moment. Aber wahrscheinlich ist Liebe gar kein Gefühl. Verliebtsein ist ein Gefühl. Liebe ist irgendetwas anderes, etwas, das tiefer sitzt, so wie dieser Fleck hier. Jetzt reibe ich schon die ganze Zeit ergebnislos daran herum. Er ist ins Holz eingedrungen. Da braucht man Schmirgelpapier, mindestens. Wahrscheinlich muss eine ganze Schicht abgetragen werden. Das wird eine Sauarbeit, das schaffe ich heute nicht mehr.
Muss ich auch nicht, da kommt das fröhliche Leben zur Tür herein, mit roten Backen und Eisfingern, die zwischen meinen wieder warm werden können.

Ich stelle Elfriede ihr Fressen hin und sehe mich um. Ich brauche noch ein Bild für die neue Wohnung. Welches nehme ich mit? Der Blütenbaum ist zu groß. Außerdem will ich ihn im Moment nicht. Aber der Siebdruck mit diesem in vierundvierzig Varianten zerlegten Mann, der ist passend. Und was ist mit den beiden Hochzeitsbildern? Soll ich sie auseinander reißen und das mit der Widmung für mich schon mal mitnehmen? Nein, das hat Zeit.
Aber die Londoner Straße könnte gut aussehen neben meinem neuen Bett. Die Farben passen.
Nein, du musst hier bleiben, Elfriede. Maunz nicht so herzzerreißend. Ich kann es nicht zulassen, dass du in meiner möblierten Übergangswohnung die Tapeten zerkratzt. Guck mich nicht so beleidigt an. Na gut, noch ein bisschen Knabberfutter. Und morgen ist Hermann wieder da.

Karneval und Katerstimmung

Ich streiche mein Gesicht lila an und male auf die Stirn ein kleines weißes Segelboot. So kann ich mich kaum selber erkennen. Lissie holt mich ab. An Weiberfastnacht muss Clemens den Sohn ins Bett bringen. Früher musste Lissie nur eine Treppe nach oben gehen, jetzt muss sie mit der Straßenbahn fahren, um zu mir zu kommen. Sie hat mir einen kleinen Wohnwagen aus Papier gebastelt. Innen drin lauter Zettel mit guten Wünschen.

»Damit du dich überall zu Hause fühlen kannst«, sagt sie.
Ich bin gerührt und finde einen Ehrenplatz dafür. Dann schmeißen wir uns ins Getümmel. Wie einfallsreich die Menschen sind. Eine Gespensterfrau erschrickt mit lautem »Huuuuuuuu« die Tanzenden. Sie hat ein kalkweißes Gesicht und eine rote Linie rund um den Hals. Wer sie ist, will ich wissen. »Die geköpfte Frau von Heinrich dem Achten!«, schreit sie mir ins Ohr und entschwebt mit lautem Huuuuuuuu.
Auch eine Methode, die alte Frau loszuwerden, wenn man sich eine neue zulegen will. Halt, da ist der Köbes mit dem Kölsch. Wir prosten uns zu. Anstoßen muss man hier nicht, hier wird man angestoßen und muss Acht geben, dass das Kölsch nicht auf der Kleidung landet, statt im Mund. Wer sich nicht mitbewegt, wird gerempelt. Schon wieder? Ist das denn überall so?
»Wollen wir sehen, was es in der nächsten Kneipe gibt?«
In der nächsten Kneipe gibt es Bekannte. Sie erkennen mich trotz meiner Schminke und haben schon gehört, dass wir uns getrennt haben. Wieder ein Exemplar weniger von dieser selten gewordenen Spezies langlebiges Ehepaar. Die Dinosaurier sterben aus. Da kann man doch nur lachen und schunkeln. Jetzt schwimme ich einfach mit all den anderen im lauten Singen vom Veedel davon. Es ist ja so schön, wenn alle zusammenhalten. Der dahinten hat mich vor zwei Jahren ausgetrickst. Da gehen wir doch lieber ein paar Häuser weiter. Da ist es auch schon wieder so voll, dass man sich nur mit Mühe einfädeln kann. Stimmung! Eben hat mir das Quetschen noch Spaß gemacht, aber jetzt bin ich nicht mehr im Rhythmus, die Enge wird bedrohlich, hier ein Knuff in die Magengegend, da ein Ellbogen gegen die Schulter. Plötzlich bin ich ganz erschöpft von der allgemeinen Lustigkeit. Ich winke Lissie zu und rette mich auf die Straße, bevor ich losheulen muss.

Der Fahrstuhl in meinem Haus geht wieder. Aber ich verschmähe ihn und renne die Treppe hoch, um meine Kondition zu testen. Als ich schnaufend die Tür hinter mir ins Schloss fallen lasse, fällt mein Blick auf das Bild von der Londoner Straße. SLOW steht da in riesigen gelben Lettern. O.k., o. k., ich habe die Botschaft verstanden. Und ich dachte doch tatsächlich, ich hätte das Bild nur wegen der Farbe mitgenommen.

Während in Köln Karneval ist, gibt es anderswo ein normales Wochenende. Das zweite Drehbuch für die Serie muss fertig werden. Soll ich gleich anfangen oder erst noch zum Briefkasten gehen, einmal die Treppen runter und wieder rauf als morgendliches Joggen? Ja, das ist eine gute Idee. Ich muss anfangen, neue Gewohnheiten zu bilden.
Es war doch keine gute Idee. Im Briefkasten ist mein Vertrag. Es steht keine Regieklausel darin. Ich rufe meinen Agenten an und frage ihn, wie er das sieht. Er sieht das so, dass der Produzent grundsätzlich gutwillig sei, dass aber vom Sender Bremssignale kämen.
Hört das denn nie auf? Dieses heimliche Arbeitsverbot. Vielleicht müssen wir uns wirklich scheiden lassen, damit die Menschen endlich begreifen, dass meine Projekte meine Projekte sind und nichts mit Hermann zu tun haben.
Mein Agent meint, es sei noch nichts verloren, man habe die Verträge nur voneinander abkoppeln wollen. Also Kopf hoch. Ob mir aufgefallen sei, dass es ihm gelungen ist, zweitausend Mark mehr pro Buch auszuhandeln.
Nein, das ist mir noch nicht aufgefallen, aber das ist gut, das kann ich brauchen bei der Miete, die ich hier zahlen muss.
Also frisch ans Werk. Montag ist Abgabetermin, nein, Montag ist Rosenmontag, Ausnahmezustand in Köln, also Dienstag.

In meiner Dachwohnung ist kein Ausnahmezustand. Was da unten johlt und trommelt, dringt nur gedämpft zu mir herauf. Ich bin froh, dass ich arbeiten muss. Am Montagabend sind alle Umzüge vorbei, die Müllabfuhr hat den gröbsten Dreck schon wieder beseitigt, ich tüte das fertige Drehbuch ein und bringe es persönlich zum Sender.

Die Schuhsohlen kleben von liegen gebliebenen Bonbons. Ich spiele Fußball mit leeren Bierdosen und überlege, wen ich anrufen könnte. Babette ist kein Karnevalstyp. Lissie ist mit der Familie in

die Eifel gefahren. Bei Josefa habe ich Glück, sie wollte gerade los. Sie kennt eine Kneipe, in die man auch am Rosenmontagabend noch gehen kann. Sie gilt als Kontaktplatz. Also kein Kneipenhoppen diesmal, sondern dableiben, sich eingucken. Wir schunkeln oben auf den Bänken und mustern die, die unten tanzen. Einer mit Mütze und Kräuselhaaren gefällt mir. Josefa wettet, er sei schwul. Ich wette dagegen. Immerhin lässt er sich von einem Mädchen küssen. Allerdings guckt er über ihre Schulter und lässt zu, dass ein Typ sich von hinten an ihn heranmacht. Vielleicht sieht es auch nur so aus in der Enge. Als sein Blick auf meinen trifft, bleibt er hängen. Er sieht intelligent aus. Brille und eine markante Nase. Wir lächeln uns zu. Dann wieder andere Gesichter. Peter und Ines! Mein Gott, wie lange haben wir uns nicht gesehen. Das gibt eine herzliche Umarmung.
»Ihr seid noch zusammen?«
Ja, sagen sie stolz und zeigen auf ihren erwachsenen Sohn, der an der Bar steht. Ich sollte jetzt besser tanzen. Wenn die Schminke schon zerläuft, dann doch bitte vom Schwitzen und nicht von unpassenden Tränen.
Der mit der Mütze hat auf einmal keine Mütze mehr auf.
»Wo hast du denn deine Mütze gelassen?«, frage ich. In der Hosentasche, sagt er und hält sie mir hin, damit ich reinfassen kann. Was soll das denn? Er grinst, zieht die Mütze unterm Gürtel vor und setzt sie mir auf.
»Kennt ihr euch?«, fragt sein Freund.
»Seit einer Stunde ungefähr«, antwortet er.
Und dann tanzen wir, wie man so tanzt an Karneval. Er sieht mir in die Augen und ich lasse mich vom allgemeinen Geschubse gegen ihn drängen. Er ist nicht betrunken. Er trinkt Limonade, weil er sein Auto dabei hat. Die muss er sich extra am Tresen holen. Er lässt sich Zeit. Gut, denke ich, das war es dann, und gehe zurück auf meinen Übersichtsposten. Da kommt sein Freund zu mir und fragt mich, wo Florian sei. Ja, sind wir jetzt schon ein Paar?
»Er hat mich verlassen!«, sage ich und verdrehe die Augen. »Dabei fand ich ihn wirklich nett!« Man muss die Wahrheit nur so sagen, dass sie keiner glaubt. Florian heißt er also. Hübsch. Aber wenn er nicht mehr da ist, gehe ich derweil auf den Flirt des Holz-

fällertyps ein. Der macht mir schon lange Zeichen. Doch da kommt Florian zurück. Pech für den Holzfällertyp. Nun schunkeln wir über der Menge und fangen an, uns zu küssen. Ach, wie gut, dass niemand weiß, dass ich Rumpelstilzchen heiß. Sind Ines und Peter noch da? Nein, die sind gegangen, Gott sei Dank. Sonst kenne ich hier nur Josefa, und die gönnt mir das. Außerdem ist sie auch gar nicht mehr da. Wen hat die denn gefunden?
Nach einer weiteren Stunde weiß ich, dass Florian ein Haus auf dem Lande hat und ein Zimmer in Köln. Probleme hat er auch, deutet er an. Nein, die will ich gar nicht wissen, heute nicht. Warum fragt er mich jetzt, ob ich Geld habe?
»Es reicht.«
»Du Glückliche.«
Ich meine, so schlimm könne es bei ihm auch nicht sein, wenn er ein ganzes Haus habe und noch ein Zimmer in Köln. Das Haus hat er selber gebaut und das Zimmer ist hauptsächlich für seine Tochter, wenn sie spät von Partys kommt.
»Wie alt ist deine Tochter?«
»Fünfzehn. Und mein Sohn ist zwölf«, fügt er hinzu.
Das wäre dann geklärt. Jetzt brauche ich mich nicht mehr zu fragen, ob es weiter geht mit uns.
Er habe eigentlich drei Berufe, sagt er. Er mache, was er wolle.
»Macht deine Frau auch, was sie will?«
Er wirft mir einen langen Blick zu und schränkt dann ein, er mache natürlich auch nicht, was er wolle. Gut, gut, das reicht. Ich werde langsam müde.
Ich drängele mich jetzt bis zum Klo durch. Wenn er anschließend nicht mehr da ist, gehe ich zum nächsten Taxi. Aber er ist noch da. Er hat auf mich gewartet. Man kann ja auch müde sein im Karneval und den Kopf an einer fremden Schulter ausruhen, Augen zu und einfach ein bisschen Bewegung im Takt, das ist schön. Ab und zu sehen wir uns an und finden uns sympathisch. Als ich sage, dass ich nach Hause will, fragt er, ob er mich fahren soll.
»Gerne.«
Im Auto sind wir dann beide verlegen. Er will wissen, warum ich in dieser Kneipe war.
»Und du?«, antworte ich ausweichend.

»Wo soll man hingehen, wenn man Frauen kennen lernen will.«
Das hört sich eher traurig an als draufgängerisch. Ich frage ihn, ob er noch einen Kaffee will. Ja, er möchte. Seit wir aus der Kneipe sind, haben wir uns nicht mehr angefasst.
Zu Hause setze ich Kaffeewasser auf und er lässt sich zögernd auf einem Stuhl nieder.
»Gemütlich«, sagt er.
Bei ihm daheim sei es rustikal, immer Dreck von draußen. Ja, das kenne ich auch, aus der Eifel. Ich lege John Coltrane auf. So macht man das doch, oder? Ich bin so ungeübt.
»Zwanzig Fernsehprogramme«, sagt er mit Blick auf die Fernbedienung, er habe nur drei. Ob ich die selber einstellen könne, oder ob ich dafür einen Techniker holen würde.
»Mein Mann kann das.«
»Und wo ist der?«
»Wir leben getrennt.«
»Alle leben getrennt«, sagt er melancholisch.
Als er merkt, dass ich für mich Tee mache, wird er höflich und meint, er hätte doch auch Tee trinken können. Ich meine, dass es keinen Unterschied macht, wenn das Wasser einmal kocht, und er wollte doch Kaffee, oder? Ja, er wollte Kaffee.
Wir schweigen eine Weile, und dann kündigt er an, dass er gehen muss. Er hat seinem Freund gesagt, dass er in einer Stunde wieder da ist. Er möchte meine Telefonnummer haben und zieht ein kleines Kärtchen zum Notieren heraus. Da stünden nur die wichtigsten Nummern drauf, sagt er. Ich frage mich, ob das lauter Frauen sind auf dem Kärtchen. Ich strecke die Hand aus. Er zögert.
»Ich muss doch wissen, in welcher Gesellschaft ich mich befinde.«
Er gibt mir die Karte. Frauen- und Männernamen gemischt. Einen davon kenne ich. Kaum zu glauben, wie klein die Welt ist. Damit wäre die alte These, dass es überhaupt nur dreihundertfünfzig Personen gibt, die sich alle untereinander kennen, wieder einmal bewiesen. Er möchte wissen, ob er seinem Freund erzählen kann, dass er mich kennen gelernt hat.
»Wenn du willst«, sage ich.
Dann gibt es eine vorsichtige Umarmung zum Abschied. Hier könnte es gefährlich werden.

Eine Ferienlandschaft, ausgedörrt. Ich suche nach der Zauberquelle. Doch die ist in Rohre verpackt und der Zauberer ist viele Stunden Fußmarsch entfernt. Das ist bei Tageslicht nicht mehr zu schaffen. Buzukimusik lockt mich in eine Kneipe. Hermann testet spaßhaft, ob ich auch eine Unterhose anhabe unter meinem kurzen Rock. Ich klapse ihm auf die Finger. Die Umstehenden lächeln. Es ist ja so nett, wenn zwei zusammengehören. Aber noch im Traum wird mir klar, dass das nicht mehr stimmt.

Mein Mund fühlt sich ganz trocken an. Das ist der Nachdurst. Wie gut, dass ich neulich einen ganzen Kasten Sprudel gekauft habe.
Sitze ich auf dem Trockenen?
›Fish out of water‹ ist eine bekannte Sitcomkategorie. Jemand ist da, wo er nicht hingehört. Zum Beispiel ein Hund hinter dem Steuerrad eines Autos. Oder ein Schwein in einem Salon. Das ist komisch. Da lacht das Publikum. Bin ich der dumme Hund oder die arme Sau?

Wut

Nun bin ich nicht mehr die Neue in der Gruppe. Ein Mann ist dazugekommen. Er ist jetzt der Neue. Er erklärt seine Situation. Vor einem halben Jahr hat er eine Liebesbeziehung mit einer Kollegin angefangen, obwohl er eine Frau und ein kleines Kind hat. Über Weihnachten ist ihm klargeworden, dass er die Affäre wieder beenden muss. Aber jetzt rächt sich die Kollegin. Sie nutzt die Situation, dass er beruflich von ihr abhängig ist, und macht ihm das Leben schwer. Mir ist unbehaglich. Ich sehe Parallelen und auch wieder nicht.
Die Tschechin sagt, dass es ihr Spaß macht, wie sich die Kollegin verhält. Hallo, hier geht es ja munter zur Sache. Keine Schonfrist für den Neuen. Das hat er nicht erwartet, er schluckt. Er sei ja bereit, die halbe Schuld auf sich zu nehmen, aber nur die halbe. Das werde ihm wenig nützen, sagt Frau Norden. Solange er nicht be-

reit sei, die ganze Verantwortung zu übernehmen, habe er nur die halbe Handlungskraft. Er blickt unüberzeugt. Seine Kollegin aber habe die ungeteilte Kraft ihrer Wut.
Das leuchtet ihm ein.
Wut. Ich bin eigentlich nie wütend, höchstens mal zehn Sekunden lang. Dann bin ich wieder vernünftig, verständnisvoll, tolerant oder traurig. Habe ich deswegen nur die halbe Handlungskraft? Aber mir fällt gar nichts ein, was ich tun könnte. Oder fällt mir nichts ein, weil ich nur die halbe Handlungskraft habe?
Jetzt wird mir schon im Sitzen schwindlig. Das muss die Luft hier im Raum sein. Aber wenn ich ein Fenster öffne, handele ich mir Kommentare ein, so wie Frau Harnecker neulich. Hier wird ja noch die kleinste Handlung aufgespießt und interpretiert. Da bleibe ich lieber sitzen, ich werde schon nicht vom Stuhl fallen.

Mir ist schwindelig, aber du schwindelst. Schwindel ist ein Teekesselchen, ein Wort mit zwei Bedeutungen. Du liebe Zeit, zahle ich so viel Geld, damit ich über so einen Schwachsinn nachdenke?
Jetzt sagt schon wieder keiner ein Wort. Viel Kraft scheinen die anderen auch nicht gerade zu haben. Die wagen ja kaum noch zu atmen. Nun zupft sich der Elegante am Jackett und ich grübele, was das für eine Bedeutung hat.
Ich vergeude hier meine Zeit. Diese künstliche Situation hat ja nichts mit dem richtigen Leben zu tun. Wie soll man da etwas lernen fürs richtige Leben? Ich könnte platzen vor Wut. Moment mal, bin ich etwa wütend?
Und wenn ja, was könnte ich tun mit der angeblichen Handlungskraft meiner Wut? Ich könnte sagen, was ich von dieser Gruppensituation halte. Da würde ich diesen stillen Teich ganz schön aufmischen, da wäre Schluss mit der Langeweile. Die Vorstellung macht mir Spaß, aber ich tue es nicht.
Warum nicht? Habe ich etwa Angst? Und wenn ja, wovor? Was kann mir denn passieren? Ich könnte mich unbeliebt machen, zum Beispiel bei dem Typ mit den vorstehenden Schneidezähnen. Der wäre mir noch nicht mal einen Blick wert, wenn ich ihm auf der Straße begegnen würde. Nach welchen Kriterien befinde ich eigentlich über andere Leute? Ja, soll ich denn etwa aufhören, mir

Urteile über die Menschen zu bilden, da kann ich ja gleich Jesus werden! Achtung, es geht weiter.
Herr Schafdorn bemäkelt, dass alle Frauen in der Runde gefärbte oder getönte Haare haben. Sich Urteile zu bilden scheint eine verbreitete Unsitte zu sein. Ich bin gespannt, was als Nächstes passiert.
»Das klingt missbilligend«, wehrt sich die Resche, »so als sei es etwas Unechtes.«
»Man kann sich mit seinem Äußeren nach oben oder nach unten stilisieren«, sagt die Schillernde und sieht gezielt auf seinen ungebügelten Kragen.
»Haben Sie das gehört? Auch nach unten!«, setzt die Resche noch eins drauf.
Ich würde jetzt gerne sehen, ob der Kragen auch schmutzig ist, aber dazu müsste ich mich auffällig zur Seite drehen, denn Herr Schafdorn sitzt direkt neben mir. Er riecht nach Rauch und überhaupt ein bisschen ungelüftet.
Es ist keine Tugend, sich klein zu machen. Das werde ich ihm gelegentlich sagen. Aber jetzt halte ich lieber den Mund. Denn nach dem kleinen Schlagabtausch ist wieder das Schweigen über die Gruppe gefallen. Bin ich ein Feigling? Die Uhr tickt, doch ich kann nicht sehen, wie spät es ist. Frau Norden hat sie so gedreht, dass nur sie sie im Blick hat. Das ist Herrschaftswissen.
Wenn sie noch leben würde, hätte meine Mutter heute Geburtstag. Warum fällt mir das jetzt ein? Warum, warum, warum! Es ist ja krank, bei allem und jedem nach einer Begründung zu suchen.

Auf dem Nachhauseweg verfahre ich mich. Ich brauche eine neue Kartusche für meinen Kopierer. Im Gewerbegebiet ist sie billiger als im Laden. Ich dachte, ich kenne den Weg, aber jetzt komme ich von der anderen Seite. Als ich den Laden endlich finde, existiert die Firma nicht mehr. Alles zu, verrammelt, verschlossen. Aufgekauft, Pleite gegangen oder nur umgezogen? Auch andere Leute haben Schicksale.
»Scheiße, Scheiße, Scheiße!«, tobe ich hinter meinem Lenkrad. Das tut gut und ist völlig ungefährlich. Da droht kein Liebesentzug, von niemandem, höchstens der schräge Blick eines Passanten.

Als ich genug geschrien habe, laufen Tränen unter der Brille durch. Das ist wie ein Platzregen, bei dem die Scheibenwischer versagen. Ich kann die Straße nur noch ahnen. Wenn ich jetzt einen Unfall baue, dann musst du mich im Krankenhaus besuchen, nicht ich dich. Schluss jetzt! Das ist ja ekelhaft, so viel Selbstmitleid.
Da ist das Einwohnermeldeamt. Habe ich jetzt wenigstens die Anmeldeformulare eingesteckt? Gott sei Dank. Zumindest eine Sache, die ich von der langen Liste streichen kann.

Wenn es mir schlecht geht, seist du immer für mich da, hast du gesagt. Ich solle nicht den falschen Helden spielen. Ich gestehe mir ein, dass es mir schlecht geht, und rufe dich an. Es klingelt ins Leere. Elfriede streicht vielleicht um das Telefon, aber sie kann den Hörer nicht abnehmen. Was nützt es, wenn du in Köln bist, aber bei deiner Geliebten? Da bist du unerreichbarer als auf dem Mond.

Am nächsten Tag rufe ich im Büro an. Die Sekretärin stellt mich sofort durch. Sie muss auch die andere immer durchgestellt haben. Durch die dünne Wand konnte sie die Veränderung deines Tonfalls hören. Sie muss lange vor mir gewusst haben, was sich da anbahnt.
Du hörst dich fröhlich und effizient an. Du wolltest mich auch schon anrufen. Denn du hast dir überlegt, dass wir die Auflösung der Eifelwohnung in einem Tag schaffen können. So müssen wir den Bully nur für vierundzwanzig Stunden mieten und sparen Geld.
Ich hatte heimlich gehofft, dass wir beide am Samstagabend noch einmal im Goldenen Schwan sitzen würden. Ich hätte Rotwein bestellt und wäre bereit gewesen, einen Fehler zu machen.
»So wichtig ist Geld nun auch wieder nicht«, sage ich lahm.
»Wir wollen doch vorsichtig miteinander umgehen«, meinst du werbend und wartest darauf, dass ich dich lobe für deine Fürsorglichkeit. Aber mir ist schon wieder schwindelig.
»Carola? Was ist?«, fragst du beunruhigt.
»Nichts. Das Telefon ist nur runtergefallen, entschuldige.«

Nachts um drei wache ich von einem traurigen kleinen Orgasmus auf. Mein Körper versucht, für sich zu sorgen. Ich bleibe im Dunkel liegen und versuche, Traumbruchstücke zu kitten. Meine Gedärme knurren, die Verdauung ist durcheinander geraten. Nun muss ich doch aufstehen.

Der Besuch

Und dann ist Samstag, der Tag, an dem unser Eifeldomizil aufgelöst werden soll. Noch ein Abschied. Ich weiche deinem Begrüßungskuss aus.
»Wir wollen doch vorsichtig miteinander umgehen, oder?«
»Lass uns doch freundlich sein, es ist alles schwer genug«, sagst du fassungslos über meinen tiefgefrorenen Ton. Aber wie soll ich freundlich sein, wenn meine Tränen sich schon wieder stauen hinter der Stirn?
Nachdem du unser Umzugswochenende auf einen Umzugstag verkürzt hast, habe ich vergeblich versucht, meinen Samstagabend noch zu verplanen. Du hast das Problem nicht. Du brauchst dir keine Gedanken über deinen Samstagabend zu machen. Zwanzig Jahre lang musste ich das auch nicht, aber jetzt gilt für mich wieder ›Saturdaynight is the loneliest night‹.
Das Alleinleben ist nur lustig, wenn man gut drauf ist. Aber davon sage ich dir nichts. Meine wacklige Seelenlage geht dich nichts an. Ich kann inzwischen ganz gut schweigen. Das habe ich in der Gruppe trainiert.
Du kannst das nicht so gut, deshalb brichst du jetzt einen Streit vom Zaun über den richtigen Weg aus der Stadt. Doch ich gehe gar nicht darauf ein. Ich lasse dich leer laufen. Da schweigst du auch, ungefähr fünf Kilometer lang, dann hältst du es nicht mehr aus.
»Was ist denn passiert?«
Das klingt so, als wolltest du es wirklich wissen. Wenn das so ist, dann sollst du auch eine Antwort haben.
»Nichts. Außer dass ich unglücklich bin und allein.«

Der Bully tuckert langsam bergauf.
»Warum hast du vorgeschlagen, dass wir alles an einem Tag machen?«
»War das falsch? Ich dachte, ich bin rücksichtsvoll. Du hattest mir deutlich gemacht, dass du keine Nähe mehr willst.«
»Das war vor ein paar Wochen. Inzwischen bin ich ausgezogen.«
»Ja aber ... Wenn du das anders siehst, warum hast du nichts gesagt?«
»Ich war unsicher. Ich konnte ja nicht wissen, warum du vorgeschlagen hast, alles an einem Tag zu erledigen.«
»Kein Grund. Ich habe nur an dich gedacht.«
»An mich! Du sollst nicht denken, was ich fühle, davon hast du sowieso keine Ahnung!«
»Ich habe alles falsch gemacht.«
»Ja. Wenn du schon an mich denkst, dann hättest du mich fragen können, was ich will. Es war mir klar, dass Übernachten ein Fehler sein könnte, aber ich wollte es darauf ankommen lassen. Doch du fragst mich gar nicht, sondern kommst mit deiner falschen Fürsorge und stülpst dich obendrüber.«
Du bist betroffen und sagst: »Ich wollte nur Spannungen vermeiden, ich hatte Angst vor Spannungen.«
»Die hast du jetzt gekriegt.«
»Ja. Ich mache immer alles falsch. Ich mag dich doch, ich liebe dich doch.«
Du verhedderst dich in den Begriffen.
»Das Ganze ist ein einziger riesiger Scheißscherbenhaufen!«, brülle ich plötzlich. Du siehst mich erschrocken an. So kennst du mich nicht.
»Aber wieso denn? Das muss doch nicht so sein«, protestierst du zaghaft.

Und dann kommt einfach Arbeit, viel Arbeit, mehr, als wir dachten. Putzen, schrubben, schleppen. Mein Gott, was haben wir viel Zeug. Es passt gar nicht alles in den Bully. Wir müssen wieder aus- und umpacken. Natürlich haben wir unterschiedliche Vorstellungen davon, wie es gehen könnte. Du gibst eine Anweisung, aber

ich verstehe dich falsch. Da schreist du mich an und ich keife zurück:
»Du brauchst mich ja nicht mehr so oft zu sehen!«
»War das jetzt nötig?«
»Ja, das war nötig.«
Der Himmel ist grau, die Luft feucht, aber wenigstens regnet es nicht. Pause mit Käsebrötchen und Wasser. Tee können wir keinen mehr kochen, Tassen und Töpfe sind eingepackt. Die Arme tun weh, aber wir sind fertig geworden. Wir haben alles geschafft. Jetzt kommt nur noch das Ausladen.

Zuerst in meiner Wohnung. Die Matratzen, die die Nachmieter nicht haben wollten, wuchten wir in meinen Keller. Der kleine Badezimmerschrank kommt auch zu mir und zwei von vier Gartenstühlen. Das Körbchen mit den Tulpenknollen fällt um. Erde auf Marmor. Aber jetzt streiten wir nicht mehr, jetzt sind wir ein eingespieltes Team. Schon ist ein Handfeger zur Stelle. Halb sieben ist es inzwischen. Vor zwölf Stunden hat mein Wecker geklingelt. Nun also zu deiner Wohnung. Die Ottomane soll in die zweite Etage. Das ist ein Kinderspiel bei dem breiten Treppenhaus. Der Rest in den Keller. Ich schließe schon mal auf. Was poltert denn da?
Hermann kommt als Riesenigel um die Ecke, lauter einzelne Skistöcke pieken in die Luft, zwei Langlaufbretter machen sich selbständig und testen, ob die Kellertreppe auch ein geeigneter Hügel ist. Das ist zum Lachen. Ich habe es also doch noch nicht ganz verlernt. Hermann nimmt es dankbar auf.
Jetzt ist nur noch die große Gartenliege da. Für die ist in keiner der beiden Stadtwohnungen Platz. Die kommt nach Langenfeld, auf die elterliche Dachterrasse. Hermann fragt, ob wir da noch vorbeifahren sollen, jetzt, wo wir so gut im Training seien. Ja, hat er denn nichts vor am Samstagabend? Ich dachte, seine Freundin wartet schon auf ihn.
»Gut. Dann haben wir es hinter uns.«
Wir melden uns telefonisch an. Ingeborg macht uns ein Abendbrot und mein Vater wirft die Sauna an. Das ist eine verlockende Vorstellung nach der ganzen Schlepperei.

Beim Schlussspurt ratscht die Liege an die Treppenhauswand. Aber das macht nichts. Mein Vater hat für beinahe jede Lebenslage einen Spruch:
»Verluste müssen getragen werden, dreimal umgezogen ist einmal abgebrannt«, tönt er fröhlich.
»Der erste Schluck Bier ist der schönste«, sekundiert Hermann, als wir am gedeckten Tisch sitzen.
»Das Leben kann so schön sein.«
»Ja, wenn der Schmerz nachlässt.«

In der Sauna könnte man glauben, es sei alles so wie früher. Das ist doch unmöglich ein getrenntes Paar, das hier kichert in der Hitze und die Nacktheit für kleine Übergriffe benutzt, bis einer die Flucht ergreift und sich in den eisigen Bottich taucht? Wo kommt nur die gute Laune auf einmal her?
Auf dem Rückweg interessiert Hermann sich plötzlich dafür, welche Bilder ich wo aufgehängt habe.
»Willst du es dir ansehen?«
Pause.
»Du kannst dir ja irgendwann in der Nacht ein Taxi nehmen«, füge ich hinzu. Da krault er mir den Nacken. Es ist kühl in meiner Wohnung.
»Soll ich die Heizung höher drehen?«
»Nicht nötig.«
Ich verschwinde im Bad. Als ich wiederkomme, sitzt er noch genauso da. Er weiß nicht, was jetzt kommt. Ich auch nicht. Eigentlich möchte ich nur noch ein bisschen Zärtlichkeit. Ich decke das Bett ab.
»Ach, so geht das«, sagt er, als hätten wir nicht jahrelang genau diese Überdecke jeden Abend von unserem gemeinsamen Bett abgezogen.
Ich lege mich ins Bett und warte ab. Da zieht er sich aus und kommt zu mir. Seine Wärme legt sich lindernd auf meine hungrige Haut. Gleichzeitig spüre ich einen leichten Kopfschmerz. Aber dieser Kopf hat jetzt mal gar nichts mehr zu melden. Der ist jetzt der unwichtigste Körperteil.
»Ich kann dich noch zum Fliegen bringen«, sagt er glücklich.

Mein nächster Orgasmus sprengt mal wieder meine Tränenschleusen. Ich bin mir unsicher, ob er auch gekommen ist, und frage.
»Nein.«
»Haben dich meine Tränen erschreckt?«
»Nein, ich habe ja gemerkt, dass ich bei dir angekommen bin.«
»Ich möchte, dass du auch glücklich bist.«
»Dann dreh dich um.«
»Das will ich nicht.«
»Warum nicht?«
»Du sollst wissen, dass ich es bin.«
»Das weiß ich doch. Das ist doch so exotisch.«
Exotisch? Ja, es ist exotisch, jetzt bin ich die Geliebte meines Mannes und die andere ist die Betrogene. Ja, ich will sein erlösendes tiefes Stöhnen noch einmal hören. Wir genießen eine Weile den Nachklang. Dann sehe ich zu, wie er sich anzieht und die Tür leise hinter sich ins Schloss fallen lässt, mein Besucher.

Ich schlafe bis halb zehn. Die Sonne scheint und ich fühle mich nicht einsam. Ich verwerfe den Gedanken, Hermann anzurufen, um ihm sagen, dass es mir gut geht. Ich beschließe, erst einmal zu frühstücken, genüsslich, mit Ei und Zeitung. Danach telefoniere ich mit einer Freundin in Zürich. Sie war jahrelang in der Situation der Geliebten. Das war für sie auch kein Spaß. Zuletzt war sie die ewigen Versprechungen ihres Geliebten leid und hat Schluss gemacht. Jetzt entdeckt sie gerade ihre alten Sonntagsrituale wieder, ganz für sich allein. Da kommen wir aus verschiedenen Himmelsrichtungen und finden uns doch am selben Punkt. Sie hat mir eine Postkarte geschickt, auf der steht: ›Unser Kopf ist rund, damit das Denken die Richtung wechseln kann.‹ Der Spruch gefällt mir.

Da ich schon einmal am Telefon sitze, kann ich auch gleich Hermann guten Morgen sagen. Nein, das kann ich nicht. Er ist nicht zu Hause. Aber das macht mir nichts. Die Sonne scheint immer noch. Ich gehe aus.
Mit der Zeitung unter dem Arm gebe ich mich urban und schnuppere Vorfrühling in der Großstadt. Kaffeehausluft. Das ist einmal etwas anderes als dieser ewige Park oder die Eifel. Ich entdecke

ganz neue Lebensqualitäten. Am Sonntagmorgen durch ein Museum schlendern. Südseemasken, indische Buddhas mit stillem Lächeln, Indianerputz und afrikanische Begräbnispuppen. Welcher Luxus, zweckfrei gemäßigter Neugier nachzugehen.
Als die Frage auftaucht, ob es ein Luxus ist, den ich auf Dauer haben möchte, gehe ich rasch zurück an meinen Schreibtisch und sage mir, dass es angenehm ist, auch den Sonntag für die Arbeit zur Verfügung zu haben. Das entzerrt ungemein.
Es gelingt mir, das Gespinst meiner heiteren Stimmung über den ganzen Sonntag zu dehnen. Für den Abend ist auch gesorgt. Da bin ich mit Babette verabredet.
»Das Leben ist ein Kessel Buntes«, sage ich zu ihr, »gestern habe ich die Geliebte meines Mannes mit ihm betrogen.«
Das ist Anlass für ausgiebiges Gelächter.
Ich trinke zu viel. In der Nacht fängt mein Durchfall wieder an.

Nichts von Bedeutung

Die nächsten Wochen sind eine Übung im Leben ohne Hermann. Er ruft nicht an. Ich rufe auch nicht an. Dann müssen wir uns wegen unserer gemeinsamen Steuererklärung treffen. Wir müssen sie beide unterschreiben.
Hermann hat ein Lokal in der Nähe des Senders vorgeschlagen. Er kommt pünktlich und wirkt gehetzt, unausgeglichen.
»Du hast dir ein kompliziertes Leben eingehandelt?«, frage ich nicht ohne Befriedigung.
»Ich habe immer geglaubt, du drückst mich, aber jetzt merke ich, du bist es gar nicht. Jetzt habe ich die ganze Verantwortung selbst. Das ist anstrengend.«
Ich proste ihm zu, und es ist mir egal, dass das jetzt sein zweites Glas Wein ist. Da kommt er von sich aus auf seine Gesundheit zu sprechen. Sie mache ihm Sorgen. Er habe sich beim Arzt angemeldet, nach dem Osterurlaub.
»Du fährst weg?«
»Ja.«

»Mit ihr?«
»Ja, mit ihr.«
Er hat auch schon für Elfriede gesorgt, er weiß ja, dass ich zur selben Zeit zum Ski fahren will.
»Das mit dem Ski fahren, das habe ich hinter mir«, sagt er mit schiefem Lächeln.
Ja, ich weiß, die Höhe ist nicht gut für sein Herz. Kann sein, dass ich deshalb einen Skiurlaub gebucht habe. Das ist außerhalb seiner Reichweite. Diesmal will ich wieder richtig Ski fahren, nicht nur Langlauf wie in den Jahren nach dieser Geschichte mit dem Schlepplift. Da Hermann ungefähr doppelt so schwer ist wie ich, waren wir in eine Schieflage geraten, konnten den Bügel nicht mehr halten und fielen auf halber Höhe aus dem Lift. Blind vor Wut fuhr Hermann in die nächste Schneewehe und holte sich einen Muskelriss.
»Das war ziemlich blöde.«
»Ja. Aber ich habe bewundert, wie du dich mit deiner Unbeweglichkeit arrangiert hast. Ich glaube, du hast das Leben mit Gipsbein auf der Hotelterrasse mehr genossen als ich meine einsamen Abfahrten.«
Du lächelst mich an und legst deine Hand über meine. Aber das ist mir unangenehm. Da drüben sitzen deine Kollegen. Ich ziehe meine Hand weg. Du siehst mich erstaunt an.
»Wenn das Ganze überhaupt etwas Gutes für mich hat, dann den Effekt, dass die Leute mich nicht mehr in einen Topf mit dir schmeißen können«, erkläre ich. »Was wir sonst tun«, spiele ich auf seinen nächtlichen Besuch bei mir an, »ist unsere Heimlichkeit.«
Diese Vorstellung ist auch für dich nicht reizlos. Das kann ich sehen.
Ein Kollege von dir nickt uns einen Gruß zu, bevor er geht.
»Wir hätten uns anderswo treffen sollen«, sage ich.
»Hast du etwas von deiner Serie gehört?«
»Nein, ich schreibe so vor mich hin, wieso, gibt es etwas Neues?«
»Nichts von Bedeutung«, weichst du aus und bestellst die Rechnung. Es könne nur sein, dass, ehm, also auf der letzten Sitzung sei

die Rede davon gewesen, dass die Redaktion möglicherweise an jemand anderen übergehe, aber das würde mich ja ohnehin nicht tangieren.

Zwei Tage später tangiert es mich doch. Die bisherige Redakteurin bittet mich zu einem Gespräch. Es tue ihr wirklich Leid, sie hätte meine Serie gerne weiterbetreut, aber sie sei völlig überlastet. Das habe nichts mit der Sache oder mit mir zu tun. Sie wünscht mir viel Glück und meint, dass ich bei ihrem Kollegen genauso gut aufgehoben sei wie bei ihr.

Der jetzt zuständige Kollege ist einer, den ich nur aus der Entfernung kenne. Das hat Gründe. Er ist ein Intimfeind von Hermann. Das hätte Probleme geben können, wenn wir noch zusammen wären. Gott sei Dank, so wie die Dinge jetzt liegen, kann ich ihm ganz unvoreingenommen begegnen, denke ich, bevor ich mich mit ihm bekannt mache.

Nur leider begegnet er mir nicht genauso unvoreingenommen. Es interessiert ihn nicht, dass die Serie aufgrund meines Pilotdrehbuchs akzeptiert wurde. Er mag das Buch nicht und will es nicht verfilmen. Er könne nichts machen, wovon er nicht überzeugt sei. Das müsse ich einsehen. Ich solle einen neuen Plot entwerfen.

Ein halbes Jahr Arbeit für den Papierkorb, einfach so.

»Bis wann?«, frage ich und versuche meine Fassung zu bewahren.

»Möglichst bald natürlich.«

Also packe ich meinen Computer zusammen mit den Skisachen ein und hoffe auf Inspiration an der frischen Luft. Das Dorf liegt auf tausendfünfhundert Meter Höhe. Leider beginnt der Schnee erst auf tausendachthundert Meter. Hermann war immer ein Glückskind, was das Wetter anbetraf. Solange wir zusammen waren, habe ich daran teilgehabt. Nun ist anscheinend auch das anders.

Unverdrossen trabe ich mit frisch geliehenen Plastikhufen über die staubige Dorfstraße. Eigentlich fand ich meine alten Skischuhe schöner, aber die passen auf keine moderne Bindung mehr. Außerdem sollen diese klobigen Klotschen bruchfeindlich sein. Das ist wichtig. Ich will mir ja nichts tun, ich muss fit sein. Wenn es mit der Ehe schon nichts mehr ist, dann will ich wenigstens im Beruf voll durchstarten.

Jetzt stehe ich schon eine Viertelstunde in der Schlange und bin immer noch ziemlich weit von der Gondel entfernt. In fünf Minuten soll oben das Skischultreffen sein. Das ist nicht zu schaffen. Was mache ich, wenn ich nachher ganz allein da oben stehe? Wo sind eigentlich die Leute aus meiner Reisegruppe? Ah, da vorne ist der in Neonorange.

»Wir haben Glück«, schreit er mir zu, »woanders ist noch weniger Schnee, deswegen kommen sie von überall hierher.«

Darum ist es hier so voll, denke ich, und er nennt es Glück.

Ja, muss ich denn wieder nur das Negative sehen!? So komme ich nie aus meinem Loch heraus. Ich winke dem Orangefarbenen freundlich zu. Er verschwindet im Eingang der Gondelstation. Ich versuche zu schätzen, wie viele Leute in eine Gondel passen, und verrechne das mit dem zeitlichen Abstand der Gondeln. Irgendwas muss man ja tun, wenn man keinen zum Reden hat. Wenn Hermann hier wäre, würden wir uns bestimmt streiten. Das wäre noch ätzender. Aber vielleicht würden wir auch einfach kehrtmachen und es uns im Hotelzimmer wohl sein lassen.

Noch zwanzig Minuten, bis ich dran bin, pessimistisch geschätzt.

Hermann behauptet, ich sei ein Zweckpessimist. Ja und!? Das ist mal etwas, das ich nicht ändern will. Ich fahre nämlich ganz gut damit. Ich kann mich freuen, wenn es doch schneller geht. Wie jetzt zum Beispiel. Schon nach siebzehn Minuten besteige ich die Gondel. Na bitte.

An der Bergstation ist ein Gedränge wie auf der Hohestraße am letzten Samstag vor Weihnachten. Die Leute prügeln sich um die paar Fetzen Schnee.

Am besten bleibe ich erst mal stehen. Die Skischule hat sowieso längst angefangen. Allmählich erkenne ich ein paar Strukturen in dem Gewimmel. Da vorne geht es zum Idiotenhügel. Da will ich nicht hin, also zur anderen Seite.

Hier kommen die Schnellen an, Vorsicht.

»Tut mir Leid, habe ich nicht gesehen.«
Ich rutsche weiter.
»Schneller geht es leider nicht!«
Ja, hat der denn keine Augen im Kopf, ich bin doch schon mit einem Ski zwischen den Beinen meines Vormannes.
Endlich sehe ich ein Schild meiner Skischule und da eine Skilehrermütze. Tatsächlich, das ist er, den Schnäuzer habe ich mir gemerkt. Die anderen sind schon vorgefahren für die Gruppeneinteilung. Nun also ich. Einfach so aus dem Stand heraus nach acht Jahren. Bloß kein falscher Ehrgeiz. Es reicht für die mittlere Gruppe. Immerhin. Ich bin stolz auf mich.
»Platz für die Trage!«
Oje. Da hat es einen erwischt. Mein Gott, so ein junges Mädchen.
Zisch macht es hinter mir und reißt mir den Ski herum.
»Idiot! Kannst du nicht aufpassen!?«
Das kümmert den gar nicht, der ist schon fünfzig Meter tiefer.
Ich darf jetzt nicht immerfort nach oben gucken, ob da wieder einer kommt, der mich über den Haufen fahren will, dann höre ich nicht, was der Skilehrer sagt. Ich muss nur dicht hinter den anderen bleiben, dann passiert schon nichts. Standbein, Spielbein, Bergski, Talski, wer sagt es denn. Alles noch da. Nur ein bisschen zittrig bin ich in den Knien.
»Ihr Knie ist so alt wie sie selbst«, hat dieser mitfühlende Doktor neulich gesagt. Sehr aufbauend.
Mittagspause.
Wieso sind auf einmal alle weg? Was haben sie es denn so eilig? Die Suppe auf der Hütten, das war doch immer der Höhepunkt. Aber hier steht nur außen Hütte dran. Wenn da nicht die dekorierte Milkakuh wäre, hätte dieser Kantinenbetrieb ja wohl gar nichts mit einer Hütte zu tun. Innen handelt es sich um eine durchorganisierte Raststätte.
Da hinten muss man sein Tablett holen. Und dann wieder von vorne anstellen. Nun ja, das könnte man besser organisieren. Diese Klotschen tun weh. Wahrscheinlich habe ich schon eine Blase.
Meine Skihose ist total aus der Mode. Wieso habe ich nicht daran

gedacht, mir eine neue zu kaufen? Als ob es darauf ankäme. Dieser Mann da vorne sieht interessant aus und hat ein noch älteres Modell an. Obwohl, ich bin mir nicht sicher, könnte sein, dieser beige Knitterlook ist der letzte Schrei. Ich kenne mich hier nicht aus.
Die Frau, die jetzt den Apfelsaft auf sein Tablett stellt, ist sehr gepflegt. Arbeitsteilung. Während er fürs Essen ansteht, besorgt sie schon mal die Getränke. Es ist praktisch, wenn man zu zweit ist. Unglaublich, wie viele Familien hier sind. Wie es wohl mit uns geworden wäre, wenn wir uns damals für das Kind entschieden hätten?
Bin ich schon wieder dabei, mich selber herunterzuziehen? Da gehe ich doch lieber auf das Gesprächsangebot von diesem Mann mit der Hasenscharte ein. Dann sieht es wenigstens von außen so aus, als würde ich dazu gehören.

Am zweiten Tag kenne ich schon alles. Es beginnt, Spaß zu machen. Am Ende des Schlepplifts gibt es eine urige Eisbärbar. Da könnte man auch Mittagspause machen. Aber das geht nicht, weil eine Mutter mit ihren Kindern um Punkt ein Uhr oben verabredet ist. Die Kinder sind in der Anfängergruppe. Da gibt es eine Mittagsbetreuung. Ich bin so unvorsichtig zu fragen, warum sie die nicht in Anspruch nimmt. Da werde ich angefaucht, sie wolle schließlich mit ihren Kindern zusammen Urlaub machen. Ich beobachte sie. Die Kinder wollen nur Geld für ein Bounty und stehen genau in dem Moment vom Tisch auf, in dem die Mutter endlich mit ihrer Frittatensuppe ankommt. Sie sieht enttäuscht aus. Manchmal hat es auch Vorteile, allein zu sein.

Am dritten Tag regnet es, sogar auf der Höhe. Das gibt bei minus ein Grad Eis auf Schnee. Ansonsten zeigt die Wettertafel Nebel und Sturm für den Gipfel an. Die Urlauber stehen trotzdem Schlange wie die Lemminge. Ich mitten unter ihnen. Aber dann beschließe ich, kein Lemming sein zu wollen, und kehre um. Ein guter Tag zum Arbeiten.
Leider ist mein Zimmer noch nicht gemacht. Also umziehen zum Wandern. Die weichen Stiefel sind wie Samt gegen die Plastikklot-

schen. Wasser und Notizbuch in den Tagesrucksack, vielleicht fällt mir beim Gehen ein Plot ein. Raus in den Nieselregen, über die Wiesen. Irgendwann lichtet es sich. Der Wind weht Wolkenschwaden über den schwarzgrünen Grund und entlässt Hunderte von Krokussen in den Frühling. Das ist so schön, dass ich heulen könnte. Ein Schub akuter Trauer, heftige Melancholie. Die Luft ist scharf und klar. Mir wird warm beim Aufstieg. Schon komme ich an die Schneegrenze. Mitunter lösen sich weiße Brocken von Tannenzweigen, die befreit vom Gewicht in die Höhe schnellen. Dieses Poltern ist das einzige Geräusch. Nein, da ist noch viel mehr. Da sind Vogelschreie, das leise Sirren des Windes, meine eigenen Schritte. Dieser Baumstumpf da vorne, der hat auf mich gewartet. Ein Platz mit Aussicht. Hier drängelt sich niemand. Und da fliegt tatsächlich ein erster Schmetterling.

›Nur ein Baum, der allein steht, wächst gerade.‹

Ich höre noch die schnarrende Bassstimme meiner Gesangslehrerin, eine aufrechte Preußin. Sie wohnte in einer alten Villa am Schlachtensee. In meiner Erinnerung ist da nur Sommer, obwohl ich genau weiß, dass ich auch im Winter hingegangen bin.

Aber nicht alle Bäume, die allein stehen, wachsen gerade. Dieses sturmgebeutelte und zerrupfte Exemplar da drüben zum Beispiel nicht. Dagegen sind hier zwei Bäume gerade gewachsen, obwohl sie nebeneinander stehen. Sie bieten sich gegenseitig Schutz.

Doch die beiden da hinten, die stehen zu eng. Sie haben sich ineinander verheddert. Der eine ist durch den anderen hindurchgewachsen und hat sich dann schräg nach außen geneigt, um noch ein bisschen eigenes Licht zu bekommen. Dadurch zerrt er jetzt an dem anderen. Bei jedem Windstoß gibt es dieses klagende Reibungsgeräusch. Sie kommen nicht voneinander los. Das schreit nach einer befreienden Katastrophe, nach Sturm oder Blitzschlag. Dann wird es splittern und schmerzhafte Verluste geben.

Zwischen Hermann und mir hat sich auch ein verschlungenes Muster gebildet, ein Knäuel, ein gordischer Knoten. Am Ende war Hermann für die Fröhlichkeit zuständig und ich für die Vernunft, egal, ob es ihm zu anstrengend wurde, die Unterhaltung zu bestreiten, oder in mir die Lust auf Unvernunft wuchs. Wir konnten

das Muster nicht mehr entwirren, waren immer tiefer gesunken in den Sumpf unserer Zweisamkeit und hatten kaum bemerkt, dass wir mit Lebendigkeit zahlten. Die Ahnung davon hatten wir mit Alltagsstreitereien überdeckt.
Unser Blitzschlag war Hermanns Krankheit. Das sollte nicht alles gewesen sein, du wolltest wissen, was es noch gab, jenseits von unserer Umarmung. Ja, ich kann dich verstehen. Das ist besser, als stecken zu bleiben im erkalteten Sumpf. Paralysierte Ehepaare kann man überall besichtigen. Nein, die beneide ich nicht. Aber unser Sumpf war noch ganz schön warm, und im Freien ist es verdammt kalt. Besonders, wenn die feuchten Matschreste noch am Körper kleben.

Die Sonne ist wieder verschwunden hinter neuen Wolken und ich habe keine einzige Zeile für den Plot aufgeschrieben. Aber ich habe Hunger. Vielleicht gibt es im Dorf ein Café, wo man Germknödel bekommt. Der Gedanke daran beflügelt mich. Wenn ich etwas im Magen habe, geht es mir immer gut. Das war schon als Baby so. Leider war ich immer zu früh hungrig. Deswegen musste ich manchmal eine ganze Stunde lang schreien, bevor ich etwas bekam, denn meine Eltern glaubten an die frühkindliche Erziehung zur Ordnung. Aber so ein Baby hat noch keinen Zeitbegriff. Es glaubt, dass man es im Stich gelassen hat und dass es verhungern muss.
Trifft es mich darum so hart, dass du mich im Stich gelassen hast? Aber ich bin kein Baby mehr. Ich bin erwachsen, ich weiß, dass ich nicht verhungern muss, ich kann selber für mich sorgen. Kann ich das? Mit Germknödeln vielleicht. Aber was ist mit meinem Hunger nach Liebe, mit meiner Sehnsucht nach Zärtlichkeit?

So, hier wäre das Dorf. Ziemlich ausgestorben der Ort. Nur eine Frau mit Buckel und Kopftuch geht über die Straße. Wenn sie jetzt noch eine Warze auf der Nase hat, glaube ich es nicht. Sie hat keine Warze auf der Nase, aber ihr fehlt ein Schneidezahn. Es ist eine freundliche Bilderbuchhexe. Ich erfahre nicht nur, wo es die besten Germknödel gibt, sondern auch noch, dass ein Wetterumschwung bevorsteht. Sie sieht nett aus, trotz der Zahnlücke. Fast bin ich versucht, sie zum Germknödel einzuladen, aber da hat sie sich schon abgewandt. Sie sieht zufrieden aus, wie sie das kleine Holztor öffnet und sorgfältig wieder hinter sich schließt, bevor sie den Plattenweg zu ihrem Haus hochgeht. Da ist weder Hast noch Überdruss in ihrer Bewegung. Sie dreht sich um. Sie muss meinen Blick gespürt haben. Sie winkt mir zu. Ich winke zurück. Warum ist mir auf einmal so leicht? Nur weil mir eine alte Frau zugewinkt hat?

Ich bestelle Sahnekakao zum Knödel mit Mohn und reiner Buttersauce. Mir ist klar, dass das auf Dauer keine Lösung ist, sondern zu Übergewicht führt. Aber ich bin nett zu mir und genehmige mir noch einen Mittagsschlaf, bevor ich mich an den Computer setze.

Am Abend gehe ich in die Hotelbar. Dort lerne ich einen Regeltechniker und einen Jurastudenten kennen. Ich halte die beiden für ein Paar, bis ich erfahre, dass sie verschwägert sind. Aber vielleicht ist das auch nur die Fassade. Die haben sie nötig. Sie leben in einer Welt, von der ich geglaubt habe, dass es sie gar nicht mehr gibt. Der Ältere lebt in Paderborn und ist Gewerkschaftsmitglied. Das ist schlimm genug, da darf jetzt nichts mehr dazukommen, kein Kirchenaustritt und keine Scheidung, sonst ist die Karriere gelaufen. Auch bei zu viel Knoblauch im Essen muss man aufpassen, das hält nicht nur die Vampire ab, das führt zu gesellschaftlicher Ächtung.

Die beiden sind nett. Sie wissen, wo welches Bier am besten ist, und füllen mir die Abende. Sie kennen jeden einzelnen Berg mit Vornamen, können viel besser Skat spielen als ich, aber machen mir das nicht zum Vorwurf. Es geht mir ziemlich gut, seit ich die Skier beim örtlichen Verleih abgegeben habe und wandernd an meiner Geschichte bastele. Nur vor den Nächten habe ich Angst und vor den zähen Träumen, die sie mir bescheren.

Meldung über einen Kantinenskandal. Die Essensabfälle werden zu selten entsorgt. Ich ziehe Gummihandschuhe an und tue die eklige Arbeit. Hermann steht untätig daneben, halb angewidert, halb bewundernd. Das Zeug ist schwer und glitschig. Ich muss es aufteilen, in einzelne Klumpen packen. Alles zusammen hat das Gewicht von vier Leichen. Jetzt ist die blaue Corddecke dazwischen geraten. Sie ist so verschmutzt, dass ich sie aufgebe. Endlich habe ich die stinkende Masse in schwarze Plastikfolie verpackt.

Ich wache mit Widerwillen auf. Sind es die unverdaulichen Ehereste, die ich da verpackt habe? Ich tue die Sauarbeit und Hermann guckt bloß zu? Aber wieso das Gewicht von vier Leichen? Wer sind die vier Leichen?

Katastrophenfrühling

Ich kam mit einem fertigen Treatment aus dem Urlaub. Leider hat der Redakteur es bis heute nicht gelesen. Ich habe schon dreimal nachgefragt, aber er ist ungeheuer beschäftigt. Ich muss mich gedulden. Da kommt es mir gerade recht, dass ich zu einer Diskussionsrunde über das Drehbuchschreiben eingeladen bin. Man bezahlt mir die Bahnfahrt erster Klasse. Ich fühle mich geehrt. Die junge Kollegin, die ich dort treffe, ist auch ganz glücklich. Sie teilt mir begeistert mit, wie gut ihr mein Serienkonzept gefällt und dass sie jetzt mit im Autorenpool ist.
»Ach ja?«
Gerade gestern hatte sie ein dreistündiges Gespräch mit dem Redakteur.
Mit dem, der für mich immer keine Zeit hat?
Ja, genau, mit dem.

Ich bin empört. So kann man mit mir nicht umgehen.
Frau Norden behauptet, dass man nur mit denen umspringen könne, die mit sich umspringen lassen. Zu denen gehöre ich nicht, jetzt nicht mehr. Ich werde kämpfen. Ich stürme die Redaktion, lasse mich auch nicht von der Sekretärin aufhalten, stehe einfach in der Tür und bestehe auf einem Gespräch.
Der Redakteur wartet den Platzregen meiner Vorwürfe ab, blättert in irgendwelchen Unterlagen, studiert das Teppichmuster und teilt

mir dann in aller Kühle mit, ich müsse es schon ihm überlassen, wie er seinen Job zu versehen hätte.

Was habe ich mir bloß vorgestellt? Habe ich gedacht, ich kann ihn zwingen, sich mit mir auseinander zu setzen? Ich habe überhaupt nicht gedacht, das ist das Problem. Ich habe herumgeplärrt wie ein Kleinkind, dem der große Junge das Spielzeug geklaut hat. Das kümmert den großen Jungen wenig. Er sitzt mit fürstlichem Monatsgehalt im goldenen Käfig. Da könnte ich auch sitzen, wenn ich mich hätte fest anstellen lassen. Aber das wollte ich damals nicht. Das heißt, eigentlich wollte Hermann es nicht. Halt, halt, was mache ich denn da? Gebe ich jetzt ihm die Schuld? Ja, aber ohne ihn hätte ich doch ... Was ich ohne oder mit ihm hätte, ist völlig egal! ›Wenn ich nicht die ganze Verantwortung auf mich nehme, habe ich nur die halbe Handlungskraft.‹

Doch diese Weisheiten sind auch mit Vorsicht zu genießen. Das habe ich gerade gemerkt. Ich muss da irgendetwas nicht ganz verstanden haben.

Also nochmal von vorne. *Ich* habe mich nicht fest anstellen lassen. Es hat ja auch Vorteile, Freiberuflerin zu sein, ich habe zwar keine Sicherheit, aber ich bin frei. Ja, vogelfrei, freigegeben zum Abschuss.

Und noch nicht einmal mehr ein Nest, in dem ich unterkriechen kann. Schlafen mit Hermann steht auch nicht mehr zur Debatte. Er war glücklich in Frankreich, während ich unglücklich war in Österreich. Das spürt man sogar am Telefon. Das ist eine Schieflage und keine Basis. O.k., dann mülle ich mich eben ein und heule das Kissen voll, bis es nass ist, das stört keinen.

In der Gruppe höre ich, das Alle-Welt-ist-gegen-mich-Syndrom nehme von der Lebensmitte zum Alter hin zu. Die schlechten Erfahrungen akkumulieren sich zu der Erwartungshaltung, dass man wieder betrogen werde. Und genau diese Haltung provoziere beim Gegenüber, was man verhindern will. Der Partner oder Gegner spürt, dass man seiner Sache nicht sicher ist, und stößt in dieses Vakuum vor.

Ich finde das ziemlich abstrakt angesichts der Tatsache, dass ich ganz konkret um die Früchte von einem Jahr Arbeit gebracht worden bin. Wenn ich jetzt beginne, das Misstrauen in mir zu bekämpfen, dann nützt mir das wenig.

Ich müsse lernen, die Dinge zu versachlichen.

»Aber ich bin nun mal kein kalter Fisch und ich will auch gar keiner sein. Ich hasse diese temperamentlosen, coolen Typen.«

Ob ich nicht lernen wolle, mein Temperament so zu kontrollieren, dass es mir nicht schade?

»Und wie soll das gehen?«

Ich müsse auf mich achten, statt auf die anderen.

»Großartig. Ich sehe schon, das wird den Redakteur ungeheuer beeindrucken.«

»Es kann natürlich immer noch sein, dass die Welt Ihre Bedingungen nicht akzeptiert.«

»Aha, und was dann?«

»Wenn Sie Ihre Bedingungen nicht durchsetzen können, dann müssen Sie entweder Ihre Bedingungen modifizieren oder sich von dem, was Sie ursprünglich wollten, trennen.«

»Wenn ich mich doch trennen muss, habe ich ja nichts gewonnen.«

»Die *Bereitschaft* sich zu trennen, ist notwendig für die Handlungsfreiheit.«

»Aber wenn ich mich gar nicht trennen will?«

»Dann geben Sie den anderen die Macht, mit Ihnen umzuspringen. Nur wenn Sie selber den Punkt bestimmen, wo Sie sich trennen, behalten Sie die Kontrolle.«

Aber das ist doch genau das, was ich versucht habe, als ich ausgezogen bin. Und was hat es mir gebracht? Ihm geht es gut und ich bin einsam.

Die Trennung müsse in der Tiefe vollzogen werden, eine bloß taktische Trennung nütze nichts. Der Teil von mir, der noch nicht an Trennung glaube, der sei das Seil, an dem der andere nur ziehen müsse.

Ich sehe ein dümpelndes, richtungsloses Ruderboot vor mir an der langen Strippe. Wo ist nur das großartige weiße Schiff geblieben? Das macht alles keinen Spaß mehr. Ich kann das nicht, es ist mir zu anstrengend. Hat denn sonst keiner ein Thema? Offensichtlich

nicht. Jetzt reden wir schon die ganze Zeit über mein berufliches Fiasko, und ich weiß immer noch nicht, wie ich mich gegenüber dem Redakteur verhalten soll.
»Was kann ich denn tun? Ich habe doch gar keine Wahl?«
»Man hat immer die Wahl.«
»Ach ja?«
»Man kann sich entscheiden, auf das zu starren, was man nicht ändern kann, oder versuchen herauszufinden, was man ändern kann.«
Sehr hilfreich. Und keine mitfühlende Seele, die mich einfach in den Arm nimmt. Früher hätte ich mit Hermann geredet. Wir haben immer über alles miteinander gesprochen. In diesem Fall allerdings wäre es schwierig. Er könnte sich schuldig fühlen, obwohl er nichts dafür kann, und wenn er sich schuldig fühlt, dann schreit er mich immer an. Das ist auch nicht angenehm.
Ich werde mir jetzt etwas kochen. Essen hilft mir. Ich bin ein Stressfresser. Nüchtern betrachtet, habe ich nichts mehr zu verlieren. Dieser Redakteur will einfach nicht mit der Ehefrau eines ungeliebten Kollegen arbeiten. Das ist ihm zu eng. Vielleicht hat er uns neulich in dem Lokal gesehen und glaubt nicht an unsere Trennung. Egal, er wird immer irgendwelche Vorwände finden. Da kann ich den ganzen verfahrenen Mist genauso gut einfach loslassen, anstatt weiter meine Energie daran zu verschwenden.

Auf der Alm habe ich einen Mann gesehen, der in aller Ruhe rauchte und dabei einen größer werdenden Brand beobachtete.
»Macht das einen Sinn, das Feuer?«, habe ich ihn gefragt.
»Man muss das alte Gras abbrennen, dann wird das neue schneller grün.«

Ich gebe meinem Agenten den Auftrag, einen Abfindungsvertrag auszuhandeln. Dann lege ich mich aufs Bett. Ich bin müde. Es ist halb zwölf am Vormittag, und ich bin müde, als wäre es nachts um drei. Ich werde nun die Vorteile meiner Freiheit genießen. Ich kann mich hinlegen und schlafen, wann ich will. Nachts liege ich wach und am Tage schlafe ich. Mein Leben ist ein einziges Chaos. Na

und? Dann ist es eben so. Draußen wird es sowieso nicht hell. Es ist einer von diesen grauen Tagen.
Wenn ich wenigstens schlafen könnte. Wo ist die Zeitung? Nein, nicht die Brancheninformationen. Das würde mir jetzt gar nicht gut tun zu lesen, wer alles schon wieder eine Förderung bekommen hat und gerade in München, Berlin oder sonst wo dreht.

Das Telefon klingelt. Hermann will wissen, ob ich in der nächsten Woche Elfriede versorgen kann.
Wann genau? Er drückt sich vage aus.
»So ab Montag.«
»Montag ist ein Problem, da bin ich in Berlin.«
»Ja, wenn es nächste Woche sonst kein Problem gibt.«
Seine Stimme ist merkwürdig flach.
»Warst du beim Arzt?«
»Jo.«
»Das klingt nicht besonders gut.«
»Durchblutungsstörungen. Sie nehmen mich wieder ran.«
Vier Jahre ist es gut gegangen. Nun ist es wieder so weit. Vor vier Jahren sind wir wegen des Eingriffs nach Berlin gefahren. Dort gab es einen gut beleumundeten Spezialisten. Vor Hermanns Einlieferung sind wir durch die Bleibtreustraße gebummelt und haben versucht, wie sorglose Touristen auszusehen. Hermann hat darauf bestanden, mir ein Kleid zu kaufen. Ich habe mich für ein luftiges in schwarzweiß entschieden.
›Das kannst du dann gleich als Witwenkleid benutzen‹, hat er gescherzt, als wir wieder auf der Straße waren. Ich fand das nicht witzig und hätte das Kleid am liebsten zurückgebracht.
Damals sagte der Arzt, dass ein weiterer Eingriff dieser Art nicht möglich sei, die Herzkranzgefäße seien zu mürbe. Jetzt soll es auf einmal doch möglich sein?
Es ist ein anderer Spezialist, diesmal in Siegburg.
»Sehen wir uns vorher noch?«
Im Prinzip ja. Aber heute kann Hermann nicht und morgen fährt er zu dieser Preisverleihung.
»Muss das sein?«, frage ich in einem Rückfall in alte Bevormundungsmechanismen.

»Muss nicht, aber es lenkt mich ab.«
Wenn er wiederkommt, sitze ich im Flugzeug nach Berlin. Bleibt nur noch morgen früh. Er fährt erst um zwölf. Also dann.

Mir ist kalt. Meine Phantasie eilt davon und sieht mich, wie ich seiner Geliebten die Hand reiche über den Beerdigungskränzen. Hermann wollte immer tot umfallen und in dreißig Sekunden weg sein. Das war seine Lieblingsvorstellung.

Am nächsten Tag strahlt die Sonne. Erste Wärme, frisches Aprilgrün. Im Frühling sterben besonders viele Leute. Dieser ganze hoffnungsfrohe Aufbruch ist nicht für jedermann auszuhalten.
Wenn ich schon in den alten Stadtteil fahre, kann ich auch über den Markt gehen. Es gibt schon Spargel. Aber ich habe keinen, für den ich ihn kochen kann. Die Blumen sind im Sonderangebot. Da nehme ich gleich eine ganze Palette. Eine Hälfte für mich, die andere für Hermanns Balkon.

Bleich sieht er aus, aber gepflegt. Er hat sich die Haare schneiden lassen. Die neue Strahlendosis wird seine Locken noch weiter ausdünnen.
»Wie fühlst du dich?«
»Ja, so.«
Er drängt mir die Steuerunterlagen auf, für den Fall, dass er länger im Krankenhaus ist. Ich sehe ihn fragend an.
»Die machen da in psychologischer Kriegsführung, sie wollen mir die Brusthaare abrasieren.« Das ist für die Angiographie nicht nötig, wohl aber für den Fall einer Notoperation, für den Rettungshubschrauber zur Klinik nach Bonn. Darauf hat Professor Grube bestanden, nachdem er das Dossier vom Berliner Eingriff gelesen hat. Professor Grube? Heißt der wirklich so? Was für ein Name für einen Arzt. Jedenfalls hat er gesagt, dass er bei dieser Vorschädigung darauf bestehen müsse, dass der OP in Bonn in Bereitschaft stehe. Was soll ich dazu sagen?
Hermann steht mit schwarzem Hemd und grauem Pullover da im Türrahmen. Er sieht eher aus, als ginge er zu seiner Hinrichtung als zu einer Preisverleihung.

»Hast du noch ein anderes Hemd?«, frage ich.
Er grinst und meint, ich sei ja wie seine Oma mit ihrer Frage nach den Taschentüchern. Diesmal gefällt ihm meine Fürsorglichkeit. Da kann ich ihm auch gleich noch sagen, dass da im Schritt seiner schwarzen Hose etwas Weißes blitzt. Er will die Fluse wegschnipsen, aber es ist keine Fluse, sondern ein vernähtes Fädchen.
»Mach's schwarz.«
»Wie denn?«
»Mit einem Filzstift.«
Ich hole einen Stift. Er zerrt die Hose glatt.
»Mir den Schwanz schwarz anzumalen!«
So haben wir etwas zu lachen, bevor er geht.

Als er weg ist, pflanze ich die Blumen ein. ›Und wenn ich wüsste, dass morgen die Welt unterginge, dann würde ich noch heute ein Apfelbäumchen pflanzen.‹
Elfriede schnuppert an meinem Bein. Ich klopfe die Erde um die blauen, weißen und violetten Blumen fest und frage mich, was die Farbpsychologie wohl zu meiner Auswahl sagt.
Samtig blau: Bindung.
Weiß: Tabula rasa.
Violett: Farbe der Wandlung, der Krise, des Übergangs.
Was meinst du dazu, Elfriede? Elfriede meint gar nichts, sondern streckt sich und stolziert hochmütig davon. So, jetzt noch gießen. Das Telefon klingelt. Das ist nicht für mich, ich wohne ja nicht mehr hier. Da gehe ich nicht dran. Es ist ein ausdauerndes Klingeln. Vielleicht ist es die andere Frau.
›Ich könnte Mittwoch früh zu dir ins Krankenhaus kommen‹, habe ich zu ihm gesagt, ›vielleicht möchtest du ja noch andere Besuchsmöglichkeiten klären.‹
Er hat das mit einem Nicken kommentiert. Endlich hört das Klingeln auf. Wahrscheinlich verbringt er die letzte Nacht vor dem Krankenhaus bei ihr. Ich beneide sie nicht darum.
Und jetzt nichts wie raus hier. Wo ist die Tasche mit meinen Sandalen für unseren alten Schuster? Bei der neuen Wohnung habe ich noch keinen gefunden. Ich kann eigentlich Hermanns Schuhe gleich mitnehmen. Der linke Hacken ist schon wieder abgelaufen. Es ist

immer nur der linke. Aber ich muss auch den rechten machen lassen. Der Schuster weigert sich, nur einen Hacken zu reparieren. Die Schuhe sind erst am Donnerstag fertig, ob das etwas macht, fragt er.
Nein, das macht nichts. Vorher braucht Hermann sie sowieso nicht. Wieso zum Teufel bringe ich seine Schuhe zum Schuster? Vielleicht will ich, dass er wieder laufen kann.

Operationen

Ich bin froh, dass ich nach Berlin muss.
Wohnen werde ich bei Maren. Auch sonst habe ich mir alles nett arrangiert, berufliche mit privaten Terminen hübsch verknüpft. Das ist ein schönes Sicherheitsnetz, das ich mir da gesponnen habe. Und die sechshundert Kilometer Entfernung sollen das ihre tun.
Gegen einen Operationssaal ist der Flughafen eine heimelige Zufluchtsstätte. Alles bekannt und normal. Ich schiebe das Köfferchen mit dem Fuß vor mir her, nehme die ›Morgenpost‹ wegen der bunten Bilder, obwohl sie so eine aggressive Druckerschwärze hat, dass ich immer schwarze Finger kriege, dann noch den ›Tagesspiegel‹ dazu, mehr wäre unanständig. Das Klicken vom Sicherheitsgurt, all die bekannten Rituale. Sogar die üblichen Ansagen sind mir heute nicht lästig.
Ich mache die Augen zu beim Start und genieße den Druck gegen das Rückenpolster. Ein bisschen Druck habe ich ganz gerne, da spüre ich mich besser. Das ist beinahe so, als wenn sich Hermann mit seinem ganzen Gewicht auf mich legt.
Und dann genieße ich die Auszeit, das Dazwischen. Im Leben bin ich auch in einem Dazwischen, aber das ist mir gar nicht angenehm. Wo liegt der Unterschied? Wahrscheinlich in der Überschaubarkeit. Das Ende des Fluges liegt fest, folgt einem Plan. Pläne können natürlich auch durcheinander geraten.

Wieso stochern sie jetzt in meinen Adern herum? Das ist eine verdammte Prozedur, können die denn nicht aufpassen, jetzt haben sie die Membran durchstochen, ein Gerinnsel droht, es tut weh, ich schütte in meiner Angst irgendeine Chemikalie aus. Das überrascht den Arzt nicht, das hat er schon gerochen, als ich vorbeijoggte, dass ich so ein Typ bin.

Das Gerumpel der Landung weckt mich.

»Und das ist nun die großartige Distanz, die ich aufgebaut habe«, beschwere ich mich später bei Maren.
»Ist doch kein Wunder, dass dir das noch unter die Haut geht«, meint sie tröstend. Unter die Haut. Anscheinend gibt es da noch irgendwelche subkutanen Verbindungen. Mit der einen Operation des Auszugs aus der Wohnung ist es wohl nicht getan.
Ob ich noch vor der Sitzung im Krankenhaus anrufe? Wenn Hermann der erste Patient war, wissen sie vielleicht schon etwas. Es ist schon alles vorbei. Sie haben gar nichts gemacht. Hermann hat eine Stenose an der Stammader. Das sind die Fälle, wo die Leute auf der Straße – oder in fremden Betten – umkippen und innerhalb von dreißig Sekunden weg sind. Er ist seinem Traumtod ziemlich nahe gekommen. Jetzt steht ihm eine Bypassoperation bevor, ordentlich vorbereitet, in drei oder vier Wochen.
»Na, dann ist er ja erst mal stillgelegt«, kommentiert Maren in ihrer trockenen Art, »drei Wochen Krankenhaus, dann noch mal vier Wochen Reha, damit kann er schon rechnen.«
Plötzlich fallen mir die Trauben von Lanzarote ein. Als ich beim zwölften Glockenschlag alle Trauben aufgegessen habe, trödelt er immer noch mit der fünften Traube herum. Jetzt soll er im Mai operiert werden, im fünften Monat. Das gibt es doch nicht! Das glaubt mir doch kein Mensch!
Aber Maren glaubt es. Sie findet es einleuchtend, dass sich eine unbewusste Ahnung so äußert.
»Und dann?«, will sie wissen. »Was hat er mit den restlichen Trauben gemacht?«
»Er hat sie alle auf einmal gegessen.«
»Na bitte. Kein Grund zur Sorge. Pass nur auf, dass du nicht wieder unter die Räder kommst.«

Überall gibt es Probleme. Die ganze Welt ist ins Rutschen geraten. Auch die Drehbuchautoren müssen sich mit Veränderungen auseinander setzen. Das europäische Urheberrecht wird aufgeweicht, die Errungenschaft des droit moral wird angeknabbert. Neue Technologien schaffen veränderte Realitäten. Hier wird per Kabel weitergeleitet, dort an Dritt-, Fünft- oder Zehntsender ohne Wissen der Autoren weiterverkauft. Wie soll man die Sendungen in Rumänien überprüfen, gar nicht zu reden von Kamerun? Und was passiert, wenn sich jeder beliebig aus dem Internet bedient? Da nützt es nichts, einfach auf der Position von gestern zu beharren. Da muss man innovativ nach vorne denken, da muss man sich bewegen, nicht einfach auf das Gestern starren. Das habe ich gerade gelernt und will es hier anwenden. Aber so geht das nicht. Politik ist ein zähes Geschäft, da geht es ums Detail, da muss man sich eine Hausmacht erwerben. Da nützt es wenig, im Alleingang nach vorne zu galoppieren. Verhandlungsrituale sind Männerrituale. Das spreizt sich in Formulierungen.
So viel Zeit nehme ich mir nie, ich weiß doch, dass unsere Tagesordnung immer zu groß ist. Deswegen rede ich schneller. Aber das überzeugt die anderen nicht, das zeigt nur, dass ich die Spielregeln nicht beherrsche. Die einzige andere Frau in der Runde sagt fast nie etwas. Das ist auch keine Hilfe. Wenn sieben um einen Tisch sitzen, dann können nicht alle auf einmal reden, das ist logisch. Aber es hören auch nicht alle auf einmal zu. Woran denken die anderen, wenn sie mit ihren Kaffeelöffeln spielen oder aus dem Fenster sehen? Jetzt drängeln die Herren auf einmal. Der, der zu spät gekommen ist, muss auch früher gehen, er hat einen wichtigen Termin. Da wollen die anderen nicht zurückstehen, sie alle haben Wichtiges zu erledigen. Nur ich habe gedacht, die Sitzung gehe bis achtzehn Uhr.
So habe ich unvermutet Zeit, ins Museum zu gehen. Anselm Kiefer. Mein Gott, was für Formate! Das ist nicht nur überlebensgroß, das ist auch schwer. Da gießt jemand ganze Aktenberge in Blei, gefrorene Geschichte. Da stemmt jemand Tonnengewichte gegen den Fluss der Zeit. Das ist alles ziemlich grau, aber es drückt mich nicht nieder. Die bleierne Schwere scheint mir etwas von meinem eigenen Gewicht abzunehmen. Wie kommt einer zu der

Entscheidung, mit so einem Material zu arbeiten? Er hat sich dazu entschieden, bevor er berühmt war. Er musste damit rechnen, dass alle den Aufwand scheuten, solche Teile zu transportieren. Er ist ein hohes Risiko eingegangen. Vielleicht muss man das Leben riskieren, um es zu gewinnen.

Zeit für ein Treffen mit Felix. Wie viele Jahre kennen wir uns nun schon? Er ist gehetzt, sein Mantelsaum lose, es geht ihm beschissen. Aber er berichtet so erheiternd von seinen Katastrophen, dass es mir gelingt, auch meine eigenen anders einzuordnen. Er hat sich einen Untermieter mit Hund eingehandelt. Dessen Lieblingsbeschäftigung scheint es zu sein, den Mülleimer auszuräumen und den Inhalt über die Wohnung zu verteilen. Felix muss zugeben, dass er es nicht nett fand, gestern beim Aufstehen als Erstes in ein Rinderherz zu treten. Das ist durchaus nicht nach seinem Geschmack. Aber so ein Hund sei halt nur ein gezähmter Wolf.

Am nächsten Tag werden Drehtermine für den Kinderfilm festgelegt. Das gibt mir eine angenehme Perspektive für den August. Wie gut, dass ich den Spatz in der Hand nicht abgesagt habe, als mir die Taube noch auf dem Dach saß.

Fröhlich komme ich wieder in meinem Kölner Leben an. Auch hier bin ich gefragt. Das Telefon klingelt. Nein, Hermann ist gefragt. Sein Arzt will ihn sprechen.
»Der ist unter der anderen Nummer«, sage ich.
»Ah, ja, die dreiundsiebziger, die habe ich auch«, sagt er.
Aber die Nummer unserer alten Wohnung enthält keine dreiundsiebzig. Es muss die Nummer von Hermanns Geliebter sein. Wie peinlich, der Arzt hat die falsche Frau angerufen. Deswegen hat er so hastig aufgelegt. Natürlich ist er eingeweiht. Ich kann das charmante Grinsen vor mir sehen, mit dem Hermann ihm seine Lage erklärt hat. Ein Teufelskerl dieser Patient, um den lohnt es sich, mit dem muss man sich Mühe geben. Männer unter sich haben Verständnis füreinander. Frauen dagegen sind missgünstig, kleinlich und nachtragend. Und das Schlimmste ist, sie hassen sich selber.

Aber Männer haben es auch nicht leicht. Hermann tut etwas für den Krankenhaustourismus. Er wird nach Göttingen gehen. Da soll zurzeit die beste Klinik für Bypassoperationen sein. Das erzählt er mir, während ich den Staub von den Blättern des Gummibaums abwasche, der ehemals uns gehörte und der jetzt seiner ist.
Hermann hat einen »putzigen« Albtraum gehabt. Den erzählt er mir auch.

Er kommt an eine Treppe, nur leider, die Stufen sind nicht mehr da. Als er trotzdem weitergeht, fällt er ins Bodenlose. Doch nach vier, fünf Metern im freien Fall spannt er alle Muskelkräfte an, bremst in der Luft ab und kommt federnd wie auf einem Trampolin auf. Er denkt, er hat es geschafft. Aber da kommt ein schwarz gekleideter Polizist auf ihn zu und will ihn abführen. Er wehrt sich, argumentiert, da hätte kein Verbotsschild gestanden. ›Das ist egal‹, sagt der Polizist, ›bestraft werden Sie trotzdem.‹ Dann nimmt er ihn in den Polizeigriff und führt ihn ab.

An die oberen Blätter vom Gummibaum komme ich nicht ran. Die übernimmt Hermann. Er ist größer als ich.
»Wieder etwas fürs Leben getan«, kommentiert er.
Wenn das so weitergeht, kriegt er noch ein Gefühl für die Natur.
Zeit, etwas zu essen. Hermann legt sich den Schinken mitsamt dem Fett auf sein Brot. Wird er denn nie schlau?
»Ist doch jetzt auch egal«, verteidigt er sich.
»Ich habe nichts gesagt!«
»Aber das sehr laut.«
Wir bestätigen uns gegenseitig, dass es gut sei, dass wir uns getrennt haben. Auch und gerade angesichts der gegenwärtigen Situation. So können wir nicht mehr ungefiltert mit unserer Nervosität aufeinander prallen.

Dann möchte Hermann wissen, was mit meiner Serie ist. Ich erzähle es ihm. Das tut uns beiden nicht gut. Da laufen sofort wieder alte Mechanismen ab. Er schwankt zwischen Zurechtweisung und Ratschlägen, meint, ich dürfe nicht einfach aufgeben. Schon mel-

den sich bei mir alle Zweifel zurück. Seine Aufforderung zur Stärke nimmt mir jegliche Kraft.
»Wir wollten doch über Wichtigeres reden«, lenke ich ab.
Aber zu dem Wichtigeren fällt uns jetzt auch nichts mehr ein. Es ist halt so. Nächste Woche kommt er unters Messer. Letztlich ist jeder allein. Ich kann ihm bei seiner Gesundheit genauso wenig helfen wie er mir bei meiner Arbeit.
»Ich habe schon wieder Schuldgefühle gehabt, weil ich dachte, dass du wegen der Sorge um mich nicht arbeitsfähig warst.«
»Das sehe ich inzwischen anders«, beruhige ich ihn. »Wenn ich jetzt aus Angst um dich nicht schlafen kann, dann mache ich mir klar, dass es meine Angst ist und kein Grund, dir deswegen einen Vorwurf zu machen.«
Hermann guckt ungläubig.
»Doch«, sage ich, »es macht einen Unterschied. Ich bin von deinem Karussell abgesprungen, nicht gerne und nicht ganz freiwillig, aber immerhin.«
Ein Blick in Hermanns Augen zeigt mir, dass ihm mein Reden vorkommt wie das laute Singen eines Kindes im dunklen Wald. Und vielleicht ist es das ja auch. Also zurück auf den Boden der Tatsachen.
»Mach dir um meine Arbeit keine Sorgen. Die ist meine Rettung.«

Am Tag der Operation rettet mich nichts mehr, weder dass ich auf meiner Terrasse Nylonfäden für den Knöterich spanne, damit er schön wachsen kann, noch dass ich versuche, Papiere zu sortieren. Die Nervosität regiert. Ich halte ankommende Telefonate kurz, damit die Leitung frei bleibt. Als mir die Blumenvase aus der Hand fällt, habe ich wenigstens etwas, worüber ich schimpfen kann.
Die Operation dauert vier Stunden. Sie wird bei einer um zehn Grad verringerten Körpertemperatur durchgeführt. Der anschließende so genannte Winterschlaf in der Intensivstation dauert bis zum nächsten Morgen. Solange wird der Patient über einen Schlauch künstlich beatmet. Wo ist die Nummer der Klinik? Keine Panik. Sie ist da, wo ich sie hingelegt habe, aber vor dreizehn Uhr hat es überhaupt keinen Sinn anzurufen. Punkt ein Uhr rufe ich

an. Man verbindet mich mit der Intensivstation. Plätschermusik soll meine Nerven beruhigen. Endlich wird abgenommen.
»Einen Moment bitte, der Arzt wird geholt.«
Und dann liegt der Hörer vergessen auf dem Tisch, fängt nur noch fröhliche Urlaubsgespräche auf. Ich versuche mit mehrfachem »Hallo!« gegen diese Fragen nach dem Wetter auf Mallorca anzukommen, aber niemand hört mich. Ich lege auf, wähle neu und erfahre, die Operation ist ohne Komplikationen verlaufen. Ich frage, wie lange der Zustand noch kritisch ist.
»Linear abnehmend«, ist die Antwort.

Als auch beim dritten Anruf ein normaler Verlauf gemeldet wird, rufe ich bei der Kinderfilmredaktion an und sage, dass unsere Besprechung am nächsten Tag wie vorgesehen stattfinden kann. Ich bin froh über die Arbeit. Sie ist mein Haltepunkt in diesem ganzen Chaos.
Am Abend, bei meinem letzten Anruf an diesem Tag, fragt der Arzt, ob er einen Gruß ausrichten solle, Herr Bratzer käme zwischendurch zu sich. Ja, natürlich. Ich lasse ihm einen Gruß von seiner Frau ausrichten. Dann sage ich noch einmal meinen Namen, um Verwechslungen auszuschließen. Bestimmt gibt es von der anderen auch einen Gruß.
Am nächsten Morgen ist Hermann aus der Gefahrenzone.

Der Redakteur und die Autorin kommen diesmal zu mir. Ich habe Tee gekocht und stelle Kekse auf den Tisch. Wir machen es uns immer nett. Ich bin froh, dass es wenigstens bei dieser Arbeit eine Kontinuität gibt. Es geht sehr engagiert zu in dieser Redaktion. Manchmal gibt es sogar Tagungen, bei denen alle Freischaffenden mit den Redakteuren zusammenkommen, um über Inhalte und künftige Gestaltungskriterien zu diskutieren. Das wird zwar nicht bezahlt, aber gibt einem das Gefühl, zu einer Familie zu gehören. Und das weiß ich im Moment zu schätzen. Unser Gespräch verläuft auch heute konstruktiv. Für ein paar Stunden vergesse ich, was mich sonst noch bewegt.
Das kommt erst bei der Mittagspause im Restaurant wieder hoch. Walter ist voller Verständnis für meine Lage. Er hat mir sogar ein

Buch mitgebracht. In dem Buch wird das Dreieck Ehemann, Ehefrau und Geliebte auf eine mythische Dimension gebracht. Das habe etwas Tröstliches, meint er. Ich lasse mich von der freundschaftlichen Stimmung dazu verleiten, von meinem geplatzten Großprojekt zu erzählen und zu fragen, ob ich noch einen weiteren Film für die Redaktion machen kann. Aber das Terrain ist bereits besetzt. Und da, wo es noch nicht besetzt ist, möchte Walter neue Leute ausprobieren. Er könne ja nicht immer nur die Altlasten hinter sich herschleppen, das müsse ich verstehen. Alles, was ich verstehe, ist das Wort Altlast. Erst lässt mein Ehemann mich wie einen ausgedienten VW am Straßenrand stehen und nun werde ich auch noch beruflich entsorgt.

Ich protestiere nicht gegen das Wort. Ich zermahle das Weißbrot zu kleinen Bröseln und trinke an meinem Glas Schorle herum, als sei alles in Ordnung.

Das Schlimmste sei es, eine Situation zu erdulden und dem anderen die Leidensmiene zu zeigen, das sei Gift, hat Frau Norden neulich gesagt. Also tue ich jetzt das Schlimmste.

Mimik treffe eine tiefe Stelle. Bevor Babys irgendwelche Worte verstehen, begreifen sie die Mimik ihrer Mütter. Darum seien wir noch als Erwachsene einer strafenden oder ablehnenden Mimik hilflos ausgeliefert.

Hermann konnte meine weidwunden Opferblicke auch nicht ertragen.

»Was machst du schon wieder für ein Gesicht!«, hat er gebrüllt.

»Ich hab nun mal kein anderes!«, habe ich zurückgeschrien.

Ich habe meine Miene nicht unter Kontrolle. Dabei weiß ich von meiner Mutter, wie verheerend sie wirken kann. Ihr Blick machte mich zu einem fühllosen Monster. Und wer ist schon gerne ein fühlloses Monster? Ich nicht, Hermann nicht und Walter bestimmt auch nicht.

Obwohl ich das alles weiß, sitze ich jetzt mit beleidigter Miene da, während das Gespräch ohne mich weitergeht. Ich ahne, dass ich ein sickerndes Gift mit Langzeiteffekt freisetze.

›Was kann man denn da machen?‹, habe ich neulich in der Gruppe gefragt.

›Nicht bei der Mimik ansetzen, sondern am Kern‹, war die Antwort, ich solle mich für meine Enttäuschungen selber verantwortlich fühlen, anstatt sie den anderen zum Vorwurf zu machen. Eine Enttäuschung sei nichts als das Aufdecken einer Täuschung, welcher man sich zuvor hingegeben habe. Man müsse sich über die eigene falsche Erwartung klarwerden.
›Das kann ich nicht‹, habe ich gesagt, ›das überfordert mich.‹
Wenn ich es nicht so schnell könne, dann solle ich weggehen aus so einer Situation, damit ich in Ruhe darüber nachdenken könne.
Aber das kann ich doch auch nicht. Gerade werden die schwarzen Nudeln mit Salm gebracht. Es wäre ein Eklat, wenn ich jetzt aufstehen würde hier von diesem Tisch. Nachher verliere ich noch das letzte bisschen Arbeit. Lieber bleibe ich sitzen und esse meine Nudeln.

Und dann fahre ich nach Göttingen. Wenn ich ausgeruht bin, fahre ich die ersten drei Stunden ohne Pause. Aber heute wirkt die gleichmäßige Vibration schon nach einer Stunde einschläfernd. Ich versuche es mit Kaugummi und lautem Singen, aber dann muss ich doch einen Parkplatz anfahren. Ich habe Glück. Es ist ein Parkplatz mit ein bisschen Auslauf und einer wilden Wiese, auf der Margeriten blühen. Da kann ich nicht widerstehen. Bei Margeriten kann ich nie widerstehen. Ich muss lachen in der Erinnerung an das Drama. Ob du auch daran denken musst, wenn ich dir diesen Strauß mitbringe? Du kamst aus Mailand und hattest deinen ersten italienischen Designeranzug erstanden. Stolz hast du deine Kleidertüte aufgeklappt. Ich sollte einen Blick hineinwerfen. Ich sah eine schreiend bunte Papageienkrawatte über gediegenem Stoff.
›Um Gottes willen, so was willst du jetzt anziehen?‹
›Du musst es angezogen sehen.‹
Dann haben wir Großeinkäufe fürs Ferienhaus gemacht. Es war ein wundervoller Frühlingstag in Verona. Ich konnte nicht vorbeigehen an diesem großen Terrakottatopf voller weiß blühender Margeriten. Er war sperrig. So mussten wir den Kofferraum erst aus-, dann wieder einräumen, damit alles hineinpasste. Und als

wir dann am Ferienhaus ankamen, waren die Margeriten da, die Salatköpfe, die Reinigungsmittel und die Klopapierrollen, die Großpackungen Spaghetti und das frische Fleisch, nur die Kleidertüte, die war auf der Straße stehen geblieben.

Als ich im Krankenhaus ankomme, ist Hermanns Zimmer leer. Er ist zum Ultraschall und zum Röntgen. Wie lange kann das dauern? frage ich. Ungefähr eine Stunde, aber das meiste sei Warten, ob ich den Weg wissen wolle?

Ja, das will ich. Ich bin ja nicht hergekommen, um in einem leeren Zimmer zu sitzen. Der Krankenbettfahrer nimmt mich mit: Vom Bettenhaus eins, Ebene zwei, Station 2012 mit dem Fahrstuhl runter, quer ins Behandlungsgebäude, vorbei an A 7 und B14.

»Für Sie ist das sicher spannend«, meint er.

»Na ja«, sage ich, »ich könnte mir eine Spannung vorstellen, die mir lieber wäre.«

Die Wandfarben sind von Psychologen ausgesucht. Der Beton ist mit sanft aufbauenden Pastellfarben übermalt. Als wir beim Ultraschall ankommen, ist Hermann im Untersuchungsraum. Ich sage, dass ich draußen warten will, damit sich seine Werte nicht verändern.

»Vor Schreck oder vor Freude?«, grinst der Krankenbettfahrer.

»Wer weiß«, sage ich.

Als Hermanns Bett in den Gang gefahren wird, nähere ich mich vorsichtig und sage ganz leise:

»Hallo, da bin ich.«

Hermann erschrickt trotzdem. Es scheint ihn zu stören, dass er so hilflos daliegt. Ja, sind wir uns denn so fremd? Warum will er mir eine Fassade präsentieren? Das ist doch nicht die erste Krankenhaussituation, die wir gemeinsam erleben.

»Du siehst gar nicht bleich aus«, sage ich.

»Ich habe ja auch Blut gesoffen wie Dracula, drei Liter haben sie mir gegeben.«

Bei der Fahrt zum Röntgenraum gehe ich neben Hermanns Bett her. Wenn ich ihn ansehen will, muss ich auf ihn hinuntersehen. Und wenn er mich ansieht, hat er eine extreme Untersicht. Das ist die Filmeinstellung für Angsteinflößendes oder Bedrohliches. Man

wählt sie gerne für unangenehme Lehrer aus der Sicht eines Kindes. Schließt Hermann deswegen jetzt die Augen? Die Gänge sind lang. Es geht vorbei an P7 zu P8.
»Da drüben ist die Abschussrampe nach Thailand«, scherzt Hermann.
Meint er, mich unterhalten zu müssen? Er strengt sich zu sehr an. Das Pflaster an seinem Hals über der Kanüle zittert. Ich streiche ihm über die Schulter und meine, er solle sich erst einmal erholen von meiner Ankunft, ich würde in seinem Zimmer auf ihn warten. Das scheint ihm recht zu sein. Bevor er in der Röntgentür verschwindet, winkt er mir zu.

In seinem Zimmer beschneide ich die Margeritenstiele. Dann gehe ich auf den Flur und suche den Vasenschrank. Ich finde ein geeignetes Gurkenglas, das fülle ich mit Wasser und drapiere die Margeriten darin. Dann habe ich nichts mehr zu tun. Das Zimmer ist groß. Es hat Raum für zwei Betten, aber im Moment ist keines da. Nur Hermanns Nachttisch steht neben der verwaisten Fläche. Kein alter Mann im Nebenbett. Hermann hat sich am Telefon über den alten Mann beklagt. Er habe die ganze Nacht von Russland gefaselt und dreimal alle seine Schläuche herausgerissen. Der ganze Boden sei voller Blut gewesen. Das sei nicht auszuhalten, er wolle jetzt ein Einzelzimmer.
Es war sein erster Anruf nach der Operation. An seiner Stimme klebte noch ein bisschen Jenseits. Sie war ungewohnt rau und kurzatmig.
Nun hat er sein Einzelzimmer bekommen. Ich habe keinen Moment daran gezweifelt. Ich betrachte den glänzend gewischten Boden und frage mich, was aus dem alten Mann geworden ist.

Immer fliegen irgendwelche Vögel vor Klinikfenstern herum. Hier sind es Spatzen. Vor vier Jahren in Berlin waren es Möwen. Während der dreieinhalb Stunden, in denen Hermann weg war, habe ich dagesessen und über den Kanal gesehen. Auf der anderen Seite gab es einen Schrottplatz. Ich habe nicht die ganze Zeit aus dem Fenster geguckt, manchmal habe ich auch so getan, als würde ich in der Zeitung lesen. Einmal, als ich hochsah, fuhr ein schwarzgelber Lieferwagen auf das Gelände. Das gab mir einen Stich. Unerklärlicherweise brach mir der Angstschweiß aus. Ich habe mich ermahnt, nicht zu spinnen, sondern weiter diesen Artikel zu lesen. Aber vorher habe ich doch auf meine Uhr gesehen und mir die Zeit gemerkt. Ich habe dann ziemlich lange nicht mehr hochgeschaut, aber irgendwann doch. Da sah ich zu meiner unsäglichen Erleichterung, dass der Lieferwagen wieder wegfuhr. Später habe ich die Uhrzeit mit dem Protokoll des Eingriffs verglichen. Es waren die krisenhaften zwanzig Minuten.

»Jetzt setz dich doch mal«, sagt Hermann.
Ich bin abwartend am Fenster stehen geblieben, bis sein Bett justiert ist und der Pfleger den Raum wieder verlassen hat. Nun setze ich den Besucherstuhl neben die Bettkante. So bin ich etwas kleiner als Hermann. Er sucht meine Hand.
»Hier ist es besser als da draußen.«
Ja. Ich entspanne mich. Ich glaube zu spüren, dass meine Nähe Hermann auch gut tut. Da fragt er mich, warum ich gekommen bin. Ist es falsch, dass ich gekommen bin?
»Ich dachte, ich muss hier sein, wenn es dir schlecht geht.«
Das war doch immer so. Aber vielleicht ist es jetzt nicht mehr so. Ich stehe auf und krame nach der Erdbeere, die ich ihm mitgebracht habe. Es ist eine riesengroße Erdbeere, ein Prachtexemplar in Herzform. Als Hermann sie jetzt auspackt, habe ich plötzlich Panik. Wie leichtsinnig von mir. Was, wenn sie über der Fahrt gelitten hat, wenn sie matschig geworden ist? Das wäre ein schreckliches Symbol. Aber die Sorge ist unbegründet. Die Erdbeere ist wunderschön und frisch. Hermann ist gerührt.
Er will dann höher sitzen, um mich besser zu sehen. Er verrenkt sich nach dem Hebel, mit dem das Bett zu verstellen ist. Ich springe auf, um ihm zu helfen. Aber das darf ich nicht. Er will nicht, dass ich in meine Fürsorgerolle zurückfalle. Ich kehre zurück auf meinen Stuhl wie auf ein Armesünderbänkchen.
Dann fordert er mich auf, etwas zu erzählen. Aber mir fällt nichts ein. Warum habe ich kein Unterhaltungsprogramm vorbereitet? So weit habe ich nicht gedacht. So eine lange Autofahrt, und ich habe mir nichts ausgedacht. Was habe ich überhaupt gedacht?

Und was kann ich jetzt sagen, ohne dass es ihn aufregt? Es stehen ja überall Warnschilder.
»Ich würde gern mit dem Arzt sprechen«, sage ich.
Aber das will er nicht. Solche Ehefrauenkummergesten verbittet er sich, er kann mir alles selber erklären. Und so kommt es, dass er mir von Quickwerten und Medikamentendosierungen berichtet, während ich registriere, dass er sich meinetwegen anstrengt. Das war das Letzte, was ich wollte.
Ich begreife, dass nicht nur seine Krankheit seine Sache ist, sondern auch die Art, wie er damit umgeht. Er ändert sich nicht, nur seine Ziele ändern sich. Und im Moment verfolgt er anscheinend das Ziel Unabhängigkeit von mir.
Sein Essen wird gebracht.
Er ist eingebaut hinter Schüsseln und Tellern, als das Telefon klingelt. Ich will ihm den Hörer anreichen, aber eine heftige Geste warnt mich. Das Telefon klingelt immer noch, als er seinen Betttisch endlich mit äußerster Anstrengung beiseite geschoben hat. Warum habe ich das atemlos beobachtet, anstatt auf die Idee zu kommen, das Zimmer diskret zu verlassen? Nun muss ich mir anhören, wie er, ohne je ihren oder meinen Namen zu erwähnen, seine Gesprächspartnerin auf einen Telefontermin vertröstet, zu dem er sicher sein kann, dass ich wieder auf der Autobahn bin. Die Kanüle an seiner Halsschlagader hüpft vor Erregung über die peinliche Situation.
Ich hätte nicht kommen sollen. Ich bin nicht gut für ihn. Er legt auf, beschäftigt sich mit seinem Bettzeug. Das Kopfkissen ist verrutscht, quält ihn im Rücken. Aber ich habe meine Lektion gelernt, ich bleibe, wo ich bin, und streue ein paar harmlose Worte in den Raum, damit das Schweigen nicht zu lastend wird. Es gibt schließlich ein paar sachliche Dinge zu bereden. Das hätte man auch am Telefon tun können.
Auf dem ersten Rastplatz halte ich an und überlasse mich dem diffusen Gefühl, dass ein weiterer Schritt in Richtung Trennung getan ist.

Mein Anrufbeantworter ist voll mit Leuten, die sich nach Hermanns Befinden erkundigen. Alle benutzen mich als Ehefrau und wollen von mir wissen, wie es ihm geht. Ich bin genervt.
Gisa hat sogar gehört, dass wir durch die tragische Entwicklung mit dieser Krankheit wieder zusammengekommen seien.
»Nein«, sage ich, »das ist wohl eher nicht so.«
»Aber er hat doch allen Leuten erzählt, dass sie sich bei dir nach ihm erkundigen sollen.«
So, hat er das? Deswegen also rufen alle Leute hier an.
Ich denke an den Kollegen von Hermann. Der hat die Sache mit unserer Trennung von vornherein nicht geglaubt. Das waren ja auch sehr unklare Formulierungen, sogar für uns selber.
Trennung auf Zeit, eine andere Eheform …
So eine Gemengelage ist unangenehm. Um so etwas macht man lieber einen Bogen. Wenn ich mir das von seinem Standpunkt aus betrachte, kann ich es verstehen.

Ich spreche eine neue Ansage auf meinen Anrufbeantworter.
›Wenn Sie eine berufliche oder private Nachricht für mich haben, sprechen Sie bitte nach dem Signalton. Wenn Sie sich nach dem Befinden von Hermann Bratzer erkundigen wollen, es geht ihm gut. Sie können ihm an die Universitätsklinik Göttingen schreiben oder weitere Auskünfte über sein Sekretariat einholen.‹
So. Das wäre geregelt. Und jetzt sehe ich in meinem Terminkalender nach, was es sonst noch so gibt. Aber mein Terminkalender ist nicht da. Wo kann er nur sein? Wann habe ich ihn zuletzt benutzt? Im Krankenhaus. Hermann hat ihn gefunden und ihn schon der Schwester gegeben, damit sie ihn mir schickt. Ich habe meinen Terminkalender an seinem Bett vergessen. Was hat das denn nun wieder zu bedeuten? Wenigstens ist er noch da.

Vera hat ihren Terminkalender damals nicht wieder gefunden. Sie musste einen neuen kaufen und alles mühsam rekonstruieren. Sie hat mich in meiner neuen Wohnung besucht und schien mich zu beneiden um die neue Übersichtlichkeit. So würde sie gerne noch

einmal leben, nur mit dem Notwendigsten und ganz für sich, hat sie gesagt. Vielleicht werde sie im nächsten Jahr ein paar Monate nach Paris gehen. Sie hat diese Vorstellung so zaghaft in die Luft geworfen, dass ich dachte, wahrscheinlich sagt sie das alles nur, um mich zu trösten. Seitdem habe ich nichts mehr von ihr gehört. Ich hoffe, das ist ein gutes Zeichen.
Ich bin auf Veras Anrufbeantworter gefasst, aber dann ist sie selber am Telefon. Sie betreut im Moment keine Patienten mehr, sie ist selber Patient. Sie hat Krebs.
»Nun bin ich gezwungen, kürzer zu treten.«
Ich kann ihr müdes Lächeln über das Telefon sehen und frage nach.
Die Aussichten seien nicht so rosig.
Und Paris?
Ja, vielleicht. Wenn sie im nächsten Jahr noch dazu in der Lage ist, will sie zusammen mit ihrem Mann dorthin.

Ich bin jeden Tag in Hermanns Wohnung, gieße die Blumen und versorge Elfriede. Sie wenigstens freut sich, wenn ich komme. Sie maunzt laut, sobald sie mich auf der Treppe hört.
Ich soll ein paar Rechnungen für Hermann bezahlen, aber ich habe keine Vollmacht für sein Konto. Deshalb soll ich Papiere verkaufen. Das haben wir im Krankenhaus so besprochen. Die Papiere liegen in seinem Rollschrank. Der Schlüssel steckt. Hermann ist kein ängstlicher Typ. Einbrecher kommen in seinem Weltbild nicht vor. Er steckt auch seine Börse mit allen Kreditkarten immer in die Gesäßtasche seiner Jeans. Es ist mir ein Rätsel, warum er noch nie Opfer von Taschendieben wurde.

Im Rollschrank sind nicht nur die Papiere, da sind auch Fotos. Fotos von ihm mit ihr. Er sieht glücklich aus. Das gibt mir einen Stich. Darunter liegen ältere Fotos. Die sind von uns beiden. Darauf sieht er auch glücklich aus. Aber das ist die Vergangenheit.
Ganz unten im Schrank, da gibt es noch einen sehr dicken Umschlag mit einem Zettel, auf dem steht: ›Zurück an‹, und dann folgt der Name. Das ist wohl für den Fall gedacht, dass er nicht überlebt hätte.

Der Umschlag ist nicht zugeklebt. Will er, dass ich da hineinsehe, oder ist es nur seine ganz normale Schlampigkeit?
Es sind Briefe darin. Ich lege sie rasch zurück und ziehe die Rollschranktür hoch. Das macht ein scharfes Geräusch.

Wenn mein Arm weiter so wehtut, muss ich doch zum Arzt.
Ich bin mit offenem Fenster zurückgefahren. Da habe ich Zug bekommen. Seitdem traktiere ich meinen Arm mit Salben und heißen Bädern. Aber es nützt nichts. Es wird eher schlimmer.
Zur Werkstatt muss ich auch. Der Auspuff macht ein unglaubliches Getöse. Es gibt Phasen, in denen alles in meiner Umgebung kaputt zu gehen scheint. Mein Drucker spinnt auch, und gestern ist doch tatsächlich eine harmlose Glasschüssel in meiner Hand explodiert. So etwas habe ich noch nie erlebt.
Ich rühre friedlich ein bisschen Milch unter mein Joghurt, und da geht diese Schüssel kaputt. Sie zerbricht nicht einfach in zwei Teile, das wäre schon merkwürdig genug, nein, sie zerplatzt regelrecht mit einem lauten Knall.
Die ganze Küche war voller Glassplitter.
Ich habe den Besen in die Hand genommen. Aber dann hatte ich keine Lust zu kehren und habe ihn einfach wieder weggestellt. Irgendwo muss man ja anfangen. Und zu irgendetwas muss diese Freiheit, die ich nicht gewollt habe, doch gut sein. Ich habe mir vorgestellt, dass ich jetzt einfach unordentlich werde. Ich kümmere mich nicht mehr. Dabei verkümmert man ja nur. Faul zu sein, macht mehr Spaß. Das kann man an Hermann sehen. Er grinst charmant, während ich fleißig bin und vor lauter Leidensmiene ganz hässlich werde. Das zahlt sich nicht aus.
Aber es zahlt sich auch nicht aus, die Glassplitter liegen zu lassen, wenn keiner sie wegräumt. Sie waren dann angetrocknet, und ich musste die Milchkruste erst aufweichen.

In meinem Briefkasten ist der Terminkalender. Hermann hat auf einer Krankenhausserviette ein paar Worte dazu geschrieben:
›Nun hasst du deinen Terminkalender vergessen.‹
Sonst lässt er immer Buchstaben aus. Diesmal hat er einen dazu gemacht. Hat er meine Anwesenheit gehasst?

Vielleicht müssen wir uns scheiden lassen, damit diese Tortur aufhört. Das ist ja wie die Echternacher Springprozession. Als Kind hatte ich mir eine Springprozession lustig vorgestellt. Aber dann habe ich es gesehen. Es war eine quälend langsame Leidensprozession. Die Menschen sind überhaupt nicht gesprungen. Sie sind gegangen, drei Schritte vor und dann wieder zwei Schritte zurück. Ich will jetzt nur noch nach vorne.

Das Telefon klingelt. Ich warte, bis ich höre, wer dran ist, bevor ich abhebe. Es ist mein Vater. Er fragt nach Hermanns Befinden. Nicht nach meinem, natürlich nicht. Hermann ist ja der Gefährdete. Sogar mit seiner Krankheit stiehlt er mir die Show.
Wäre ich doch nur ein Junge geworden, dann wäre alles einfacher gewesen. Für ein Mädchen waren meine ganzen schönen Erfolge zwar nett, aber irgendwie falsch. Für einen Jungen wären sie großartig gewesen. Für eine Tochter wäre es richtiger gewesen, pünktlich zu heiraten und Kinder zu bekommen wie die Töchter anderer Eltern auch.
Geheiratet haben wir ja, spät, aber immerhin. Mein Vater adressierte von da an hochbefriedigt alle seine Briefe nur noch an Herrn und Frau Hermann Bratzer. Mein Beruf wurde zum Luxus degradiert und gleichzeitig wurde das kleinste Auf und Ab von Hermanns Karriere mit Aufmerksamkeit verfolgt.
Natürlich ist Hermann auch der bessere Erzähler. Vielleicht schweifte die Aufmerksamkeit bei mir nur deswegen so rasch ab. Wenn ich dann verunsichert innehielt, hieß es: ›Doch, Kind, das interessiert uns, uns interessiert doch alles, was du machst, erzähl ruhig weiter.‹
Aber da war schon zerplatzt, was ich erzählen wollte, da war aus der schillernden Seifenblase schon ein schmieriger Wasserfleck geworden, nur gut zum Wegwischen, nicht zum Anschauen.
Mein Vater will Hermanns Telefonnummer haben. Ich krame den Zettel heraus. Die Nummer verschwimmt vor meinen Augen, ich habe Mühe, sie zu lesen. Vielleicht brauche ich eine neue Brille.

Vielleicht muss ich überhaupt lernen, klarer zu sehen. Warum habe ich diese Briefe eigentlich nicht gelesen? Weil es sich nicht gehört. Ja, aber gehört es sich denn, seine Frau zu betrügen? Was bringt es mir, wenn ich die Einzige bin, die sich hier an Spielregeln hält? Was hat es mir gebracht, dass ich mein ganzes Leben lang immer so ordentlich funktioniert habe?

Wenn ich jetzt noch einmal in Hermanns Wohnung fahre, kann ich auf dem Rückweg das Auto in die Werkstatt bringen, dann habe ich gleich auch noch etwas Nützliches getan. Aber wollte ich nicht gerade weniger nützlich sein? Bin ich so, oder ist das nur Training?
›Nie mit leeren Hände gehen!‹ hieß es, wenn ich einfach so in die Küche wollte, ohne die schmutzigen Teller mitzunehmen.

Ratsch macht es, als die hölzerne Rolllade nach unten rauscht wie eine Guillotine, welche die bürgerliche Moralvorstellung vom Briefgeheimnis köpft. Ich habe die Chance, mir Klarheit zu verschaffen, und ich bekomme Klarheit. Jeder kriegt, was er sich einhandelt.
Schon Hermanns erstes Geständnis war eine Lüge. Es gab auch nie eine Pause in ihrem Verhältnis, zu keiner Zeit. Selbst an Heiligabend hat er sie noch besucht. Es war von Anfang an ein ›Wirbelsturm nie geahnter Gefühle‹.
Im Januar jubelt sie: ›Wir dürfen Zukunft denken.‹
Einmal beklagt sie sich auch. ›Wie kann so ein sensibler Mann so unsensibel sein?‹ Das hat sie geschickt ausgedrückt. Sie hat den Vorwurf mit einem Kompliment verbrämt. Ich sehe auf das Datum. Ja, das muss sich darauf beziehen, dass Hermann nach dem Eifelauszug mit mir geschlafen hat.
Der Frankreichurlaub war dann das Fickparadies auf Erden. Das habe ich geahnt. Nun weiß ich es. Sie haben eine Kultur frivoler Postkarten entwickelt. Tonbänder haben sie sich auch geschickt. Aber mein Masochismus kennt Grenzen. Ich lege alles zurück in den Umschlag und mache den Schrank wieder zu.

Jetzt kann ich meinen Arm gar nicht mehr heben. Es tut höllisch weh. Zum Glück ist es der linke. Mit dem rechten schreibe ich einen Brief an Hermann. In dem Brief ist von Scheidung die Rede.

Es erschreckt mich, dieses Wort, wie es da plötzlich schwarz auf weiß vor mir steht. Eigentlich steht es grün auf weiß vor mir. Ich schreibe mit grüner Tinte. Dieses Wort SCHEIDUNG spreizt sich auf meinem Briefpapier wie ein fremdartiges Insekt. Plötzlich sitzt es mir unter der durchsichtigen Haut, Mückeneinschluss unter Bernstein. Werde ich jetzt verrückt? Ich doch nicht. Dazu bin ich viel zu vernünftig. Es klingelt.
Es ist meine neue Nachbarin. Vor zwei Monaten hatte ich eine Karte für eine Filmpremiere übrig und habe sie eingeladen, mitzukommen. Seither unterhalten wir uns gelegentlich. Gestern haben wir uns im Fahrstuhl getroffen.
»Ich dachte, das könnte Ihnen gut tun«, sagt sie und schenkt mir einen Blumenstrauß. Leider hat sie keine Zeit für ein Glas Wein. Sie wollte mir nur rasch die Blumen vorbeibringen. Vielleicht sehen wir uns morgen Abend.
Dieser kleine bunte Strauß ist ein Wunder. Er passt in ein großes Wasserglas und lässt meine Küche fröhlich aussehen. Als ich zurückgehe an den Schreibtisch, steht das Wort Scheidung nicht mehr anders da als alle die anderen Wörter, eine Anhäufung von Buchstaben, nicht mehr.
Scheidung ist nur etwas, das Klarheit schafft für einen Zustand, der sowieso schon da ist. Eine Scheidung ist auch kein Hinderungsgrund dafür, dass wir uns wieder näher kommen. Wer weiß, vielleicht ist es sogar ein Schritt dahin? Man kennt ja so Fälle …
Was sind denn das schon wieder für Gedanken. Muss ich mir denn immer ein Hintertürchen offen lassen? Ich klebe den Brief zu und sehe auf die Uhr. Wenn ich ihn über Nacht liegen lasse, werde ich vielleicht rückfällig. Das will ich nicht riskieren. Ich fahre zum Bahnhof. Da gibt es eine Post, die noch aufhat. Es ist mir wichtig, dass Hermann den Brief noch in Göttingen bekommt. Ich will ihn mit Eilpost verschicken.
Der Postbeamte behandelt den Brief, als sei es irgendeiner. Ich dagegen starre noch auf die Stelle, wo er aus meinem Gesichtsfeld verschwindet, und lausche dem Platsch hinterher, mit dem er auf dem Haufen anderer Briefe landet, bis der hinter mir drängelt.
»Ja natürlich, Entschuldigung, ich bin ja schon weg.«
Auf dem Weg zur U-Bahn ist irgendetwas ungewohnt. Erst weiß

ich gar nicht, was es ist. Aber dann fällt mir auf, dass ich meinen Arm wieder bewegen kann. Jetzt stehe ich mitten in dieser Bahnhofshalle und rudere mit dem Arm durch die Luft, weil ich es gar nicht fassen kann, dass da auf einmal nichts mehr ist, kein Schmerz, keine Blockade, alles frei, einfach so.

Dafür tut mein Herz weh. Aber das irritiert mich nicht. Ich weiß ja, warum. Das ist die Trauer. Die ist legitim. Es war schön mit Hermann. Es war nie langweilig. Es war immer ein bisschen verrückt, so wie unsere erste Begegnung.
Ich habe die Tür zu seinem Büro aufgemacht und musste zurückweichen vor einem Manuskript, das quer durch den Raum segelte. Die Sekretärin versuchte vergeblich, es vor dem Papierkorb aufzufangen und rief aufgeregt:
›Aber das können Sie doch nicht machen.‹
›Doch ich kann‹, hatte Hermann mit unbekümmertem Lachen geantwortet. Das gefiel mir ungemein. Das war kein Kümmerer und kein Duckmäuser. Das war einer mit spielerischer Sprengkraft. Jetzt bin ich selber das Opfer seiner Sprengkraft geworden. Jetzt bin ich in den Papierkorb geflogen.
Nein, das ist nicht wahr. Ich selber trage dir die Scheidung an. Das nützt nicht viel, aber ein bisschen.
›Ich habe keine Chance, also ergreife ich sie.‹
Bin ich eine Achternbuschfigur?

Der Bratzereffekt

Ich brauche Arbeit. Von dem einen Kinderfilmchen kann ich meine Monatsmiete nicht bestreiten. Bisher war ich mir zu schade für Daily Soaps. Aber das ist ein Standpunkt, den ich mir jetzt nicht mehr leisten kann. Ich bitte um einen Termin mit Wiesengraf. Wir kennen uns noch aus der Zeit, in der er einfacher Regisseur war. Er wollte ein Drehbuch von mir verfilmen. Leider wurde das Projekt von seiner neuen Karriere als Großproduzent überholt.

Nun lädt er mich zum Essen ein und sagt mir in freundschaftlicher Offenheit, wie meine Lage ist. Ich solle nicht traurig darüber sein, dass ich in Köln keine Chance hätte. Die Welt sei nicht so nett, wie ich sie gerne sehen würde. Am Bratzereffekt käme ich in Köln nicht vorbei, da nütze auch Trennung oder Scheidung nichts, da brauche ich mir nichts vorzumachen. Deswegen könne er leider auch nichts für mich tun. Das sei ihm zu heikel.
Er empfiehlt mir eine Außenkurve.

Das ist leicht gesagt. Aber wie und wo?
Man hat mich zu einer Brainstormrunde eingeladen, in der es darum geht, wie man Autoren dazu bringen kann, das verwandelte Ruhrgebiet im Film zu präsentieren. Als Honorar ist leider nur ein Essen vorgesehen.
In letzter Zeit bekomme ich öfter solche ehrenvollen Angebote. Wenn ich Glück habe, kriege ich die Fahrtkosten ersetzt, natürlich nur für die theoretischen Kilometer, nicht für die, die ich tatsächlich zurücklege, weil ich die A 43 für identisch mit der A 430 halte und Recklinghausen mit Gelsenkirchen verwechsle. Das qualifiziert mich nicht gerade als Ruhrgebietsspezialistin.
Aber wenigstens bin ich hier nicht als Ehefrau von Herrn Bratzer eingeladen. Die Anwesenden wissen nicht mal, dass ich die Ehefrau von Herrn Bratzer bin oder war. Na ja, die meisten der Anwesenden. Adrian und Panak wissen es, aber denen ist es egal.
Einer konnte leider nicht kommen, sagt der Veranstalter. Ein Brief von Herrn Bratzer wird herumgereicht, in dem er bedauert, dass er wegen Krankheit verhindert sei. Ich wusste gar nicht, dass Hermann auch eingeladen war. Ich lese den Brief wie die anderen und komme mir vor, als hätte ich eine Tarnkappe auf.
Zur Ortsbesichtigung sollen wir in einen Bus steigen. Adrian will den Bus fahren und Panak frotzelt:
»Kannst du das denn?«
»Männer brauchen manchmal eine Herausforderung«, spotte ich.
»Da spricht leidvolle Erfahrung«, grinst Panak, und dann kommt sein Triumph:
»Aber Frauen brauchen Männer!«

Hoffentlich ist der elegante Arzt wieder da, denke ich auf dem Weg zur Gruppensitzung. Dann habe ich wenigstens etwas Angenehmes zu gucken in diesen Schweigepausen und kann mir in aller Ruhe überlegen, wie es mit einem völlig anderen Typ Mann wäre. Ob er diesmal wieder in Seidenhose kommt oder in seinem Motorradoutfit aus Nappaleder? Der graue Himmel und die Wettervorhersage sprechen eindeutig für seinen BMW und gegen das Motorrad. Aber dann ist er überhaupt nicht da. Habe ich seinen Abschied verpasst, weil ich beim letzten Mal gefehlt habe?

Eigentlich hätte er noch kommen wollen, sagt die schöne Neurologin, aber wer weiß. Ja, wer weiß. Auf nichts ist Verlass. Diese Gruppe ist eine einzige Einübung in allgemeine Unverbindlichkeit. Am Ende hat man vielleicht weniger Schmerzen, aber auch keine Gefühle mehr. Ich weiß gar nicht, ob ich das will. Und das sage ich jetzt laut.

Ich ernte Unverständnis und erinnere mich daran, dass neulich jemand meine Emotionen hochgespielt gefunden hatte. Das hatte mich getroffen, aber ich habe nichts geantwortet. Heute sage ich etwas, jetzt reicht es mir.

»Diese Gruppe ist nur o. k., solange es einem gut geht. Wenn es einem schlecht geht, hält man besser den Mund, sonst kriegt man noch eins drüber.«

Aha, meint Frau Norden, meine Erwartungen seien von der Gruppe nicht erfüllt worden. Ich hätte gehofft, aufgenommen und getröstet zu werden.

Ja und!? Ist das etwa verboten?

Es sei etwas Wichtiges passiert, sagt sie dann noch.

Was denn? Ich habe gar nichts mitgekriegt. Was soll denn passiert sein?

Ich sei erst jetzt ganz in der Gruppe angekommen.

Wieso?

Bisher sei ich immer liebenswürdig gewesen, jetzt hätte ich mich auch negativ eingebracht. Allerdings mit Zeitverzögerung. Wenn ich mein Unbehagen gleich geäußert hätte, hätte ich es einfacher gehabt.

Das mit der Zeitverzögerung kennen auch andere. Die schöne Neurologin erzählt, dass sie nach einer Teamsitzung, in welcher

sie ihre Talente und Ideen habe blitzen lassen, von einer Kollegin einen Stapel Wäsche in die Hand gedrückt bekam mit dem Satz, ihr Büro sei näher an der Wäscherei. Sie habe den Stapel verblüfft angenommen und sich erst im Treppenhaus darüber geärgert. Später wurde ihr klar, dass sie die Wäsche als Buße angenommen hatte für ihre Eitelkeit. Das Schlimmste bei ihr zu Hause war, als eitel zu gelten.
»Heißt erwachsen werden nicht mehr geliebt werden wollen?«, frage ich.
Frau Norden zögert.
»Es nicht mehr so zu brauchen«, sagt sie dann, »die Rückschläge für das nicht so Liebenswürdige in Kauf nehmen. Wer gelobt und geliebt werden will wie ein Kind, der wird nicht ernst genommen wie ein Erwachsener.«
Ist es der Tochtereffekt, der es mir im Beruf so schwer macht, dieses Eifrige und Gefällige? Vielleicht kann der Bratzereffekt nur greifen, weil ich in der Tochterrolle hocken geblieben bin? Weil es bei mir so etwas Braves gibt, etwas, das die Konfrontation scheut, etwas, das vor allem gelobt und geliebt werden möchte?
Der Arzt kommt dann doch noch. Er hat einen triftigen Grund für seine Verspätung, ein akuter Fall, eine Notoperation. Er sieht übernächtigt aus, das steht ihm gut. Er setzt sich neben mich. Drüben ist auch noch ein Platz frei. Sucht er meine Nähe?
Der mit den Cowboystiefeln knüpft jetzt an meinen Vorwurf von der Unverbindlichkeit an. Das klinge so moralisch, sagt er und die Art, wie er es sagt, macht klar, dass das für ihn etwas Negatives ist. Ich finde Moral gut.
»Ich finde eine Welt, in der jeder nur für sich selber zuständig ist, nicht erstrebenswert«, widerspreche ich und denke, das sei ein Standpunkt, der jedem einleuchten müsste. Aber das ist anscheinend nicht so, ich ernte keine Resonanz.
Frau Norden fasst die Debatte zusammen. Wenn man in einem System stecke, in dem es darum gehe, Erwartungen zu haben und Erwartungen zu erfüllen, dann scheine es in der Tat unverbindlich und gefühllos, sich um sich selber zu kümmern.
Es ist mir vollkommen schleierhaft, wie man irgendwo anders stecken kann als in diesem System. Der mit den Cowboystiefeln war

auch mal in diesem System und erklärt es mir. Er hatte ein Problem mit seinem Vater, der Trinker ist. Er dachte immer, er dürfe ihn nicht im Stich lassen, aber irgendwann hat er dann doch aufgehört, sich um ihn zu kümmern. Vom System aus gesehen ist das ziemlich herzlos. Aber er hat gleichzeitig auch aufgehört, etwas von seinem Vater zu erwarten. Und das hat dann dazu geführt, dass sich sein Verhältnis zu ihm gebessert hat. Neulich habe es eine überraschend gelungene Begegnung gegeben.
Interessant.
Dem Arzt ist warm geworden. Er zieht die Jalousie vor. Schade. Ich mag knallige Sonne. Er mag gedämpftes Licht. Er hat Angst vor Gefühlen. Ich habe Angst vor Unverbindlichkeit. Wir befinden uns auf verschiedenen Planeten. So etwas kann gar nicht zusammengehen. Habe ich ernsthaft gedacht, ein BMW- und Motorradfahrer könne ein Mann für mich sein?
Der mit dem Überbiss ist heute mutig. Er sagt, er habe das mit der Sonne eigentlich schöner gefunden. Ob er tauschen wolle, fragt der Arzt und springt so eilfertig auf, dass ich sofort denke, er fühle sich nicht wohl neben mir, er habe nur den nächstbesten Platz genommen.
»Nein«, grinst der mit dem Überbiss, er wolle da bleiben, wo er sei.
Der Arzt setzt sich wieder.
»Vielleicht möchten Sie nicht neben mir sitzen«, werfe ich ins Spiel. Aber er spielt nicht mit, er reagiert überhaupt nicht. Ist dieses Schweigen jetzt Stärke oder Schwäche? Ich habe anscheinend meinen Redetag und versuche meine Erkenntnisse in der Sprache wieder zu finden. Ich rede von Sorge, die einen besorgt aussehen lasse, und vom Kümmern, das nur dazu führte, dass man verkümmere.
Das gleite jetzt in eine Art Vorlesung ab, das interessiere ihn nicht, kommentiert der mit dem Überbiss. Er ist wirklich mutig heute.
Frau Norden fragt mich, wie ich das empfinde.
»Was?«
Er habe sich jetzt nicht um mich gekümmert, sondern gesagt, wie es ihm gehe. Ich überlege.
»Besser, als wenn er auf mich eingegangen wäre.«
»Er hat sich jetzt nicht gesorgt um Sie, aber er war präsent.«

Da sein, nicht weggehen, aber sich trotzdem nicht sorgen. Ich beginne, die feinen Unterschiede zu begreifen. Doch hier ist das einfach. Wir lieben uns nicht, wir haben gar nichts miteinander zu tun, da ist es einfach, sich nicht zu sorgen. Bei verbundenen Gefäßen ist das anders. Wenn zwei im Fürsorgesystem miteinander verbunden sind, dann engen sie sich im Namen der Liebe ein, der Gefühlspegel steigt. Mein Problem ist, dass mir das gefällt. Da ist vielleicht Enge, aber auch Drama, Intensität, nicht so etwas Gedämpftes wie dieses jalousiegemilderte Licht.

Und dann gibt es wieder eines dieser Medienfeste. Ich rede mir gut zu. Ich bin ruhig, ich bin selbstbewusst, ich bin locker. Ich spaziere in die Halle und bin fest entschlossen, das Beste aus dem Abend zu machen. Und dann ist das Erste, was ich erblicke, ein Gesicht, das ich von Fotos her kenne. Da steht sie, in einem rosa Kostümchen mit sehr kurzem Rock in etwa fünfzehn Metern Entfernung. Unsere Blicke verhaken sich ineinander. Weiß sie auch, wie ich aussehe? Weiß sie, dass ich weiß, wie sie aussieht? Auf der faktischen Ebene dauert der Zusammenprall unserer Blicke nicht länger, als durch Zufälligkeit erklärbar wäre, trotzdem ist diesem Moment ein gewisser Ewigkeitsanstrich nicht abzusprechen.
Ich habe es geahnt. Ich hätte nicht kommen sollen. Endlich löst sich mein Blick, trudelt seitwärts zu Boden und bleibt auf den handgenähten Schuhen von Dr. Hausmann hängen. Neben ihm steht Werder. Der hat mir mal übel mitgespielt. Das vergesse ich ihm nicht, ich bin eine Elefantenkuh. Zum Glück ist er im Gespräch, da muss ich ihn nicht grüßen. Also weiter, vorbei an dem Redakteur, der meinen Abfindungsvertrag unterschrieben hat. Alle lieben Feinde sind schon da. Nur Hermann nicht. Aber der ist ja auch kein Feind, oder doch?
»Schmitter gegen Bratzer« heißt es auf dem Schreiben der Anwältin. Dabei habe ich die Scheidung noch gar nicht eingereicht. Es sind nur die Präliminarien.
Guten Tag hier und guten Tag da. Herr Badorek ist extra angereist. Der ist auch kein Feind, oder? Neulich hat er sich Demokassetten von mir angesehen und behauptet, sie hätten ihm gefallen. Er erwidert meinen Gruß aufs Freundlichste.

»Wie geht's?«, fragt er mich.
»Das Leben fährt Achterbahn.«
»Und wo sind Sie gerade, oben oder unten?«
»An einem Wendepunkt.«
Ich bin zufrieden mit mir. Das hört sich geheimnisvoll an. Jetzt könnten wir darüber reden, ob er eine Regie für mich hat. Früher habe ich meine Köln-Abwesenheiten kurz gehalten, aber jetzt fände ich es reizvoll, für ein paar Monate anderswo zu arbeiten. Während ich noch nach einem geschickten Übergang zum Beruflichen suche, fragt Herr Badorek:
»Lassen Sie sich jetzt eigentlich scheiden oder nicht?«
Es verschlägt mir die Sprache. Er müsse das wissen, schiebt er hinterher, er habe ein Projekt mit Herrn Bratzer laufen. Ich sehe ihn fassungslos an. Warum muss er wissen, ob wir uns scheiden lassen? Ist das eine Voraussetzung für unsere Zusammenarbeit oder ein Hindernis?
Ich gehe wortlos weg, lasse ihn einfach stehen, reiße dem Kellner ein Sektglas vom Tablett und stürze es hinunter. Da werde ich von Clemens und Lissie umarmt, herzlich wie immer. Aber danach stellt sich eine gewisse Verlegenheit ein. Wir haben Mühe, ein unverfängliches Thema zu finden, seit ich ausgezogen bin. Diesmal entschließt sich Clemens, die Situation frontal anzugehen. Wie es mir denn so damit gehe, dass die Neue von Hermann auch hier sei, fragt er munter. Lissie guckt erschreckt. Ich schlucke. Die beiden kennen sie also auch schon. Natürlich kennen sie sie. Sie wird ja oft genug in unsere Wohnung kommen. Bestimmt hat sie auch schon in unserem Bett geschlafen. Das hatte ich mir bisher nur noch nicht klargemacht.
»Schwierig«, antworte ich, »aber deswegen kann ich ja nicht darauf verzichten, zu so einer Veranstaltung zu gehen.«
»Ja, die Medienwelt ist gnadenlos klein«, sagt Clemens und fasst seine Lissie um die Schultern.
Am besten, ich gehe schon mal ins Kino. Da ist es dunkel. Nein, es ist noch nicht dunkel. Auch hier will man sich sehen, bevor man den Eröffnungsfilm betrachtet. Auch hier gibt es bekannte Gesichter. Hanspeter und Reinhard sitzen schon da.
Küsschen. Küsschen. Ist der Platz neben euch noch frei?

Aber ja! Sie ziehen bereitwillig die Knie ein, damit ich vorbeigehen kann. Das ist nett. Leider fällt dann auch diesen netten Menschen nichts anderes ein, als mich danach zu fragen, wie es Hermann geht.

»Gut, danke. Alles im grünen Bereich. Entschuldigung, da vorne ist mein Agent, tut mir Leid, aber er hat mir einen Platz freigehalten.«

Da quetsche ich mich doch lieber wieder ins Freie. Das war ein guter Abgang. Wenigstens das. Mein Agent sitzt tatsächlich da und der Platz neben ihm ist auch wirklich frei. Ich habe es mir nicht ausgedacht, das hätte sonst peinlich werden können. Ich sehe mich noch einmal um. Ich hätte es mir ruhig ausdenken können. Die Herren sind längst mit anderem beschäftigt. Ich interessiere die gar nicht mehr. Warum auch? Ohne Hermann bin ich nur irgendeine Filmemacherin. Und mit so einer hat diese Hierarchieebene im Normalfall gar nichts zu tun.

Endlich wird es dunkel. Endlich kann ich mich entspannen. Der Film ist von Werder. Er handelt von Machtspielen und Intrigen. Ja, da kennt er sich aus, denke ich. Pfui Teufel, schon wieder negative Gedanken. Die fallen nur auf mich selber zurück, altes karmisches Gesetz, wenn nicht in diesem, so spätestens im nächsten Leben. Ich werde ziemlich bissig in letzter Zeit.

Aber vielleicht muss ich das sein, damit ich irgendwann aufhöre mit diesen Selbsttäuschungen. Zum Beispiel mit der, dass die Leute mich als unabhängige Person wahrnehmen, nur weil ich meinen eigenen Namen behalten habe. Wenn ich mich eben beobachtet hätte, so mit Programmdirektoren auf Du und Du, da würde ich ja auch denken, die macht alles nur mit Vitamin B. Im Normalfall schlagen die Menschen Kapital aus solchen Verbindungen. Warum soll jemand glauben, dass ich auf dieser Klaviatur nicht spielen kann, dass ich zu hochmütig dafür bin oder zu moralisch oder einfach zu blöde?

Ich erinnere mich an eine Regieassistentin, mit der es irgendwie schwierig war, bis sie mir nach drei Wochen Zusammenarbeit gestand, sie habe überall gehört, ich würde meine Filme nur machen, weil ich mit Bratzer verheiratet sei. Ich habe mich damals empört,

wollte wissen, wer das gesagt habe. Aber es war niemand Spezielles, es war so eine allgemeine Meinung. Ich habe mich echauffiert über die böse Welt, die mich nicht so sehen wollte, wie ich war. Aber wie war ich denn?
Vielleicht war ich eine, die sich etwas vorgemacht hat, eine, die einen halben Meter über der Realität schwebte, in einer Traumwelt, auf Wolke sieben, gehalten von Hermanns starkem Arm. Der hält mich jetzt nicht mehr, und so purzele ich nun holterdiepolter aus meinen Träumen hinunter auf den harten Boden der Realität.

Rechnen

Monatliche Einnahmen und Ausgaben. Das ist die Realität. Ich muss rechnen, einfach rechnen. Alle Leute machen das so.
Aber nicht bei allen ist es so kompliziert. Manche haben jeden Monat dieselbe Summe auf dem Konto. Bei mir ist das anders. Seit neuestem kriege ich erst sechs Wochen, nachdem ich meine Arbeit abgeliefert habe, so genannte Vorschüsse. Die endgültige Abrechnung kommt dann noch viel später. Andererseits gibt es auch unerwartete Einnahmen wie die Tantiemen der Verwertungsgesellschaften und Wiederholungshonorare. Das waren bisher die Fälle für den Kaschmirmantel, den neuen Computer oder das Essen im Drei-Sterne-Lokal.
So komme ich nicht weiter. Also erst einmal die Ausgaben. Was habe ich an Fixkosten? Miete und Auto. Dieser dusselige Auspuff war ganz schön teuer, durch den TÜV muss ich auch schon wieder. Was setze ich dafür an? Gehört das Benzin jetzt zum Auto oder kriegt das eine Extrarubrik? Ich muss mich erkundigen. Man kann so etwas lernen, es gibt Vorlagen dafür. Manche Leute verbringen ihre ganze Zeit damit, so etwas auszurechnen, nur ich habe das bisher nicht nötig gehabt, ich musste nicht rechnen, es war immer Geld da. Wenn bei mir Ebbe war, hat Hermann das Haushaltsportemonnaie aufgefüllt.
So viel zu meiner Unabhängigkeit.

Nächster Punkt: Versicherungen. Da gibt es nicht nur die monatlichen, sondern auch die jährlichen und die halbjährlichen Zahlungen. Die muss ich durch zwölf teilen oder durch sechs, aber im Kopf kann ich das nicht und die Rechenmaschine ist bei Hermann geblieben.
Vielleicht sollte ich lieber ein Exposé schreiben, das kann ich besser. Oder ich gehe einkaufen. Hermann liegt jetzt in einem Kölner Krankenhaus. Ich soll ihm Äpfel und Batterien mitbringen. Meinen Brief hat er bislang nicht kommentiert. Wenn ich Elfriede füttere, stecke ich rasch noch meine schmutzige Wäsche in die Maschine. Wenn Hermann wieder in seiner Wohnung ist, geht das auch nicht mehr. Dann muss ich mir eine eigene Waschmaschine kaufen. Eigentlich müsste er die bezahlen. Aber den Fernseher hat er auch nicht bezahlt. Das sind alles Ausgaben, die habe ich früher nicht gehabt. Dafür verdiene ich zurzeit ein bisschen weniger, das gleicht sich aus. Sehr witzig.
Unser Steuerberater hat immer nachsichtig gelächelt über uns. Er fand es unsinnig, dass wir uns gemeinsam veranlagen ließen, aber gleichzeitig auf getrennten Konten und Abrechnungen bestanden. Das kostete natürlich extra. Wenn es uns das wert war, bitte, bitte, jedem Tierchen sein Pläsierchen.
War meine finanzielle Unabhängigkeit nur ein Spleen, ein Spiel, auf das niemand hereingefallen ist außer ich selber?
Tatsache ist, dass ich im Windschatten von Hermanns Abgesichertheit gelebt habe. Vielleicht habe ich, ohne es zu merken, bei aller Fortschrittlichkeit das alte Rollenbild bedient. Das sitzt ja tief. Ich habe früh gelernt, dass ich nicht zu stark sein soll. Ein bisschen stark ja, aber gut dosiert. Schwimmen ja, aber bitte keine Wettkämpfe. Das ist nichts für ein Mädchen, davon bekommt es ein zu breites Kreuz. Gegen den Überzeugungston meines Vaters kam niemand an. Wenn er etwas mit dieser Stimme sagte, dann war es so, punktum. Das mit der Intelligenz war auch nur im Prinzip eine gute Sache. Abitur sollte ich ja machen, das war die Eintrittskarte für den Heiratsmarkt Universität, aber bitte, Kind, zeig nicht zu deutlich, dass du schlau bist, das schreckt die Männer ab. Welche Männer? Etwa diese stoffeligen Langweiler von der christlichen Studentenvereinigung? Diese Idioten, die sich endlos dar-

über unterhielten, wer das meiste Bier verträgt und wer wann in welchem Zustand von den »Kameraden« abtransportiert werden musste? Diese Typen, denen die beschränkte Dummheit nur so aus ihren hässlichen Gesichtern sprang? Nein, darauf bin ich nicht hereingefallen. Das habe ich alles vor langer Zeit hinter mir gelassen, hinter mindestens zwei Metern verstaubter Emanzipationsliteratur. Aber irgendwo muss doch etwas kleben geblieben sein. Irgendwelche Reste haben sich hereingemogelt in unsere ach so moderne, gleichberechtigte Beziehung.

Ich habe die Äpfel und die Batterien gekauft und jetzt sitzen wir hier auf dieser Krankenhausbank. Hermann macht Fortschritte. Er ist zweiundzwanzig Minuten hintereinander gelaufen, Treppen inklusive. Er hat gelernt, seinen Puls zu beachten, und er weiß um den Wert der richtigen Ernährung. Ich komme mir vor wie auf einer Pressekonferenz, auf der er sein Gesundheitsbulletin verkündet. Ich freue mich ja, dass er aus der Gefahrenzone heraus ist, aber die Einzelheiten seiner Fortschritte sind für die andere Dame von wesentlich größerem Interesse. Was erwartet er? Soll ich Beifall klatschen wie eine Mutter, wenn ihr Kind laufen gelernt hat? Die Mutterrolle war schon immer ein fataler Irrtum und die Ehefrauenrolle ist auch ausgespielt. Das Stück ist zu Ende.

Aber Hermann möchte es noch ein bisschen weiterspielen. Er findet, eine Scheidung löse unsere emotionalen Probleme nicht. Wider jede Vernunft freue ich mich darüber.

»Es gibt keine Eile«, beeile ich mich, ihm zu versichern.

Die nächsten Monate werden wir uns ohnehin kaum sehen. Zuerst ist er auf seinem Zauberberg im Schwarzwald, dann bin ich zur Arbeit in Berlin. Trotzdem sollten wir jetzt schon beschließen, die Wohnung in der Lindenstraße, die wir vor Jahren auf Anraten unseres Steuerberaters gekauft haben, wieder zu verkaufen. Ob mit oder ohne Scheidung, unser Leben ist teurer geworden. Das bringt Hermann auf seine hohe Krankentransportrechnung.

»In die Rehaklinik kannst du ja wieder mit der Bundesbahn fahren«, sage ich, »oder wie willst du dahin kommen?«

Darüber habe er noch nicht nachgedacht, meint er und betrachtet angelegentlich die Baumwipfel. Plötzlich ist Blätterrauschen zu hören.

Alter Feigling, du brauchst gar nicht so herumzueiern. Ich habe es schon begriffen, du lässt dich von ihr hinbringen. Bitte sehr. Ich horche in mich hinein, ob da irgendein Gefühl ist, und finde keins. Das gefällt mir.
Aber als er zum dritten Mal fragt, ob das mit Elfriede auch keine Überlastung für mich sei, werde ich plötzlich wütend. Warum tut er so, als sei es nur seine Katze? Elfriede ist das Einzige, was mich im Moment nicht belastet. Ich habe mich daran gewöhnt, durch die Stadt zu fahren und zwei Wohnungen zu bedienen. Vielleicht war es überhaupt ein Fehler, dass ich ausgezogen bin. Ich muss darüber nachdenken. Aber jetzt muss ich erst mal weg hier.

Frau Norden findet es natürlich, dass ich erleichtert bin, dass Hermann nicht auf meinen Scheidungsvorschlag eingegangen ist. Sie meint, sonst wäre es ja fast so, als hätte er das vorgeschlagen. Und dann weist sie mich noch auf einen Punkt hin:
»Das, was Sie für Liebe halten, dass er die Scheidung nicht will, muss nicht unbedingt Liebe sein. Das kann auch ganz andere Beweggründe haben.«
»Welche?«
»Vielleicht braucht er die Ehe mit Ihnen als Schutz vor der anderen Frau, vor ihren Ansprüchen an ihn.«
Schon wieder eine Illusion weniger.
Ich erzähle von den glücklichen Fotos, von denen mit der anderen Frau und von denen mit mir.
»So wird er mit Ihnen nie mehr aussehen, auch später nicht.«
Sie haut aufs Schlimme.
»Sie müssen da hinsehen, auf diesen Punkt, der wehtut. Diese andere Frau hat jetzt mehr Macht über ihn als Sie.«
Auch die andere Frau nennt ihn Bär. Das weiß ich aus ihren Briefen. Kein Wunder, er kann so ein niedliches Teddybärengesicht machen. Aber ich weiß, dass er auch eine Pranke hat, eine, mit der er unvermutet zuschlagen kann.
»Vor einem Bären muss man nur Angst haben, wenn man ihm zu nahe kommt«, sagt Frau Norden dazu. »Er ist nur gefährlich, wenn man sich in den Bereich seiner Pranke begibt.«

Besser, ich tue etwas, bevor er wieder zuschlägt. Babette hat mir die Telefonnummer ihrer Scheidungsanwältin gegeben. Bisher konnte ich mich noch nicht dazu aufraffen, sie anzurufen. Jetzt pflücke ich den Zettel mit der Telefonnummer von meiner Schreibtischlampe und rufe an.
Ich erfahre, dass eine Scheidung erst nach Ende des Trennungsjahres eingereicht werden kann und dass es ratsam ist, den Hausrat schon vorher aufzuteilen. Sie rät mir, eine Inventarliste zu machen, mir einen Überblick über unsere Vermögensverhältnisse zu verschaffen und die Rentenunterlagen zu besorgen. Ob ich einen Trennungsunterhalt beantragen wolle, fragt sie.
»Einen was?«
Schon das Wort ist ja grässlich. Ich bin doch keine Frau, die sich aushalten lässt. Es stünde mir frei, darauf zu verzichten, meint die Anwältin, aber erst mal sei abzuklären, ob mir überhaupt einer zustünde. Vielleicht hätte ich ja auch so viel verdient, dass mein Mann von mir Unterhalt verlangen könne. Wenn ich ihr die Steuerunterlagen der letzten drei Jahre besorge, kann sie das ausrechnen. Das hört sich beruhigend normal an. Es ist ein Fall wie tausend andere, Routine. Trotzdem gehe ich in die Knie.

Ich buche eine Einzelstunde bei Frau Norden und beklage mich über meine Depression. Doch in ihren Augen bin ich nicht depressiv, sondern traurig, und das sei ein sehr lebendiger Schmerz.
»Ich fühle mich ausgelaugt, leer, paralysiert!«
»Es wäre unnormal, wenn Ihre Gefühle jetzt nicht durcheinander gingen.«
»Ich habe Angst vor der Einsamkeit!«
»Ja, die ist jetzt dran. Besser, sie jetzt in den Griff kriegen als zehn Jahre später.«
»Aber ich wollte nie einsam sein, darum habe ich doch geheiratet.«
»Ein Mann ist nicht gedacht als Mittel gegen die Einsamkeit. Das ist ein Missverständnis.«
»Aber ein sehr verbreitetes, verdammt noch mal!«
Sie sagt nichts. Sie braucht nichts zu sagen. Ich weiß es auch so: Es geht nicht um das Allgemeine, es geht um mich. Also gut, ich

wollte Hermann als Mittel gegen die Einsamkeit. Aber er hat mich auch als Mittel gegen die Einsamkeit gebraucht. Wir waren ein Traumpaar, der Blinde stützt die Lahme oder umgekehrt.

Am Tag vor unserer Hochzeit hat Hermann mich provoziert. Er stichelte so lange, bis ich über den Tisch gegriffen und ihm seine freche Nase umgedreht habe. Er musste mit blauem Fleck auf der Nase heiraten. Das fanden wir damals beide lustig.
»Aber es war ein Übergriff«, sagt Frau Norden.
»Gibt es denn Nähe ohne Übergriffe?«
Pause. Jetzt habe ich sie, sie kann die Diskrepanz zwischen ihrer Theorie und dem, was tatsächlich so da ist in der Welt, nicht leugnen. Schließlich meint sie vorsichtig, sie würde einige wenige Paare kennen. Bei denen könne jeder auch für sich sein und mache nie den anderen für die eigene Traurigkeit verantwortlich.
Ich sehe aus dem Fenster und hänge der Vorstellung nach, dass wir so ein Paar hätten werden können, wenn wir uns beide Mühe gegeben hätten. Beide. Ich allein kann das nicht. Und Hermann hat den einfacheren Weg vorgezogen.
»Warum soll immer nur ich mich ändern?«
Ich solle gar nichts.
Diese sanfte Stimme ist wie ein Peitschenhieb.
»Sie müssen sich nicht ändern, wenn Sie nicht wollen.«
»Und was ist meine Alternative?«
Ihr Blick fordert mich auf, mir die Antwort selber zu geben.
»Unglücklich sein und das Opfer bleiben, das ist ungerecht!«
»Wer hat behauptet, dass die Welt gerecht sei?«
Anscheinend auch wieder nur so eine Vorstellung von mir.
»Solange Sie die Wirklichkeit an Ihren Vorstellungen messen, vergeuden Sie Ihre Energie mit Klagen über die Diskrepanz zwischen dem, was sein sollte, und dem, was ist.«
Soll mir das jetzt helfen?
»Ich glaube, Sie haben gar nicht gemerkt, wie einsam Sie waren in dieser Ehe, so sehr haben Sie das Leben Ihres Mannes mitgelebt.«
Kann man einsam sein, ohne es zu merken? Eine sonderbare Vorstellung. Jedenfalls war es angenehmer, als ich meine Einsamkeit nicht gemerkt habe. Warum kann es nicht so wie früher sein?

»Es ist nicht so wie früher. Die Frage ist nicht, was schön wäre, wenn es sein könnte. Die Frage ist, was steht unter den gegebenen Umständen auf der Habenseite.«
Ich finde die Habenseite erschreckend leer.
»Sie müssen versuchen, Ihren Punkt der Trennung zu finden. Mobilisieren Sie die Gefühle, die Ihnen die Trennung möglich machen.«
»Das sind ziemlich ungute Gefühle. Wut, Verachtung.«
»Man kann nicht nur die schönen Seiten sehen.«

»Hast du nichts Schöneres?«, fragt Hermann am Telefon, als ich ihn bitte, sich einen Termin mit dem Wüstenrotberater vorzumerken. Warum sollte ich Schöneres für ihn haben? Ich hab ja auch nichts Schönes für mich. Mein Leben ist nur noch anstrengend und lästig. Ich habe meine schlaflosen Nächte damit verbracht, lange Listen anzufertigen: seine Sachen, meine Sachen, ungeklärt. Das ist die Vorlage, die ich ihm geschickt habe. Er muss sich nur noch dazu äußern.
Aber auf das Niveau meiner Inventarlisten will er sich gar nicht erst nicht einlassen. Er hat die Listen zerrissen und weggeschmissen.
»Danke, nett, wie du mit dem umgehst, was mich so viel Mühe gekostet hat.«
»Nimm dir einfach, was du haben willst.«
Damit macht er es sich verdammt einfach. Das kann doch nicht immer so weitergehen, für ihn die Annehmlichkeiten der Trennung und für mich die Arbeit. Auch mit dem Wohnungsverkauf will er nichts zu tun haben. Ich soll den Termin mit dem Wüstenrotberater allein wahrnehmen. Es interessiert ihn nicht, welche Kredite wann, wie übertragbar oder kündbar sind. Er traut mir zu, dass ich den Wohnungsverkauf allein regele. Ich könne dann auch das Geld behalten. Wie großzügig.

Auch in der Gruppe wird Geld auf einmal zum Thema. Es gab eine Unklarheit beim Abrechnen. Das wurde als peinlich empfunden.
»Geld ist eklig«, kommentiert die mit den Blümchenkleidern.
»Was eklig ist, muss man besonders gut unter Kontrolle halten«, konstatiert Frau Norden. Sein Geschäft verrichte man an einem bestimmten, dafür vorgesehenen stinkenden Ort. Nahrung sei etwas Angesehenes, aber das Ausgeschiedene sei eklig. Dazwischen liege der lebenswichtige Verdauungsprozess. Wenn die Verdauung gestört sei, wirke sie giftig.
Interessant.
Geld als Stoffwechsel der Gesellschaft. Geld hat auch mit Behaltenwollen zu tun und mit Weggebenwollen wie die Verdauung. Wenn ich nicht weggeben kann, leide ich an Verstopfung. Wenn ich mehr weggebe, als ich wirklich will, habe ich Durchfall.
Hat mein Körper nach meinem Auszug deswegen mit Verstopfung und Durchfall zur selben Zeit reagiert? Eigentlich wollte ich alles behalten, gleichzeitig aber hatte ich alles weggegeben.
Inzwischen ist die allgemeine Debatte bei der Wurst des Kleinkindes angelangt. Anfangs sei sie ein Geschenk an die Mutter, später, wenn das Kind seine Ausscheidungen beherrscht, wird sie im Verborgenen entsorgt. Sie ist peinlich geworden.
Auch das reine Geldgeschenk hat etwas Obszönes. Deswegen wird es zumindest hübsch eingepackt, in einen Umschlag mit Weihnachtssternchen zum Beispiel.
»Wie ist es denn mit übermäßiger Großzügigkeit?«, frage ich und denke an Hermanns Angebot, das Geld vom Wohnungskauf zu behalten.
Da lasse sich schon überlegen, was für Motive dahinter steckten, ein schlechtes Gewissen vielleicht oder Bestechung oder der Wunsch, den anderen von sich abhängig zu machen. Männer gäben sich gerne großzügig und setzten die Frau damit ins Unrecht.

Ich will weder abhängig sein noch im Unrecht. Wenn Hermann sich weigert zu rechnen, dann muss ich es tun. Drei Tage brauche ich, bis ich allein die Daten von unseren beiden Wohnungen zusammengesucht habe. Dann beginnt das Abgleichen. Unser Prinzip war einfach und entsprach der Art und Weise, wie wir unser Geld verdienten. Hermann bestritt die laufenden Kosten und ich steckte meine Ersparnisse in Anschaffungen. Aber das war nur das Prinzip. Im Konkreten hat auch Hermann etwas zu den Kaufbeträgen beigesteuert und ich wiederum habe über Bausparverträge gewisse Zinsanteile getragen. Außerdem bin ich mit der Frage konfrontiert, wie ich meine Einlagen rechnen soll. Wenn ich meine neunundachtzigtausend Mark vor neun Jahren auf die Bank getragen und angelegt hätte, anstatt die Wohnung in der Lindenstraße damit zu kaufen, dann hätte ich ziemlich viel Zinsen dafür kassiert. Und was ist mit meinen hundertundsechstausend Mark für die Wohnung, in der Hermann jetzt wohnt? Das ist noch länger her. Ich hatte etwas geerbt, von meiner Tante. Außerdem habe ich gut verdient. Damals habe ich noch kürzere Filme gemacht. Unterm Strich kam mehr dabei heraus. Aber würde ich das noch wollen? Morgens um sechs Uhr aufstehen, drei Stunden bis nach Bielefeld fahren, Aufnahmen in einem Institut zur Lebensmittelprüfung machen und mir dann, während die Cutterin die Bilder sortiert, einen mehr oder weniger witzigen Text zum Alkoholgehalt in Schwarzwälder Kirschtorten ausdenken?

Nun ist Hermann zurück von seinem Zauberberg und möchte mit mir essen gehen. Ich habe freudig ja gesagt, bevor mein Kopf warnen konnte. Als ich den Hörer auflege, sehe ich die Ruderbootleine vor mir und komme mir vor wie ein Versager. Aber soll ich absagen? Mit welcher Begründung? Vielleicht mit der, dass ich Angst vor ihm habe?

Kommt die nächste Frage, soll ich mich jetzt schminken? Soll ich versuchen, attraktiv auszusehen? Ich entscheide mich gegen Schminke und für den weiten grauen Pullover, den »graumäusigen«, wie Hermann ihn nennt.

Er trägt auch Grau, aber das ist ein Modegrau. Sein Jackett sieht edel aus und passt zu den sorgfältig gefönten Haaren. Die Locken sind dünn und silbern geworden durch den neuen Krankheitsschub. Das steht ihm nicht schlecht. Seine vorsichtige Stimme passt dazu.

»Ich weiß nicht, wo ich in einiger Zeit bin«, sagt er, »ich kann mir vorstellen, dass es auch mal wieder anders wird.«
Panik. Was soll das heißen? Es hört sich schön an, sein Blick ist auch ganz weich, aber genau besehen sind seine Worte vollkommen unkonkret. Ich will nicht schon wieder darauf hereinfallen.
Ob ich das verstanden habe, schiebt er hinterher, als ich nicht reagiere.
»Kleine Rückversicherung«, schnappe ich leise und lauter: »Ich weiß auch nicht, wo ich sein werde.«
Natürlich interessieren ihn die leisen Worte mehr.
»Keine Rückversicherung oder kleine Rückversicherung, wie hast du das gemeint?«
»Nicht nett«, sage ich kleinlaut.
Er ist trotzdem beleidigt.
Zum Hauptgang bestellt er sich gedünsteten Fisch und erzählt, wie er all das wieder entdeckt hat, was ich ihm seit Jahren gepredigt habe. Er sieht mich erwartungsvoll an, als habe er mir ein Kompliment gemacht.
Ich wechsle das Thema und frage ihn, ob er meine Wohnungsrechnungen geprüft hat. Dafür hatte er keine Zeit auf seinem Zauberberg, meine Rechnungen werden jetzt mit einem einzigen Satz vom Tisch gefegt. Hermann bleibt bei seinem Angebot, ich solle die Wohnung in der Lindenstraße verkaufen und den Profit davon haben, ohne jede Gegenleistung und ohne Aufrechnung gegen die andere Wohnung. Bevor ich noch die Frage aufwerfen kann, ob er meint, die Wohnung in der Lindenstraße sei mehr wert als die andere, beteuert er, ich solle auf keinen Fall das Gefühl haben, ich sei betrogen worden.
»Ich will mich weder betrügen lassen noch profitieren, ich will nur das, was mir zusteht!«, sage ich.
Das findet Hermann kleinkrämerisch. Zum Beweis für seine Großzügigkeit und für meine Krämerseele legt er seine Kreditkarte auf die Rechnung und bedeutet mir, mein Portemonnaie wieder einzustecken. Während er mir in den Trenchcoat hilft, teilt er mir dann vorsorglich mit, es sei kurios, aber er habe überhaupt kein Geld mehr auf der Bank.
Wie kommt das denn? Und warum sagt er das jetzt? Soll das eine

versteckte Warnung vor etwaigen Geldforderungen sein? Ich knöpfe mir den Mantel zu und erinnere mich an Fälle, in denen Hermanns Großzügigkeit unversehens in Pfennigfuchserei umgeschlagen ist. Wenn ich es recht bedenke, ist er vorzugsweise bei sich selber großzügig. Auch jetzt hat er sich eine besonders schöne Rehaklinik geleistet, eine, die von den Versicherungen nicht anerkannt wird. Die angenehme Rehaklinik gönne ich ihm, die teuren Hotels mit seiner Geliebten schon weniger. Geld ist nichts Nüchternes. Geld hat mit Gefühlen zu tun. Für Geld bringen sich die Leute sogar um, das kann man jeden Tag im Fernsehen sehen. Deswegen muss man mit Geld besonders nüchtern umgehen. Ich muss einen kühlen Kopf behalten.

Wir haben uns an der Kreuzung verabschiedet. Er wollte mir einen Kuss geben, aber ich habe ihm die Hand hingehalten. So standen wir einen Moment da. Der traurig verlegene Blick war unsere einzige Gemeinsamkeit. Ich drehe mich noch einmal um. Er geht rasch weg von mir. Es sieht aus, als wäre er auf der Flucht. Die Schultern hat er hochgezogen. Befürchtet er Nackenschläge?

Aber ich weiß, dass ich im Recht bin. Warum nützt mir das nichts?

Man kann doch über Vermögenswerte nicht verfügen, ohne sich die Zahlen anzusehen! Wir sind ja nicht reich. Die Wohnungen gehören zum größten Teil noch der Bank und außer denen haben wir nichts. Jetzt gehe ich auch rasch. Wenn ich mich beeile, komme ich noch rechtzeitig zum Yoga.

»Wir leiden immer«, sagt Enno, »die Frage ist nur, ob mit Betäubung oder mit Bewusstsein.« Ich entscheide mich jetzt mal für das Bewusstsein. Das gelingt leider nur im wachen Zustand.

Eine unangenehme Frau, die da auf den Tennisplatz kommt und zetert, weil ihr Platz besetzt ist. Seit Wochen komme sie nicht zum Spielen und jetzt das! Sie steigert sich in ihre Aufregung, verfasst lange Schriftsätze, die beweisen, dass sie im Recht ist. Sie tritt aus dem Club aus, in dem sie seit zwanzig Jahren Mitglied ist. Sie bemüht die Gerichte, stellt Schadensersatzforderungen, aber niemand interessiert sich für ihre Empörung. Im Gegenteil, man ist unangenehm berührt von dieser Frau, die so unangemessen reagiert. Es wollen eben noch mehr Leute Tennis spielen. Warum spielt sie nicht woanders?

Noch im Wachwerden bin ich auf der Seite derer, die diese Frau nicht mögen. Ich finde sie unangenehm ehrpusselig und rechthaberisch. Mit so einer will ich nichts zu tun haben. Aber als die Dusche die Reste der Nacht von meinem Körper spült, kommt mir der Verdacht, dass der Traum mich nur verkleidet hat. Unsinn! Eine Ehe ist kein Club! Es ist eine zweiseitige Vereinbarung. Und diese Vereinbarung hat Hermann einseitig aufgekündigt.

Ich gieße Wasser auf den Kaffeefilter und frage mich, welche Angst bei Tageslicht besehen größer ist, die, unangenehm aufzufallen, oder die, nachzugeben, mich einlullen zu lassen und erneut verletzt zu werden.

Jenny hatte eine Zeit lang ein Lieblingsbilderbuch, in dem man die Wahl zwischen lauter Schrecklichkeiten hatte. »Was möchtest du lieber: von einem Stier aufgespießt, von einem Nilpferd platt gedrückt oder von einer Schlange erdrosselt werden?«, hieß es da. Wir haben uns die Bilder dazu angesehen und überlegt. Jenny wählte am Ende das Nilpferd, weil sie sich vorstellte, dass sie ihm von unten eine Nadel in den Hintern stecken würde, sodass es wieder aufspringen müsste.

Der Kaffee ist durchgelaufen. Ich bin keine, die im Kaffeesatz lesen kann, aber ich starre in den schwarzen Trichter und sehe eine Frau, die an einem Kliff hängt. Sie strampelt und klammert und schreit in panischer Furcht vor dem freien Fall. Dabei müsste sie nur einen einzigen Blick nach unten werfen, um zu sehen, dass es nur wenige Meter bis zum Boden sind. Ein mutiger Sprung und sie wäre gerettet.

Ich werfe den Kaffeefilter in den Müll und frage mich, ob das die Momente sind, in denen Entscheidungen gefällt werden. Ich trinke den Kaffee in kleinen Schlucken. Dann rufe ich die Anwältin an, sage, ich hätte jetzt die Unterlagen soweit zusammen und bitte sie um einen Termin. Der ist übermorgen. Ich schreibe ihn in meinen Kalender. Dann sehe ich aus dem Fenster. Der Himmel ist bedeckt. Es gibt keine Wolken, die sich trennen und unaufhaltsam auseinander driften. Statt offener Dramatik nüchternes, kontrastloses Grau. Zeit für die kalte Routine der Fachleute.

Aber so kalt ist die Routine dann gar nicht. Die Anwältin sieht mich fröhlich an und strahlt Zuversicht aus. Ihr macht auch das Zahlendurcheinander keine Angst. Sie meint, da hätte sie schon viel kompliziertere Fälle gehabt. Sie blättert die Unterlagen durch und will wissen, wie viel Miete mein Mann mir zahlt.
»Miete, wofür denn Miete?«
»Für die Wohnung, die Ihnen zur Hälfte gehört und in der Ihr Mann jetzt allein wohnt.«
Ah, Miete! Das ist eine großartige Idee. Hermann muss mir Miete bezahlen. Das hört sich viel besser an als Unterhalt. Da springt doch glatt etwas von der Fröhlichkeit der Anwältin auf mich über. Ich darf die ganzen Unterlagen einfach auf ihrem Schreibtisch lassen. Sie wird sich alles in Ruhe ansehen, sie wird einen Wohnungs- und einen Rentenspezialisten zurate ziehen. Ich muss mir keine Sorgen machen, ich muss mich auch nicht kümmern. Das geht jetzt alles seinen Gang. Als ich die Kanzlei verlasse, ist mir, als hätte ich nicht zwei Pfund, sondern zwei Zentner Papier dagelassen.

Abstand gewinnen

Erleichtert packe ich meine Sachen. Befreit von der Rechnerei, befreit von den hässlichen Überbleibseln meiner Ehe, setze ich mich ins Auto und fahre zur Drehvorbereitung nach Berlin. Vor mir der Horizont. Ich fahre in die Freiheit.
Doch schon bei Hagen steht der Verkehr. Meine Hände trommeln ungeduldig aufs Lenkrad und plötzlich sehe ich, dass ich meinen Ehering noch trage. Den müsste ich jetzt eigentlich ausziehen. Aber mir gefällt meine Hand mit dem Ring. Man sieht ihn sowieso kaum. Ich habe den Ehering hinter einem schwarz silbernen Schmuckring versteckt.
Meine Mutter trug auch einen Ring vor ihrem Ehering, drei knapp

gefasste Brillanten nebeneinander. Meine Mutter hatte ihn täglich getragen. Als ich ihn erbte, sah ich, dass die Fassung abgewetzt war, tiefe Kerben hatten sich am Ehering gescheuert. Irgendwann habe ich den Ring auf dem Waschbeckenrand einer Raststätte vergessen. Als ich es merkte, bin ich noch zurückgefahren, aber da war er natürlich schon weg. Es hat mir nicht mal Leid getan. Brillanten passen nicht zu mir. Ich habe mir dann den billigen Silberring mit Onyxeinlage gekauft.
Endlich geht es weiter, aber nur im Schritttempo. »Du steckst nicht im Stau, du bist der Stau« steht in Sprühschrift auf der Autobahnbrücke.
»Wie findest du den Ring?«, habe ich Hermann gefragt, als ich ihn das erste Mal trug.
»Hm«, sagte er, »man sieht den Ehering gar nicht mehr.«
Vielleicht wollte ich das, die Ehe vor mir und der Welt verstecken und mich gleichzeitig in der Ehe verstecken. Ja, ja, den Kuchen aufessen und ihn gleichzeitig behalten wollen. Verdammte Scheiße, dieser Stau nervt! Hermann denkt immer, ich wäre vernünftig. Aber wenn ich vernünftig wäre, dann hätte ich beim Auszug die kleine Schmuckschatulle mit den teuren Erbstücken mitgenommen. Stattdessen habe ich mich mit den schweren Fotoalben abgeschleppt.
So, es reicht, ich fahre jetzt ab. Alles ist besser, als im Stau zu stehen. Endlich eine freie Straße. Eine Apfelbaumchaussee. Es ist viel schöner durch die Landschaft zu fahren, als auf dieser langweiligen Autobahn. Warum mache ich das nicht öfter?
Leider steht an der nächsten Wegscheide kein Schild und die Karte, die ich im Auto habe, ist völlig veraltet. Der Tank steht auf Reserve und ich muss mir eingestehen, dass ich keine Ahnung habe, wo ich mich befinde. Entschlusslos halte ich an. In dem Kleinmut, der mich plötzlich überkommt, frage ich mich nicht nur, ob es richtig war, die Autobahn so rasch zu verlassen, sondern gleich auch noch, ob es richtig war, im Hauruckverfahren aus unserer Ehewohnung auszuziehen. Habe ich jetzt wieder verfrüht und unüberlegt gehandelt, als ich meine Angelegenheiten der Anwältin übergeben habe? Katapultiere ich mich dauernd irgendwohin, wo ich dann gar nicht sein will? Aber was ist die Alternative?

Ich steige aus und pflücke einen unreifen Apfel vom Baum. Es zieht mir den Gaumen zusammen. Diese Straße ist so klein, dass sie noch nicht einmal eine Nummer hat. Früher hätten wir in so einer Situation einen netten kleinen Streit gehabt. Jetzt bin ich ganz allein mit den Konsequenzen meiner Aktion. Keiner, der mich anschreit, und keiner, der mich tröstet. So ist das nun. Da kann ich gleich einmal üben, die Verantwortung für mein Handeln zu übernehmen.

Ich könnte einen Spaziergang bis zu dem Bauern da hinten auf dem Traktor machen. Der weiß bestimmt, in welcher Richtung Hannover liegt. Vielleicht kann ich es auch herausfinden, indem ich auf die Uhr gucke und nach dem Sonnenstand sehe. Wenn meine Berechnung stimmt, liegt Hannover genau im Winkel zwischen den beiden Straßen. Da kann ich ebenso gut eine Münze werfen. Ich nehme einen letzten Bissen vom sauren Apfel, und sage mir, wenn ich mit der Kitsche den Baum treffe, fahre ich rechts, wenn ich ihn verfehle, fahre ich links. Ich treffe und finde nach drei Kilometern eine Tankstelle.

Ich kaufe eine gesamtdeutsche Karte neuesten Datums und beschließe, über die Landstraße nach Berlin zu fahren. Ich werde nicht erwartet. Es ist egal, ob ich am Samstag ankomme oder am Sonntag. Ich bin frei. Ich komme mir vor wie eine Abenteurerin. In Lemgo verordne ich mir eine kleine Stadtbesichtigung. Ich lese mit frischem Gold belegte jahrhundertealte Sprüche an geschnitzten Fassaden und esse im Ratskeller eine Suppe.

Zurück am Auto, vermisse ich mein Ringbuch. Habe ich es im Ratskeller liegen gelassen? Nein, ein Gast hat genau gesehen, dass ich es zusammen mit einer Landkarte in der Hand hatte, als ich das Lokal verließ.

So genau wird man hier beobachtet. Während ich zurückgehe zum Auto, frage ich mich, ob die Scheidungsstatistik in Kleinstädten anders aussieht als in der Großstadt. Und dann finde ich mein Ringbuch. Es wartet im Auto auf mich. Ich muss es auf die Ablage gelegt haben, ohne es zu merken. Was ist mit mir los?

Zerstreuung bedeutet, dass das Unbewusste mit etwas anderem beschäftigt ist, habe ich irgendwo gelesen. Womit ist mein Unbewusstes beschäftigt?

Jetzt fängt es an zu regnen, das ist nicht nett. Mein Hochgefühl ist zu labil für Regen. Wenn das Abenteuer darin besteht, dass ich zwischen Nebel und gelegentlichem Sprühregen durch die deutschen Lande irre, dann ist es vielleicht besser, kein Abenteuer zu haben. Oder ist das die falsche Betrachtungsweise? Ich irre doch gar nicht, ich habe ein Ziel, ich will nach Berlin, wenn auch nicht auf dem direkten Weg. Die kürzeste Verbindung zwischen zwei Punkten ist nur in der Mathematik die Gerade. Mathematik war noch nie meine Stärke.
Im Lipper Ländchen hat jedes Kaff sein eigenes Schloss. Das ist der Segen der Kleinstaaterei. Aber ich werde jetzt nicht dauernd aussteigen und Fotos machen, schließlich bin ich kein Tourist. Vielleicht sollte ich mir doch einen Plan machen, ein paar Nahziele setzen. Ich befrage die Landkarte. Bad Harzburg liegt in der Mitte zwischen Köln und Berlin. Da könnte ich übernachten und auf dem Weg dorthin mache ich in Bad Pyrmont Station. Bad Pyrmont hat einen großbürgerlichen Klang. Das verspricht Jugendstilbauten und den Glanz vergangener Zeiten. Es war der Kurort meiner Großeltern und Urgroßeltern mütterlicherseits.
Auf geht's. Ein Vorteil beim Alleinfahren ist es, ungestört Radio hören zu können. Es gibt eine Sendung über Psychoneurophysiologie. Der Sprecher hat sich das Wort gut antrainiert. Beim dritten Mal spreche ich es mit. Ich kann es auch schon. Psychoneurophysiologie ist eine neue Wissenschaft, mit deren Hilfe man etwas herausgefunden hat, das die Menschen schon immer wussten. Mit ihrer Hilfe hat man wissenschaftlich und mikrobiologisch nachgewiesen, dass die Gesundheit ein komplexes Zusammenspiel von Psyche, Nerven und Physis ist. Nun dürfen es auch die Schulmediziner glauben.
Bad Pyrmont ist ein Schmuckstück. Palmengarten und Wassergraben umgeben das Schloss, das zum Innenhof hin ein Stockwerk mehr hat. Auf den Wehrgängen wachsen Kastanienbäume. Ich stelle mir meine Urgroßmutter vor, wie sie unter diesen Bäumen wandelte und schmucken Kürassieren mit Sonnenschirmdrehen und leichtem Wedeln der üppigen Rüschen an ihrem Kleid Signale gab. Wie banal dagegen der Kies unter meinen Turnschuhen knirscht.

Eigentlich war die Kur eine psychoneurophysiologische Ganzheitsbehandlung. Eine schöne Umgebung für die Nerven, Wässerchen, Schlammbäder, Massagen für die Physis und ein Kurschatten für die Psyche. Die Spielregeln waren damals klar. Das hatte auch Vorteile.
Wir haben die alten Spielregeln auf den Abfallhaufen der Geschichte geschmissen und uns neue ausgedacht. Aber die neuen Regeln haben kein Gewicht, können jederzeit widerrufen und außer Kraft gesetzt werden. Alles in allem ist das Leben ziemlich unübersichtlich geworden.
Ich kaufe zwei Postkarten, ehe ich weiterfahre.

Bevor es dunkel wird, möchte ich noch einmal ausschreiten. An einem Rapsfeld steige ich aus, gehe über eine stillgelegte Bahnlinie auf den Abendhimmel zu und schlenkere mit den Armen. Neben einem Gehöft finde ich ein Grasdreieck, umstanden von Buchsbaumhecken. Steinerne Grabtafeln stecken im kurz gehaltenen Gras. Die meisten Buchstaben sind hebräisch. Auf einer steht in lateinischer Schrift, dass der 1894 gestorbene Kaufmann Katz dort liegt. Keinerlei Hinweis auf die Nachkommen des Herrn Katz, die in den darauf folgenden Jahrzehnten in Deutschland jüdische Geschichte erleben mussten. Wenn Hermann jetzt hier wäre, würden wir uns eine Geschichte dazu ausdenken.
Aber Hermann ist nicht hier. Und ich sollte jetzt nach einem Hotel Ausschau halten. Ich möchte eines mit Sauna, mit ländlichem Essen und mit frisch gezapftem Bier. Vielleicht finde ich das in Bad Gandersheim. Das hat zwar eine historische Altstadt, aber das einzige Hotel hat den Charme eines DDR-Erholungsheims. Das ist enttäuschend. Doch wenigstens muss ich mir jetzt nicht vorhalten lassen, dass ich ein enttäuschtes Gesicht mache. Ich kann einfach weitersuchen. Und wenn ich in der nächsten halben Stunde nichts Schönes finde, dann übernachte ich eben in etwas Hässlichem. Das macht mir viel weniger aus als Hermann. Nur hätte Hermann das nie zugegeben, er hat immer behauptet, ich sei der Perfektionist.
Na bitte, wer sagt es denn, das Landhotel Fritz sieht einladend aus, ein Zimmer ist auch noch frei und auf der Karte werden frische Bachforellen angepriesen.

Am nächsten Morgen kämpft sich die Sonne durch den Nebel. Ich frage mich, wo wohl der Todesstreifen gewesen ist, als ich neben der Straße einen aufgeschütteten Hügel mit einem gestrandeten Trabbi sehe, reichlich verrostet, aber mit frischem Blumengebinde und sorglich eingefriedet mit einer Kette, ein kleines Mausoleum. Neben diesem Denkmal östlicher Vergangenheit ein Denkmal des westlichen Fortschritts in Form eines mobilen Toilettenhauses. Ich benutze es und hinterlasse sozusagen auch eine Spur, wenn auch eine rasch vergängliche.
Hermann musste in der Rehaklinik seinen eigenen Nachruf verfassen und hat es auch mir als Übung empfohlen. Ich habe auf die Übung verzichtet. Aber nun fahre ich hier durch die Lande und habe nichts zu tun, als dem Gedanken nachzuhängen, dass wir wohl nicht mehr gemeinsam begraben werden. Dann wird meine Asche eben in den Wind gestreut, so wie ich das in diesem irischen Film gesehen habe. Das ist sowieso romantischer. Allerdings gibt es in Deutschland wenig eindrucksvolle Klippen. Da müsste man schon nach Helgoland fahren. Außerdem ist es hierzulande wahrscheinlich verboten, die Asche Verstorbener einfach zu verstreuen. Wo kämen wir denn da hin?
»Hier dürfen Sie nicht parken«, sagt eine Frau im Blockwartton, als ich anhalte, um ein Foto von der übrig gebliebenen Inschrift »Volkslichtspiele« zu machen. So schönes Fünfziger-Jahre-Design sieht man selten.
»Ich mache nur ein Foto«, erkläre ich, aber das stellt die Frau nicht zufrieden, sie durchbohrt mich mit ihren Blicken und wartet. An ihrem Haus ist kein frischer Lack. Vielleicht ist sie deshalb so böse. Als niemand Farbe kaufen konnte, waren alle Häuser grau. Jetzt sind die meisten bunt, aber sie kann sich die Farbe nicht leisten. Nun wird die Haustür hinter ihr einen Spalt breit geöffnet. Ein kahlköpfiger Mann sieht argwöhnisch durch mich hindurch auf die leere Straße. Die Art, wie er in die Türöffnung zurückweicht, lässt mich darüber nachdenken, ob der Mann so aussieht wie ein Spitzel im Film, weil er diese Filme gesehen hat, oder ob die Filmspitzel so aussehen, weil es Männer wie diesen gibt.

Im Harz schlägt die deutsche Seele am deutschesten. »Rübenland« heißt ein finsterer Ort zwischen hohen Felsen. Ich könnte eine Kaffeepause einlegen und steige aus. Die Gaststätte heißt Bärenkeller. Daneben steht ein Schild »Zur Hermannshöhle«, ausgerechnet.
»Wollen Sie die Führung noch mitmachen?«
Eine freundliche junge Frau winkt mir. So gerate ich in eine Tropfsteinhöhle, sehe Skelette von über drei Meter hohen Bären, die hier gelebt haben und sehe Tropfsteingestalten mit Namen wie »Speckseite« und »Kartoffeln«.
»Verhungern können wir hier nicht«, scherzt die junge Frau.
Jenny und David würde das sicher Spaß machen. Ich sehe dann noch die kristallinen »Weintrauben« und sieben lebendige Grottenolme, die vor vierundzwanzig Jahren aus Jugoslawien eingeführt wurden und hundert Jahre alt werden können. Es wird bei der magischen Zahl sieben bleiben. Sie vermehren sich nicht, weil es nur männliche sind. Ob das ein Glück ist oder ein Versehen, bleibt offen. Im Herausgehen macht der Herr im Kleppermantel unserer Führerin ein Kompliment.
»Nu, wer hier arbeiten will, der muss ebend flexibel sein«, antwortet sie in ihrem sächsischen Tonfall.
Ja, das muss man wohl, sogar in der Hermannshöhle, sonst gehört man zum alten Eisen, wie der verrostete Trabbi.
Hinter Quedlinburg wird die Landschaft platt und weit. Auf dem Köthener Markt werden holländische Blumen feilgeboten, die gebratenen Hähnchen heißen schon lange nicht mehr Broiler und die Kirche ist frisch bemalt. In Dessau gibt es nicht nur das Bauhaus, sondern auch ein Schloss. Ich sammle lauter Informationen, die mich nicht interessieren. Irgendetwas ist stumpf. Irgendetwas fehlt.

In der Gruppe haben neulich auch einige gefehlt. Es waren nur die Luschen da, die Uninteressanten. Das habe ich natürlich nur gedacht, nicht gesagt. Stattdessen habe ich der Frau mit dem Blümchendesign eine einfühlsame Frage gestellt. Sie hat dann tatsächlich etwas von sich erzählt. Ich dachte schon, ich bin fein raus. Aber Frau Norden sah mich prüfend an und konstatierte, dass ich nicht auf mich geachtet hätte.

»Wieso?«, fragte ich.
»Es macht ja etwas mit einem, wenn die Gruppe unvollständig ist.«
»Ich wollte das Beste aus der Situation machen, das soll man doch tun, oder?« Jetzt mache ich wieder das Beste aus einer Situation und habe vergessen, warum das nicht gut ist. Frau Norden hat mir auf den Kopf zugesagt, dass ich so getan hätte, als würde ich mich für etwas interessieren, was mich nicht interessierte. Wie hat sie das bloß gemerkt?

Gott sei Dank, da ist endlich die Autobahnauffahrt.
Wieso kann ich mich nicht erinnern, warum es schlecht ist, das Beste aus einer Situation zu machen? Es hatte irgendetwas mit enttäuschter Erwartung zu tun. Oder irgendetwas damit, sich nicht konfrontieren zu wollen.
Ja und? Was ist daran falsch? So funktioniert doch unsere ganze Gesellschaft, dass man gute Miene zum bösen Spiel macht. So etwas in der Richtung habe ich in der Gruppe auch gesagt. Jetzt weiß ich es wieder.
»So zu tun als ob, kostet Verstellungskraft. Außerdem fliegt es irgendwann auf.« Das hat sie gesagt.

Brauchte meine Mutter ihren Mittagsschlaf, weil es so anstrengend war, fröhlich zu sein, weil sie sich ausruhen musste von der Verstellung? Vielleicht hat sie ja auch gar nicht geschlafen. Vielleicht wollte sie nur in Ruhe traurig sein hinter der geschlossenen Tür. Bei offener Tür war niemand traurig bei uns. Es gab nie einen Grund, traurig zu sein. Es gab auch keine Probleme. Es gab nicht einmal Problemfilme. In die durften wir nicht gehen, besonders nicht in die mit Ruth Leuwerick, diesem Tränentier. Womöglich hätte man sich da angesteckt und wäre auch ein Tränentier geworden. Meine Mutter hat nie geweint, nur aus Glück, bei Hochzeiten und so. Meine Mutter galt als fröhliche Frau, auch wenn ich mich immer gewundert habe, wenn die Leute das sagten. Aber es gab Beweise dafür: Sie spielte auf dem Schifferklavier und trug zu runden Geburtstagen selbst geschmiedete Verse vor, meistens benutzte sie die Melodie von »Horch was kommt von draußen rein«.

Da konnten dann alle den Refrain mitsingen: »Holladihi, holladiho«. Das war doch fröhlich, oder?
Meine Mutter hat ihre Rolle gut gespielt. Das muss sehr anstrengend gewesen sein. Nach ihrem frühen Tod machten Hermann und ich eine Reise mit meinem Vater. Aber das war schwierig, weil wir ihm die Ehefrau nicht ersetzen konnten. Bei der Fahrt durch Lissabon regte mein Vater sich darüber auf, dass alle Fassaden mit Parolen verschandelt waren. Für Hermann und mich waren die Parolen ein Ausdruck lange geknechteter und endlich freier Volksmeinung, aber das sagten wir nicht, wir wollten ja keinen Streit anfangen. Wir sagten gar nichts und so versackte die Bemerkung meines Vaters im Bodenlosen.
Ja, das ist wirklich ein Jammer, hätte meine Mutter gesagt und alles wäre gut gewesen. Es ging ja überhaupt nicht um die Parolen und schon gar nicht um die Fassaden von Lissabon. Die waren uns allen herzlich egal. Es ging darum, sich in der Fremde an einer gemeinsamen Sichtweise zu erfreuen. Aber das konnten wir meinem Vater nicht bieten. Ich sehe sein Gesicht noch vor mir. Er wirkte plötzlich verloren. Der ganze Eifer, der sein Gesicht vorher lebendig gemacht hatte, erschlaffte.
So ähnlich geht es mir jetzt. Es hat keine Resonanz, wenn ich die Dinge für mich allein angucke. All die Informationen, die ich so eifrig sammle, hängen wie übrig gebliebene Wäschestücke im Garten eines unbewohnten Hauses.

Die Kassetten liegen wieder kreuz und quer auf dem Nebensitz. Hoffentlich habe ich Billie Holiday erwischt. Die ist melancholisch genug, um mich aufzuheitern. Nein, ich habe nicht Billie Holiday, sondern Hanns Dieter Hüsch gezogen. Der redet wie mein Vater und mein Onkel und alle meine Cousinen auf einmal. Schicksalskürzel wie Autonummern, Namen und Daten, alles hübsch verträglich durcheinander gewürfelt. Das ist mir so bekannt, das könnte ich endlos weiterspinnen, das geht ungefähr so:
»Das war doch der, wie heißt er noch? Die hatten das Geschäft gegenüber von dem alten Müller. Wie, das weißt du nicht, den musst du doch kennen, der Sohn war auf deiner Schule, ja, nicht in dei-

ner Klasse, aber auf deiner Schule, also jedenfalls war das der Neffe von der Frau Hoegenbracht, und das ist die mit den sieben Kindern, die arme Frau, das zweitälteste hatte diesen Unfall, schrecklich, ja ... siehst du, jetzt erinnerst du dich doch. Das elterliche Geschäft wurde dann ja verkauft, das war nicht mehr zu halten, der Mann hat sich um den Verstand gesoffen, aber was sollte sie machen, die arme Frau, sie ist dann nach Australien oder nach Afrika, jedenfalls hat man nichts mehr von ihr gehört ...«

Ich war immer ganz angestrengt und verwirrt von diesen Gesprächen. Ich habe immer nach einem roten Faden gesucht, doch es gab keinen. Ich habe diese Erzählungen nicht verstanden. Aber vielleicht muss man sie auch gar nicht verstehen, sondern lieben. Wenn ich den Hüsch so höre, dann ist es eigentlich liebenswert. Es hat so etwas Beruhigendes.

Aber ich habe es nicht geliebt, ich habe es gehasst! Vielleicht, weil ich die Spielregeln nicht verstanden habe. Ich wollte es gut machen und alles genau verstehen, aber darum ging es nicht. Ich habe mit meinen Fragen nur gestört, ich war ein Spielverderber. Und Spielverderber können nicht mitweben am Gebetsmühlenteppich, die werden runtergeschubst, die gehören nicht dazu. Warum hat mir keiner die Spielregeln erklärt? Aber wer hätte das gekonnt? Mein Vater steckte drin in diesem Leben. Und meine Mutter konnte mir nichts sagen, weil sie nicht dazugehörte und genug damit zu tun hatte, dass es nicht auffiel.

Endlich, Abfahrt Wannsee.

Der Schlüssel steckt wie verabredet in der Zeitungsröhre. Es ist das zweite Mal, dass ich in der alten Villa wohnen kann. Eigentlich ist sie nur als Unterkunft für Schriftsteller gedacht, aber manchmal nehmen sie auch Filmemacher auf. Mein Zimmer ist wieder im zweiten Stock, diesmal mit Blick über Bäume bis zur S-Bahn. Ich packe aus, begutachte die Kaffeemaschine und beschließe, mir einen Teller und eine Tasse fürs Frühstück aus der Großküche zu holen. Als ich dort ankomme, ist nicht wie sonst immer Geisterstunde über den Edelstahltöpfen, es wird tatsächlich gekocht. Es wird geredet und gelacht. Es duftet nach Kräutern der Provence, nach Braten und nach Lebensart.

Ich käme gerade recht, das Essen sei gleich fertig, sagt der Koch und öffnet eine Flasche Pouilly fumé. Man habe gerade darüber geredet, dass noch eine schöne Frau in der Runde fehle, da sei ich zur Tür reingekommen.
»Danke für die Blumen.«
Der Koch wirbt für sein Essen, die Tomaten und Bohnen seien aus Werder.
»Werder«, sage ich, »das klingt nach Vorkriegs-Berlin.«
Das Gemüse sei aber frisch. Also?
»Schon überredet.«

Das Kaninchen in Sahnesauce hält, was sein Duft verspricht. Das Unvorhergesehene beschwingt. Die Stimmung ist übermütig und der Koch beflirtet mich. Er ist kein deutscher Schriftsteller, sondern ein amerikanischer Stadtplaner und heißt Don. Dafür spricht er erstaunlich akzentfrei. Nun ja, eigentlich heißt er Donatus und stammt aus Lübeck.
»Und was, bitte, macht ein amerikanischer Stadtplaner namens Donatus in dieser Villa in Berlin?«
»Eine Wohnung suchen.«
»Ah.«
Und wo hat er so gut kochen gelernt?
»In Frankreich.«
Natürlich, wo sonst.
Altachtundsechziger, schätze ich, leichtes Übergewicht, ein Bär. Schon wieder ein Bär. Er redet auch wie ein Weltmeister. Fällt mir denn überhaupt nichts Neues ein?
Der Himmel färbt sich rot über dem Wannsee. Es gibt noch mehr Leute am Tisch. Der zurückhaltende Schweizer Lyriker zum Beispiel, ein Lehrer mit Literaturstipendium. Er bewohnt das Zimmer mit Blick auf den See, in dem ich letztes Jahr gewohnt habe. Die beiden anderen sind in Architektenschwarz gekleidet und nur für den Abend zu Besuch. Er ist ein Kollege von Don. Wegen der kleinen Gereiztheiten, die das Paar austauscht, halte ich sie für verheiratet, bis ich erfahre, dass ihre Ehepartner sich anderswo aufhalten. Es befriedigt mich zu registrieren, dass auch Affären nicht immer das sind, was sie zu versprechen scheinen.

Das plaudert sich so dahin und gibt sich frivol. Glücklich verheiratete Frauen seien die besten Partner für eine Affäre, leider gebe es so wenig glückliche Ehen. Donatus schielt mit neugierigem Blick auf meinen kaschierten Ehering.
Ich lasse mir vom Pouilly fumé nachgießen und hüte mich, durchblicken zu lassen, dass meine Ehe nicht glücklich ist. Ich will mich ja nicht disqualifizieren für eine kleine Affäre. Don hat auch eine Familie, natürlich. Aber die ist in Amerika. Weit genug weg fürs Erste.
Und dann wird das alte Spiel »Wen kennst du, den ich auch kenne?« gespielt. Mit Stadtplanern hatte ich noch nie zu tun. Elgin ist der einzige andere Stadtplaner, den ich je getroffen habe. Ein paar Wochen, nachdem wir zusammen getanzt haben, hat er mir ein Buch von sich geschickt. Ich habe mit dem Gedanken gespielt, ihn unter seiner Büroadresse anzurufen, aber dann habe ich ihm einen höflichen Dankeschönbrief an seine Familienadresse geschrieben. Ich fand mein Leben auch ohne Elgin schon kompliziert genug. Jetzt interessiert es mich, ob ihn hier jemand kennt. Meine Frage ist ein Volltreffer. Dons Kollege kennt Elgin nicht nur, er ist sogar befreundet mit ihm. So erfahre ich, dass er sich einer Rückenmarkstransplantation unterziehen musste. Er liegt in einer Spezialklinik. Seine Frau ist bei ihm.
Knirsch macht das Konversationsboot und schrappt über eine Sandbank. Wenn mich jetzt jemand fragen würde, warum ich so schweigsam bin, würde ich davon erzählen, dass mein Mann vor kurzem auf Leben und Tod lag. Aber mich fragt keiner. Das Boot der leichten Unterhaltung wird wieder angeschoben und alle tun so, als säße ich noch drin. Da kann ich genauso gut wieder einsteigen.

Am Ende des Abends wasche ich mit dem Schweizer in der Großküche ab, während Don das Berliner Paar zur S-Bahn bringt. Plötzlich sagt der Schweizer »Gute Nacht« und ist verschwunden.
Ich verstaue den letzten Teller im Schrank und könnte nun auch gehen. Aber das wäre nicht nett. Don käme zurück und seine Party hätte sich einfach so aufgelöst, ohne Abschied und ohne Danke-

schön. Will ich denn nett sein? It never pays to be a good girl. Wir wohnen im selben Haus. Vier Wochen lang, das kann kompliziert werden. Ich flüchte.
Als ich unter der Dusche stehe, bereue ich meinen Entschluss. Vier Wochen sind lang, sage ich mir zum Trost, da kommt es nicht auf den ersten Abend an. Aber es kommt natürlich auf den ersten Abend an.
Zwei Tage später kocht Don wieder für viele Leute. Er lädt mich ein und ich nehme an. Aber die Stimmung vom ersten Abend ist nicht wiederholbar. Diesmal langweilen mich seine Gäste und ihre Themen. Ich bin in ein Arbeitsessen fremder Leute geraten. Das brauche ich nicht, ich habe meine eigene Arbeit.
Außerdem stört es mich, dass ich für seine Freundin gehalten werde. Ich kläre die Dinge, indem ich etwas von meinem Mann erzähle, so als wären wir noch zusammen. Beim Abwasch kontert Don meine Ehegeschichte mit der Nachricht, dass seine Familie Anfang September aus Amerika kommt.
Anfang September! Das ist in drei Wochen, da wohne ich noch in diesem Haus. Gott sei Dank bin ich am ersten Abend rasch auf mein Zimmer gegangen.
Diesmal verabschiede ich mich mit Handschlag. Der Handschlag schlägt eine Brücke und macht gleichzeitig eine Distanz klar: du auf diesem, ich auf jenem Ufer. Nachdem wir uns so förmlich verabschiedet haben, stellt sich heraus, dass wir dieselbe Treppe hochgehen müssen. Unsere Zimmer liegen gegenüber. Auch das noch. Das wäre eine schöne Katastrophe geworden.
Am nächsten Tag kaufe ich zwei Flaschen ausgesuchten Rotwein und stelle sie als Dankeschön für zwei Essen vor seine Tür. Ich will ihm nichts schuldig bleiben.
»Schöne Frau«, sagt er von da an, wenn wir uns begegnen, und akzeptiert, dass ich vom abendlichen Du wieder zum Tages-Sie gewechselt bin.
Wir konversieren artig und geben dem Luftballon der Möglichkeiten nur manchmal einen kleinen Stups. Seine nächste Esseneinladung ist eine, bei der auch seine Mutter zu Gast sein wird.
»Danke«, sage ich, »aber ich bin schon fürs Kino verabredet.«
Ein andermal fragt er mich, ob ich mich an einem Sonntagsausflug

zu verschiedenen Rittergütern beteiligen will. Aber da habe ich wirklich etwas anderes vor und schlage das Wochenende darauf vor. Da muss er leider nach Hamburg. Das darauf folgende sieht wieder bei mir nicht gut aus. Am Samstag drehe ich und den Sonntag brauche ich zur Vorbereitung.
»Schade«, sagt er. Dann fügt er hinzu, seine Frau habe angerufen, der Verkauf des Hauses dauere länger als geplant, sie käme nun frühestens im Oktober.
Ich wünsche ihm einen schönen Abend und gehe eine Runde schwimmen.
Die Arbeit füllt mich aus. Inzwischen mag ich mein neues Alleinsein. Ich spüre Kraftzuwachs. Mal sehn, ob ich noch wachsen kann, denke ich und beschleunige den Rhythmus, mit dem ich das Wasser durchpflüge, bevor ich mich auf den Rücken drehe und treiben lasse.
Auch als der Dreh beginnt und meine Tage bis in die Nächte dauern, geht es mir gut. Mir entgleitet nichts. Probleme löse ich mit ungeahnter Leichtigkeit und manchmal sagen mir altbekannte Teammitglieder, ich hätte mich zu meinem Vorteil verändert.
Vorm Schlafengehen schlendere ich meist noch einmal den Abhang hinunter zum nächtlichen See, nachsehen, ob das Wasser aufgewühlt ist oder ruhig. Selbst bei Windstille läuft der Widerschein der Laternenspiegelung über die Blätter der hohen Bäume.
Der Sommer rinnt aus. Eines Nachts hängt der Mond wie eine dumme Kartoffel zwischen den Eichen. Nebelkrähen machen November vorstellbar. Aber ich will mir trotzdem kein Haus bauen. Das Unbehauste gefällt mir und es gefällt mir auch, dass Hermann ganz weit weg ist. Einmal träume ich, dass seine Stimme auf dem Anrufbeantworter ist und mir sterbensmatt adieu sagt.

Leider ruft er am Tag danach tatsächlich an, klingt äußerst lebendig und annonciert, dass er zur Funkausstellung nach Berlin kommt. Ich verstehe das als Aufforderung für ein Treffen. Ich will schon meinen Terminkalender zurate ziehen, als ich sein Zögern bemerke. Da revidiere ich mich rasch.
»Unsinn, du bist ja auch voll mit Terminen.«
Wenn ich nicht aufpasse, macht es klick und alles ist wie früher,

nur ohne Sexualität. Warum will ich ihn denn sehen? Es geht mir doch gut ohne ihn.
Aber warum ruft er mich an, wenn er mich gar nicht sehen will?
Er will wissen, ob ich zum Empfang der Funkausstellung gehe.
Nein, dazu habe ich während des Drehs keine Zeit.
Ach so. Er kommt zusammen mit seiner Freundin und will mich vorwarnen. Nimmt er sie auch schon mit zu seiner Mutter? Ich frage nicht. Und er sagt nichts. Das sind die Löcher im Beziehungskäse. Ist es denn überhaupt noch eine Beziehung? Käse jedenfalls ist es.

Schmetterlinge

Mein erster drehfreier Tag. Der Sommer ist zurückgekehrt. Es ist warm und es ist Sonntag. Ich sehe aus dem Fenster. Ina winkt mir vom Parkplatz aus zu. Sie schreibt erotische Geschichten und wohnt wie ich vorübergehend in der Villa. Ina geht auch manchmal nachts zum Seeufer. Einmal haben wir lange nebeneinander auf der Kaimauer gesessen und dem Wassergekräusel zugesehen. Ein andermal haben wir ausgelassen im Dunkeln getanzt, zur Musik, die von einem Dampfer herüberschallte.
Ob ich mit will nach Werder und dann schwimmen, ruft sie jetzt zu mir herauf.
Ja! Wunderbar!
In Werder kaufen wir frisch geräucherten Aal, Knoblauch und Rotwein. Im Glindower See schwimmen wir uns hungrig für unser Picknick. Es gibt Tage, da braucht man die Männer nur als Erzählstoff.

Trotzdem freue ich mich, als ich am Abend auf Don treffe. Wir sind uns lange nicht begegnet. Er hat noch mehr gearbeitet als ich. Wenn ich morgens um sieben zum Dreh aus dem Haus kam, war sein Auto schon weg. Gekocht hat er auch nicht mehr.
»Wenn man sich noch mal sehen will, muss man sich wohl verabreden.«

Das neutrale Man schwebt in der Luft und vermittelt zwischen dem anfänglichen Du und dem späteren Sie. Ich habe nur noch einen Sonntag vor meiner Abreise. Wir verabreden einen Ausflug.

Am Samstag vor dem Sonntag ist mein alter Freund Felix bei mir. Eigentlich wollten wir spazieren gehen, aber dann fing es an zu regnen. Felix hat eine sonore Stimme. Wenn Don jetzt in seinem Zimmer ist, schießt es mir irgendwann durch den Kopf, dann denkt er sich alles Mögliche. Gegen halb sieben bringe ich Felix zur Tür. Auf dem Rückweg treffe ich auf Don, der die Treppe herunterkommt. Er war tatsächlich zu Hause.

»Wenn die übrigen Verlockungen der Welt sich als nicht tragfähig erwiesen haben«, sagt er anspielungsreich, »dann können Sie immer noch auf die Essenseinladungen von Onkel Don zurückkommen.«

Es macht mir Spaß, dass er mich als Vamp sieht.

»Danke, heute Abend bin ich leider schon verabredet«, sage ich nicht ohne einen gewissen Unterton, »aber es bleibt bei morgen?«

»Ja«, sagt er und kündigt dann an, dass es eine leichte Programmänderung gegeben habe, es kämen noch zwei Leute mit. Man werde zu ein paar alten Bauten fahren, deren Schicksal zur Debatte stehe, das würde mich doch sicher interessieren?

Nein, das interessiert mich überhaupt nicht! Ich habe keine Lust, die weibliche Bereicherung eines fremden Arbeitssonntags darzustellen. Da kann ich ja gleich zur Motivsuche fahren, das ist auch immer anstrengend.

»Ja«, sage ich lahm. Denn ich weiß nicht, was ich sonst mit meinem letzten Sonntag in Berlin anfangen soll.

Am nächsten Morgen klopft er an meine Tür, mustert meine müden Augen und macht eine gönnerische Bemerkung über lange Nächte.

Ich denke nicht daran, ihm zu erzählen, dass meine aufregende Nacht aus einem Kinoabend mit Maren bestand.

Es gebe ein Problem, sagt er, jemand habe seinen Autoschlüssel

eingesteckt und nun müssten wir entweder mit meinem Auto fahren, oder wir könnten erst mittags los, das lohne sich dann allerdings kaum noch.
Ich biete an, dass wir mit meinem Auto fahren. Er will unten in der Halle auf mich warten.
Als er weg ist, frage ich mich, wie ich dazu komme, für drei Herren den Chauffeur zu spielen? Warum habe ich bloß ja gesagt? Lerne ich denn überhaupt nichts dazu? Einer der anderen Herren wird ja wohl auch fahren können. Ich sage jetzt einfach ab, bleibe zu Hause und lese in Ruhe ein Buch.
Zu meiner Überraschung sitzt Don allein in der Halle. Die anderen Herren werden doch nicht mitfahren.
Ach. Hat er sie sich nur ausgedacht, um sich zu rächen?
Plötzlich bin ich gar nicht mehr müde, sondern animiert von der Aussicht auf ein vielleicht doch noch anstehendes Abenteuer. Dummerweise habe ich jetzt schon gesagt, dass ich müde bin. Ich muss mein Gesicht wahren.
»Vielleicht in einer Stunde? Dann kann ich mich noch mal hinlegen.«
»Kein Problem. In einer Stunde.« Er wird solange Zeitung lesen. Und ich bringe dann zum Ausgleich ein paar Picknicksachen mit.

Schloss Marquardt ist unser erstes Ziel. Ein barockes Märchenschloss. Wir folgen der Achse des Linnéschen Parks und betrachten verschiedene Skulpturen. Donatus kommentiert einen faunischen Mann zwischen zwei Frauen als reizvolle Darstellung aus dem Leben eines weiland Schlossbesitzers.
Ich betrachte die Skulptur genauer und sage: »Die eine Frau weint.«
Er meint, das müsse nicht so sein, und deutet eine Episode aus seinem Eheleben an, in der eine Freundin seiner Frau den dritten Part übernahm.
»Mich reizt eher die umgekehrte Konstruktion, zwei Männer und eine Frau«, sage ich knapp. Unsere Schritte knirschen.
So flippig vorausgeworfene Reden über Intimitäten vergrößern eher die Distanz, als dass sie sie vermindern. Das platscht ins Leere und hinterlässt Befangenheit über einen missglückten Versuch.

Autotür auf, anschnallen. In der Enge des Wagens betreiben wir Konversation und betonen das »Sie«. Es geht schon gegen halb drei, Hunger meldet sich.
Aber Don kennt nur Bauten, in Picknickplätzen ist er weniger bewandert. Seen gibt es genug, doch der Blick aufs Wasser ist durch piefige Datschen verstellt oder durch übermannshohes Schilf. Wir folgen einem Trampelpfad durch dieses Schilf und landen an einem Flecken feuchten Sandes, garniert mit leeren Farbdosen und nassen Lappen. Also zurück zum Waldstück. Dort haben wir eine Lichtung gesehen. Ruhig ist es nicht. Das kreist und brummt in der Luft wie ein ganzes Geschwader von Hornissen. Vermutlich ist irgendwo hinter dem Gestrüpp ein Modellflugplatz. Am Glindower See war es schöner. Da war es auch wärmer. Allerdings gab es da keinen Mann. Wird das noch etwas mit uns beiden oder nicht?
Nach dem Essen lege ich mich zurück, mache die Augen zu und züchte ein paar Schmetterlinge in meinem Bauch. Verschwiegen genug wäre der Platz. Ich blinzele durch die Wimpern und sehe, dass er aufsteht und auf mich zukommt. Aber er geht im vorsichtigen Bogen um mich herum, holt die Zeitung aus dem Picknickkorb und zieht sich in die Position des Schlafbewachers zurück.

Bleibt noch der Abend, falls es einen gemeinsamen Abend gibt. Ich jedenfalls habe keine andere Verabredung. Er auch nicht. Zum Italiener oder zum Argentinier? Der Gedanke an ein saftiges Stück Fleisch reizt mich. Ich votiere für den Argentinier. Als wir die Tür aufmachen, weiß ich bereits, dass es das falsche Lokal ist. Wir finden uns inmitten von Sonntagsfamilien wieder. Das Ambiente hat den erotischen Reiz von ›Heute bleibt die Küche kalt‹. Dagegen muss man erst einmal ankommen. Unser Abend droht in mühsame Trostlosigkeit abzurutschen. Da es nichts mehr zu verlieren gibt, werde ich mutig und mache eine Bemerkung über die fließenden Grenzen zwischen Nähe und Distanz. Ich frage Don, ob er sich erinnert, wann wir vom Du des ersten Abends wieder zum Sie zurückgegangen sind.
Das weiß er genau.
»Beim Frühstück.«

Ich bin überrascht. Ich kann mich an kein gemeinsames Frühstück erinnern.
»So nicht.« Er grinst. Aber er habe eines Morgens geklopft, als ich beim Frühstück gewesen sei. Doch er sei mir ganz offensichtlich nicht willkommen gewesen, denn ich hätte ihn plötzlich wieder gesiezt. Er klingt verletzt.
Ja, jetzt erinnere ich mich. Das war, nachdem er gesagt hatte, dass seine Frau im September käme.
»Das war eine Art von Komplikation, der ich lieber aus dem Weg gehen wollte«, sage ich.
Er scheint erleichtert zu sein und lacht. Dann erzählt er, dass er seit sechzehn Jahren verheiratet ist. Ich halte meine zwanzig dagegen.
Patt.
»Was machen wir nun mit unserer nicht gehabten Affäre?«
»Aufschieben«, meint er. »Das kann manchmal zehn Jahre so gehen, und dann kommt es doch noch dazu. Irgendwann ist die richtige Stimmung da. Kennst du das?«
Ah, duzen wir uns jetzt wieder?
»Nein«, sage ich, »das kenne ich nicht.« Meine Erfahrung sei eher, dass ungenutzte Momente nie wiederkämen und dass so eine Chance ein für allemal vertan sei.
Das hängt so in der Luft, während wir in unseren Salaten picken.
»Also?«, fragt er nach einer Weile. »Verschieben oder vertun?«
»Oder das ›ver‹ weglassen?«, frage ich zurück.

Wir gehen in mein Zimmer und sitzen erst mal auf getrennten Stühlen. Die große Leidenschaft überfällt uns nicht. Er steht auf, küsst mich probeweise auf den Mund. Das ist so schlecht nicht. Davon könnte man mehr versuchen. Dann knetet er meine Schultern, als hätte er einen Teig zu bearbeiten. Ist das unter Massage einzureihen oder unter Erotik?
»Ich hatte das schon abgebucht«, sagt er, »ich habe nicht mehr daran geglaubt.«
»Letzte Abende sind unverfänglicher als andere.«
Wenn das Ende absehbar ist, kann man einen Test wagen. Die

Haare auf seiner Brust sind weiß. Das hatte ich noch nie. Wenn ich die Augen zumache, spüre ich eine vertraute Wärme. Aber wenn ich die Augen aufmache, ist sie nicht vertraut, sondern fremd. Wenn ich es jetzt nicht schaffe, die Sache mit dem Präservativ anzusprechen, dann bin ich ein hoffnungsloser Fall.
»Wie halten wir es mit Aids?«, frage ich.
»Mein letzter Test war sehr günstig«, sagt er, »wir Blutspender unter uns.«
Ich habe noch nie Blut gespendet. Muss ich jetzt sagen, dass ich kein Blutspender bin?
Ich schicke meinen Kopf in Urlaub. Die Körper übernehmen. Aber die Leidenschaft fliegt nur kurz vorbei, sie lässt sich nicht nieder. Das mit der Liebe scheint doch schwieriger zu sein als Essen und Trinken. Er geht nun dazu über, mich nach der Weise der Trobriander zu zwicken. Das hat er auf den melanesischen Inseln gelernt. Hübsch, aber ich bin keine Melanesierin, mich erregen andere Dinge. Redet er so viel über Sex, weil es damit nicht so weit her ist? Er ist nett und wir sollten das zu einem ordentlichen Ende bringen.
»Du bist eine von den ganz Lieben«, sagt er hinterher.
»Dann kann ich dich ja beruhigt aus meinem Bett schmeißen.«
Er sieht mich verdutzt an und meint, sonst sei er immer derjenige, der sage, dass er gehen müsse. Ich bin froh, dass ich schneller war, und sehe ihm zu, wie er seine Sachen zusammenklaubt.
»Das war doch eine hübsche, folgenlose Begegnung«, sage ich.
»Deswegen brauchen wir uns morgen nicht gleich wieder zu siezen.«
Warum nicht? reizt es mich zu sagen. Aber das liebe Mädchen in mir lächelt und stimmt ihm zu.
»Bist du nach so einem Ausflug besonders nett zu deinem Mann?«
»Das ist im Moment schwierig zu beantworten.«
Er wittert Probleme und fragt nicht nach. Das ist mir recht. Nachdem sich die Tür hinter ihm geschlossen hat, dusche ich ausgiebig. In dieser Nacht träume ich. Das habe ich lange nicht getan.

Hermann möchte, dass es mir gut geht mit meinem Liebhaber. Also weiß er es. Ich sage: »Du kannst es ja gar nicht erwarten, mich endlich los zu sein!« Darauf er: »Was soll das jetzt heißen?« »Das soll heißen, dass ich dich immer noch liebe, du Idiot!« Wo sind denn seine Narben? Die müsste man doch sehen, wie er da steht, nur mit einer kurzen schwarzen Hose bekleidet. Er macht sich an einer Ecke des Bettes zu schaffen und beschwert sich, dass die Bettwäsche lila verfärbt ist. Ich sage, das sei noch zu unserer Zeit passiert. Als ich mich ihm nähere, klingelt das Telefon.

Es ist kein Telefon, sondern der Wecker. Ich muss packen für die Rückfahrt.

Nach Hause kommen

Die Wohnung sieht mich fremd an. Meine Prägung ist noch nicht tief genug. Sie scheint sich verflüchtigt zu haben während meiner Abwesenheit. Ich streiche durch die Zimmer und suche nach einem Anknüpfungspunkt. Die Küche ist von Ameisen übernommen worden, eine ganze Straße zieht sich von der Terrasse bis zur Herdplatte. Es sind kleine Ameisen und sie sind träge in der Kälte. Es ist einer dieser Spätsommertage, wo es eine Streitfrage ist, ob schon geheizt werden muss. Mein Vermieter scheint sich fürs Nichtheizen entschieden zu haben. In der alten Wohnung gibt es einen Heizlüfter für solche Fälle. Ich ziehe drei Pullover übereinander und rufe Hermann an. Er verspricht, den Heizlüfter vorbeizubringen. Dann will er wissen, ob ich meine Post schon durchgesehen habe.
Nein, habe ich nicht. Ich habe den Papierhaufen einfach vor der Tür liegen lassen und meinen Koffer darüber gehoben. Nun hole ich den Postberg herein und schichte ihn zu verschiedenen Häufchen: Broschüren und Zeitschriften, Bank- und Versicherungsbriefe, Berufliches, schöne Briefe und Postkarten.
Den Brief der Scheidungsanwältin lege ich zu den Bank- und Versicherungssachen. Den Brief von Hermann halte ich unschlüssig in der Hand. Er passt weder zu den schönen Briefen noch zu Beruflichem. Er bekommt einen Extraplatz. Ich werde ihn lesen, wenn

ich Zeit habe. Jetzt überfliege ich nur die Postkarten, dann hole ich meine Blumen von der Nachbarin und packe erst einmal aus. Als alles verstaut ist, mache ich mir einen Tee und habe keine Ausrede mehr.
Ich öffne den Brief von Hermann.
Er beschwert sich darüber, dass er einen Anwaltsbrief bekommen hat, was das denn für ein Ton sei, so stünden wir doch nicht miteinander. Er möchte uns keine Rückwege vermauern, sondern einen Schwebestatus aufrechterhalten. Über so etwas wie Geld könnten wir uns doch wohl in Güte einigen ohne die Hinzuziehung von solchen Leuten. Die würden ja nur ganz unnötige und zusätzliche Kosten verursachen.
Ich öffne den Umschlag mit dem Absender der Anwältin.
Er enthält ein kurzes Anschreiben und eine Kopie ihres Briefes an Hermann. Sie konfrontiert Herrn Bratzer sachlich und höflich mit der Ausrechnung eines monatlichen Trennungsunterhaltes, den sie bittet, rückwirkend mit dem Datum der Trennung an mich zu überweisen. Im Übrigen setzt sie bis zum Abschluss eines ordentlichen Mietvertrages, welcher den veränderten Bedingungen Rechnung trägt, eine am allgemeinen Mietspiegel orientierte fiktive Miete an, die von ihm als dem derzeitigen alleinigen Nutznießer der Wohnung mir als der Miteigentümerin hälftig zu zahlen sei.
Mir stockt der Atem, als ich das lese. Wie muss es Hermann gegangen sein. Ich rufe die Anwältin an und frage, warum sie das nicht noch einmal mit mir abgesprochen hat. Aber sie meint ganz vergnügt, man müsse erst mal einen Stein ins Wasser werfen, sonst bewege sich gar nichts. Ob ich schon eine Reaktion hätte? Ich sage, dass er sich gütlich mit mir einigen möchte und dass er mir einen Heizlüfter vorbeibringt.
»Na bitte«, meint sie. Im Übrigen könne ich etwas heruntergehen mit den Zahlen, aber nun stünde doch erst einmal etwas da. Recht hat sie. Plötzlich wird mir ganz wohl in der ungewohnten Täterrolle. Nun ist Hermann das Opfer. Nun muss er reagieren.

Wir behandeln uns mit Vorsicht. Wir schleichen mit erhöhter Wachsamkeit umeinander wie zwei Katzen, die nicht wissen, ob sie schmusen oder kämpfen sollen. Jederzeit kann einer von beiden fauchen oder die Krallen zeigen. Wir einigen uns freundlich über den Trennungsunterhalt. Ich verzichte auf das Rückwirkende und runde die Summe nach unten ab. Er scheint erleichtert. Habe ich zu viel nachgegeben?

Einem Nebensatz von Hermann entnehme ich, dass auch er inzwischen einen Anwalt konsultiert hat. Also spricht er auch mit »solchen Leuten«. Offensichtlich hat der Anwalt ihm die grundsätzliche Richtigkeit meiner Forderungen bestätigt.

»Und was ist mit dem Mietvertrag?«, will ich wissen.

Aber da lässt Hermann sich auf gar nichts ein, das findet er absurd. Er wird doch mit mir keinen Mietvertrag abschließen, außerdem zahle er die monatlichen Zinsen für die Hypothek. Und dann wechselt er das Thema. Er will wissen, wo die Ameisen seien. Er hat mir ein Mittel dagegen mitgebracht. Ich sehe zu, wie er das Pulver auf die Ameisenstraße streut, und wundere mich, dass er ein Mittel gegen Ameisen besitzt.

Es ist nicht von ihm, erfahre ich, sondern von seiner Freundin. Er lässt mir die Packung da. Das Mittel muss nach zwei Tagen noch einmal angewandt werden. Und dann hat er es plötzlich eilig.

»Also dann.«

»Man sieht sich.«

Ich begleite Hermann nicht zur Tür. Ich höre sie hinter ihm ins Schloss fallen und betrachte die Packung in meiner Hand. Das erste Geschenk meiner Nebenbuhlerin ist Gift. Was tue ich nur damit? Es ist Sondermüll, ich kann es nicht einfach wegwerfen. Ich zerdrücke eine Ameise, die dem Pulver entkommen ist, und stelle die Packung zur weiteren Benutzung in den Schrank. Dann lese ich Zeitung. Ich streiche mir ein Zitat von Ernst Jünger an: ›Es steht nicht frei, die Katastrophe zu vermeiden, doch gibt es Freiheit in ihr.‹

In der Gruppe gibt es einen Neuen, einen kantigen, großen Mann mit grauen Haaren. Ich schätze ihn auf Ende Fünfzig. Er erzählt in mageren Worten von einem geglückten Urlaub mit seiner Frau. Fakten und Daten wie aus dem Reiseprospekt. Seine Stimme klingt hohl. Er fuchtelt bei seiner Erzählung mit der linken Hand nach unten. Jenny macht das auch so, wenn sie etwas schwört, was nicht stimmt. Sie nennt das eine Ableitung.

Die Schöne langweilt sich auch bei dieser Reiseschilderung. Das sei gegen die Gruppenregeln, sagt sie. Der Kantige erschrickt. Er will wissen, wie die Regeln sind.
»Gibt es Regeln?«, fragt daraufhin Frau Norden in die Runde.
Der Kantige insistiert. Er ist neu, er muss wissen, wie die Regeln sind.
Frau Norden sagt zwar nicht, dass es keine Regeln gibt, aber sie weigert sich, irgendwelche Regeln bekannt zu geben. Das verunsichert jetzt auch den mit den Cowboystiefeln. Er will nicht gegen die Regeln verstoßen, weil er als Therapeut anerkannt werden will. Er braucht seinen Schein, das sei ihm wichtig, sagt er.
Ja, wenn ihm das wichtig sei, dann dürfe er nicht gegen die Regeln verstoßen, meint Frau Norden sibyllinisch.
Aber wie kann er sicher sein, dass er nicht gegen die Regeln verstößt, wenn er die Regeln nicht kennt? Der mit den Cowboystiefeln ist jetzt gar kein Westernheld mehr. Er irrt in einem kafkaesken Labyrinth umher und beharrt verzweifelt darauf, dass man doch den Rahmen kennen müsse. Jedes Bild brauche einen Rahmen!
Ja, ein Rahmen sei etwas Nettes, bekommt er zur Antwort. Ein Rahmen gebe Halt.
Die Kecke blickt den verlorenen Cowboy spöttisch an und sagt: »Manchmal gibt es sehr kleine Bilder in einem sehr großen Rahmen.«
Und dann steuert die mit dem Dutt noch eine Geschichte über Rousseau bei. Er sei nicht nur Maler, sondern auch Lehrer gewesen. Anfängerbilder habe er in wunderschöne goldene Rahmen getan, um die Kinder zu ermutigen. Die avancierteren Bilder hätten mit kärglichen Rahmen auskommen müssen und die ganz ausgereiften hätten gar keinen mehr bekommen.
In dem Schweigen, das dieser Aussage folgt, fällt mir die Schleife auf, mit der sie ihren Dutt verziert hat. Es ist nicht nur eine Schleife, sie hat auch kleine Plastikfühler. Dazu trägt sie Shorts über schwarzen Nylonstrümpfen. Ich vermute, dass sie das sexy findet. Auf den Schuhen hat sie dann wieder Kinderschleifchen. Dadurch sieht ihr vierzigjähriger Kopf nicht jünger aus.
Wer im Glashaus sitzt, soll nicht mit Steinen werfen. Ich sehe

auch merkwürdig aus. Lauter Teeniesachen habe ich mir in letzter Zeit gekauft. Turnschuhe, karierte Flanellblusen und Kapuzenjacken.
Gestern bin ich mit Babette an einem Schaufenster vorbeigekommen und habe ein Kostüm mit engem kurzen Rock betrachtet. »Das würde dir stehen«, meinte Babette. Aber ich habe gleich abgewehrt. Ich trage überhaupt keine Röcke mehr und enge schon gar nicht. Kurze Röcke sind die Domäne der Liebhaberin meines Mannes. Ich habe keine Lust dazu, Männer mit so durchschaubaren Tricks zu becircen. Ich möchte auch in Jogginghosen geliebt werden.
Jetzt habe ich beinahe etwas verpasst. Das ist ja unerhört. Wie kommt die Schüchterne dazu, dem Neuen zu sagen, dass er bei ihr Unbehagen hervorruft? Sie komme sich jetzt auch ganz schrecklich vor, fügt sie abmildernd hinzu, aber es sei zurzeit ein wichtiges Thema für sie, die Ablehnung von Leuten, die nicht passen. Darum wolle sie das thematisieren.
»Wenn Nicht-Passen für Sie etwas ganz Schlimmes ist«, sagt Frau Norden, »dann war es wirklich sehr mutig von Ihnen, dass Sie Herrn Verstraten gesagt haben, dass er in Ihren Augen nicht passt.«
Herr Verstraten beruhigt die Schüchterne mit väterlich nachsichtigem Ton: Er habe das nicht als schlimm empfunden, es habe ihn nicht getroffen.
»Schade, dann können Sie es nicht bearbeiten«, sagt Frau Norden und erntet Gelächter.
Da sagt der verblüffte Herr Verstraten ganz schnell viel Allgemeines. Er türmt Worthülse auf Worthülse, um seine Verwirrung dahinter zu verstecken. Als seine Mauer fertig ist, guckt er erwartungsvoll in die Runde. Aber die Zustimmung bleibt aus.
»Ich mag keine einfachen Antworten«, sagt die Schüchterne.
Das möchte ich genauer wissen. Ich frage sie, was sie damit meint.
Sie könne es nicht richtig ausdrücken, sagt sie, es sei so etwas wie ein Loch, das sie spüre, wenn etwas nicht stimme.
Ich finde, sie kann es sehr gut ausdrücken, und sehe ein kleines Mädchen vor mir, das immer abzurutschen droht in dieses Loch.

Es sucht panisch nach einem Halt, aber die Fassade ist spiegelglatt, nichts wo sie einhaken könnte. »Ihr seid langweilig«, sagt da das Mädchen in seiner Hilflosigkeit. Und damit ist sie fein raus. Was langweilig ist, lohnt sich nicht anzugucken. So sind die anderen die Dummen.
Frau Norden fordert nun Herrn Verstraten auf, der Gruppe zu sagen, weshalb er da sei. Wir erfahren, dass er Eheschwierigkeiten hat. Seine Frau will ihn verlassen. Es ist dieselbe, mit der er in seinem angeblich so geglückten Urlaub war.

Ich bin froh, dass ich schon bald wieder meine Koffer packen kann.
Ich gebe den Ameisen noch eine Abschiedsportion Gift und fahre wieder nach Berlin, um den Film zu schneiden.

Vollmond

Diesmal wohne ich nicht mehr in der Villa in Wannsee, sondern in Kreuzberg, in einer verkehrsberuhigten Straße. Bevor ich sie finde, irre ich durch ein Stück früheren Osten, ohne es zu merken. Nur die dünneren Buchstaben der Straßenschilder weisen noch darauf hin, dass hier einmal eine andere Welt war. In den Straßen mit den dünnen Buchstaben sind dieselben türkischen Kopftuchfrauen und kriminell aussehenden deutschen Männer wie in den Straßen mit fetten Buchstaben. Ich fahre an einem ausgeweideten Sofa vorbei und an wild deponierter Altkleidung. Meine Straße hat ein Schild mit fetten Buchstaben und ist begrünt. Die Wohnung liegt im feinen Kreuzberg, da, wo alternative Lehrer Boccia spielen.
Der Schlüssel passt. Katja hat ihn mir gegeben, bevor sie zu Dreharbeiten nach London fuhr. Katja hat mir ihr Zimmer untervermietet und erzählt, dass die WG sich mehr oder weniger aufgelöst hat. Nur Serda werde möglicherweise noch sporadisch auftauchen.
Als ich ankomme, ist die Wohnung leer. Es gibt vier Zimmer. In einem steht Gerümpel, ein anderes beherbergt einen aufgerollten

Teppich und eine an die Wand gelehnte Matratze. Ein Zimmer verfügt über ein benutzt aussehendes Bett und eine Stereoanlage. Das vierte schließlich sieht richtig bewohnt aus. Vertrocknete Rosen stecken am Spiegel, daneben ist Modeschmuck an die Wand gepinnt. Neben einem Filmplakat sind Polaroids aufgereiht. Auf einem davon erkenne ich Katja. Hier also werde ich die nächsten drei Wochen leben. Ich stelle meinen Computer auf Katjas Schreibtisch und suche die Steckdose. Es macht »Ping«, als mein Mac zum Leben erwacht und mich in der Fremde willkommen heißt. Gut. Dann kann ich ihn wieder ausschalten.
Es gibt keinen Schrank im Zimmer. Ich mache mich auf die Suche. Im Flur blinken zwei Anrufbeantworter, aber einen Schrank scheint es in der Wohnung nicht zu geben. In der Abstellkammer hängt über zusammengefalteten Umzugskisten ein Kleiderbügel. Das System übernehme ich. Unterhosen und T-Shirts lasse ich im Koffer. Im Kühlschrank finde ich ein Stück angebrochenen Käse und zwei Joghurts. Die gehören vermutlich zu Serda. Die Dusche gibt warmes Wasser ab. Ich ziehe mir etwas Frisches an und trage meinen Hunger in die lässig gestylte Eckkneipe.
Verwaschen aufgetragenes Ocker an den Wänden, ein Kellner, der mit Baskenmütze bedient, sich Läufer nennt und seine Klientel duzt. Hier kann ich mich beruhigt niederlassen. Hierher verirrt sich kein Skinhead, kein Hooligan und kein Zuhälter. Drei Sätze mit den Tischnachbarinnen reichen aus, mich vom Fremdkörper in eine irgendwie Dazugehörige zu verwandeln. Ich kann meine Sicherheitszeitung weglegen und mich umgucken. Die beiden Frauen neben mir sind mit einer lesbischen Beziehungsproblematik beschäftigt. Unklar bleibt, ob die eine das neue Verhältnis der anderen ist oder ob sie nur die unbeteiligte Zuhörerin ihrer Trennungsgeschichte ist. Eine Erotik, welcher Art auch immer, vermittelt sich mir nicht.
Das ist bei dem Heteropaar, das ich halb verdeckt von einem Mauervorsprung sehe, anders. Vielleicht liegt es am Reiz des Bildausschnitts oder daran, dass beide so jung sind. Er hat Hände, deren Feinnervigkeit durch den Baudreck, der an ihnen klebt, noch betont wird. Nun entzieht er ihr seine Hand und streicht sich durch die eigenen Locken. Dann verschwindet sein Kopf hinter

der Mauer. Anscheinend kann er es sich leisten, passiv zu sein. Der attraktive Riss in seinen farbbesprenkelten Jeans macht das wett. Die blonde Frau mit dem zielstrebigen Gesichtsausdruck redet auf ihn ein, während sie mit ihrem Finger von seinem Knie aufwärts fährt bis zu diesem Loch über seinem Oberschenkel. Dort hält sie inne und zupft gedankenverloren an seiner Beinbehaarung, bis er sich wieder vorlehnt.
Dann gibt es noch eine Dreiergruppe: Ein Dicker mit ergrautem Bart umschwänzelt eine junge Dunkelhaarige, während sein hagerer Freund demonstrativ gelangweilt in einer Zeitung blättert. Fragt sich, wer den besseren Part hat, der, der aussichtslos spielt, oder der, der gar nicht erst antritt. Die junge Dunkelhaarige sieht so aus, als wüsste sie genau, warum und wieweit sie flirtet. Der Sugardaddy ist hochrot im Gesicht vor lauter Wünschen und Möglichkeiten. Aber am Ende ist er wahrscheinlich froh, wenn die Realitätsprobe ausfällt, so kurzatmig, wie er ist. Bei Männern im mittleren Alter lässt die Produktion der aggressiven männlichen Hormone nach. Bei Frauen im mittleren Alter dagegen steigt sie an. Rein physiologisch gesehen könnte das Modell ältere Frau und junger Mann besser funktionieren als das Sugardaddyprinzip. Aber es ist so geächtet, dass es noch nicht einmal einen gängigen Begriff dafür gibt. Ich bestelle mir noch ein Glas Rotwein.

Als ich zurückkomme in meine vorübergehende Bleibe, tönt mir sanfter Jazz entgegen. Ich ziehe meinen Satinpyjama an, lege mein Handtuch über die Schulter und gehe in Richtung Bad, um mir die Zähne zu putzen. Mein Weg führt an der halb offenen Zimmertür vorbei, aus der die Musik klingt. Ich sehe lange schwarze Locken über dem Kissen und will mich nicht einfach vorbeischleichen. So sage ich beiläufig »Hi«, und warte, ob eine Reaktion erfolgt.
»Hi«, antwortet es. Die schwarzen Locken kommen ebenso in Bewegung wie die Bettdecke, die nun einen nackten Oberkörper freilässt.
»Ich bin Serda.«
»Hallo.«
Wo kommt denn der Frosch in meinem Hals auf einmal her?
»Carola?«

Ich nicke. Jetzt bleibt mir auch noch die Stimme weg. Das ist ja wohl albern.

»Ja«, sage ich etwas forciert. »Tag.«

»Tag ist gut«, grinst er, und dann, weil ich ihn immer noch verblüfft anstarre, sieht er an sich herunter und fragt: »Ist was?«

Da muss ich lachen.

»Nein, nur dass ich gedacht habe, Serda wäre eine Frau.«

Er erzählt dann irgendetwas über seinen Namen, aber ich höre gar nicht richtig zu. Ich bin abgelenkt. Serda ist nicht nur keine Frau, sondern schön wie ein griechischer Gott und er weiß es. Ein Narziss. Ich spüre, dass er meinen Blick genießt. Er mustert mich ziemlich unverblümt. Das macht mir nichts. Ich weiß, dass ich zumindest in dieser Beleuchtung noch ganz gut aussehe. Er hat ein verdammt attraktives Lächeln. Wahrscheinlich spielt er mit der Macht, die er über Frauen hat. Ich sollte jetzt ins Bad gehen.

»Magst du die Musik nicht? Ich kann sie auch leiser stellen.«

Er muss die Distanz gespürt haben, die ich gerade aufbauen wollte.

»Nein, nein. Ich liebe solchen Jazz.«

Jetzt will ich keine Distanz mehr. Jetzt will ich einfach hier stehen bleiben in diesem Türrahmen, die Töne ein Netz weben lassen und diesen fremden jungen Mann betrachten. Es scheint ihm nichts auszumachen, dass keiner redet und auch sonst nichts passiert. Er sitzt einfach auf seiner Matratze, als wäre das genug. Irgendwo muss es einen Baum geben. An der Wand über seinem Kopf wiegen sich Blätterschatten aus der Unschärfe in die Schärfe und wieder zurück. Er folgt meinem Blick, fängt ein paar Schatten mit der Hand und lässt sie wieder frei, als sei das ein Zaubertrick.

»Vollmond«, sagt er.

»Haben wir Vollmond?«, frage ich.

»Ich habe immer Vollmond.«

Will er mich auf den Arm nehmen?

»Glaubst du mir nicht? Komm her, dann kannst du ihn sehen.«

»Wo?«

Er greift meine Hand und zieht mich näher.

»Na, da.«

Er zeigt auf die Straßenlaterne vor seinem Fenster. Oh, bin ich

dumm! Oder langsam oder müde oder betrunken oder alles gleichzeitig. Irgendwie in dem Gelächter muss es passiert sein, dass ich vom Stehen ins Sitzen gekommen bin und mich neben ihm wiederfinde. Plötzlich bin ich verlegen. Ich rutsche an den äußeren Rand des Kissens, sodass Raum bleibt zwischen uns.
»Willst du nicht?«
»Ich weiß nicht. Wir kennen uns gar nicht.«
»Das ist ja das Schöne.«
Dem habe ich nichts entgegenzusetzen, ebenso wenig wie seiner sanften und bestimmten Art, mich anzufassen, erst über dem Satin, dann unter dem Satin. Und dann liegt der Satin neben der Matratze und es gibt nur noch die Haut. Als ich seinen glatten Körper erkunde, bin ich sicher, dass es doch der Vollmond ist und nicht die Straßenlaterne, die ihn bescheint. Als es heftiger wird, flackert eine Warnlampe in meinem Hirn. Bei so einem gibt es wirklich ein Aidsrisiko, du solltest dich vorsehen, sagt mein kleiner Aufpasser. Aber da rollt er sich zur Seite und ich sehe erleichtert, warum es diese Pause gibt. Ich muss nicht aufpassen, das übernimmt er selber. Er tut es mit derselben Selbstverständlichkeit wie alles Übrige. Das ist wundervoll, das ist ein Naturereignis, das ist wie Tropenregen und Mittelmeerwellen zu gleicher Zeit. Das befragt man nicht, Carola, das genießt man einfach. Da lässt man sich hineinfallen mit der ganzen angestauten Sehnsucht von Monaten.

Als ich am nächsten Morgen aus dem Haus muss, schläft er noch.
Als ich wiederkomme, ist er weg. Das ist gut so, ich hatte ein bisschen Angst davor, ihn wieder zu treffen. Ich ertappe mich dabei, dass ich vor mich hinträllere, als ich meine Einkäufe im Kühlschrank verstaue. Ich finde eine Pfanne, in der ich mir ein Spiegelei mit Schinken brate, finde den Klassiksender im Radio, breite die Zeitung auf dem Küchentisch aus und genieße mein temporäres Zuhause.
Die Arbeit geht gut vonstatten. Anfangs freue ich mich noch auf diese kleine Spannung, was wohl sein wird, wenn ich in die Wohnung zurückkomme. Manchmal gibt es Anzeichen dafür, dass er da war. Ein angebrochenes Joghurt, das am Morgen noch ver-

schlossen war, oder ein neues Duschgel im Bad. Aber wir treffen uns eine ganze Woche lang nicht. Unsere Zeiten scheinen sehr unterschiedlich zu sein.
Einmal komme ich aus dem Kino, da ist seine Zimmertür zu. Ich verhalte mich leise, um ihn nicht zu wecken. Am nächsten Morgen höre ich ihn ins Bad gehen. Da gebe ich noch etwas Kaffee zu und fülle Wasser nach. So wird es genug Kaffee für uns beide geben, ohne dass es so aussieht, als hätte ich Frühstück für ihn gemacht. Eine zweite Tasse stelle ich nicht auf den Frühstückstisch. Er gähnt noch, als er in die Tür schlumpft.
»Wenn du Kaffee willst, ist genug da«, sage ich.
»Hm, gut.«
Er nimmt sich einen Becher aus dem Regal, gießt zuerst die Milch hinein, schüttet den Kaffee drüber und trinkt, den Becher mit beiden Händen umfassend. Dann setzt er die Ellbogen auf und sieht mich über den Becherrand an.
»Wie geht's?«
»Danke«, sage ich.
Wenn er seine Augen voll aufdreht, spüre ich das direkt im Bauch.
»War ziemlich gut neulich«, sagt er.
»Ja«, sage ich und gucke auf die Uhr. »Ich muss los. Bist du die Tage noch mal da?«
»Nur noch morgen.«
»Ah, nur noch morgen.«
Ja, da kommt er seine Matratze und die Stereoanlage abholen. Die Wohnung in Prenzelberg ist soweit fertig. Wahrscheinlich gibt es am Samstag eine Art Einweihungsfete.
»Da kannst du vorbeikommen, wenn du Lust hast.«
»Ja, danke«, sage ich und frage nicht nach der Adresse.
Die Aussicht, als einzige Ältere zwischen lauter Zwanzigjährigen zu sitzen, gefällt mir nicht.

Die Cutterin ist zufrieden. Auch gelegentliche Schneideraumgäste mögen den Kinderfilm und lachen an den richtigen Stellen. Der Komponist ist begeistert und sogar die Autorin sagt, es sei zwar ein bisschen anders, als sie es sich vorgestellt habe, aber es gefalle ihr.

Eigentlich könnte ich der Abnahme mit Zuversicht entgegenblicken, aber ich fürchte mich vor dem Wiedersehen mit Walter. Ich habe ihm das Wort von der Altlast nicht verziehen. Wie soll ich nun mit ihm umgehen? Was mache ich mit meinem Hass? Nein, nein, ich hasse ihn nicht, ich habe ihn ja nicht geliebt. Hermann könnte ich hassen. Aber nicht einmal das gelingt mir.

Hier geht es nicht um Liebe, hier geht es auch nicht um Freundschaft, hier geht es um Arbeit. Ich werde mich in Sachlichkeit üben. Ich will auch im nächsten Jahr wieder einen Kinderfilm machen, also werde ich cool bleiben und mich taktisch geschickt verhalten. So gesehen habe ich natürlich schon wieder einen Fehler gemacht. Walter wollte gar nicht nach Berlin kommen. Er wollte, dass ich alle Filmbüchsen unter den Arm nehme und damit nach Hamburg fliege. Der Produzent fand das nicht nur ungewohnt, sondern auch unangenehm, denn den Flug für die Regisseurin muss er selber bezahlen. Den Flug für den Redakteur dagegen bezahlt der Sender. Aber der Produzent hat nichts gesagt. Er ist klüger als ich. Ich habe etwas gesagt. Ich fand, die Cutterin müsste bei der Abnahme dabei sein, und habe mich mit dieser Meinung durchgesetzt. Taktisch war das nicht besonders geschickt. Nun hat Walter die Unbequemlichkeit und wird schon mit schlechter Laune ankommen. Ich muss mich darauf einstellen, dass er etwas zu bemängeln hat. Er muss sowieso etwas zu bemängeln haben, sonst hätte er gar nicht zu kommen brauchen. Ich verabrede mit der Cutterin ein paar Sollbruchstellen und eine Stelle, die wir ihm zur Entscheidung vorlegen wollen.

Die Begrüßungsumarmung ist ein bisschen luftiger als sonst, unterminiert von beiderseitiger Vorsicht. Und dann sitzt Walter mit eisernem Gesicht vor dem Monitor. Wo andere gelacht haben, verzieht er keine Miene. Er mag meine elfjährige Hauptdarstellerin

nicht. Ich verteidige sie, sage, andere seien durchaus angetan von ihrem spröden Charme …
Ein warnender Blick der Cutterin bremst mich. Danke, ich wollte mich ja taktisch verhalten. Also stellen wir nun erst einmal die Sollbruchstellen zur Debatte. Walter taut ein bisschen auf. Er hat einen Vorschlag, den wir ausprobieren. Es wird eine Szene umgesetzt und eine andere gekürzt. Da weiß man doch, wozu die Cutterin dabei ist. Der Vorschlag funktioniert. Alle sind glücklich. Es ist beinahe wie früher. Man arbeitet konstruktiv, man kann sich verständigen. Doch als nach getaner Arbeit, wie üblich, die Rede auf das Projekt vom nächsten Jahr kommt, weicht Walter aus. Möglicherweise werde der Etat gekürzt. Unausgesprochen schwingt mit, dass es dann kein Projekt mehr für mich geben wird. Schleichendes Gift.
Ich habe nur an meine Gefühle gedacht. Aber er hat ja auch welche und die habe ich wahrscheinlich schon im vorigen Jahr bei dieser Tagung verletzt. Vielleicht ist ihm das mit der Altlast überhaupt nur entfahren, weil ich ihn damals an die Wand gespielt habe. Ich hatte die besseren Argumente und habe ihn gezwungen, seine Meinung zu revidieren. Es hat mir sogar Spaß gemacht. Das rächt sich nun. Die anderen waren froh, dass ich mich zu ihrem Sprachrohr machte, und haben sich bedeckt gehalten. Nur ein Kollege hat sich ähnlich nachdrücklich geäußert wie ich. Der hat seitdem auch Probleme mit ihm. Aber wenn ich das jetzt zur Sprache bringe, wird er jeden Zusammenhang abstreiten.
Außerdem wollte ich ja nicht mehr als Kohlhaasverschnitt durch die Gegend rasen und auf irgendwelchen Rechten bestehen, die ich bei Lichte besehen noch nicht einmal habe. Die Kinderfilme sind zwar seit Jahren ein Fixposten in meiner freiberuflichen Kalkulation, aber ein Recht ist daraus natürlich nicht abzuleiten. Abgesehen davon habe ich in der Auseinandersetzung mit Hermann gelernt, dass es nichts nützt, im Recht zu sein.
Aber ich habe auch gelernt, dass das, was man nicht sagt, ein schleichendes Gift freisetzt. Wenn ich das weiß, warum erkundige ich mich jetzt trotzdem freundlich nach dem Urlaub von Walter, anstatt zu fragen, warum die tariflich vorgesehenen anteiligen Urlaubstage in meinem Vertrag gestrichen wurden?

Wenn ich es recht betrachte, habe ich eine Menge Dinge gelernt, die mir erstens nichts nützen und die ich zweitens nicht anwenden kann. Das Leben ist eine einzige nie enden wollende Klippschule, in der ich zu allem Überfluss auch noch sitzen bleibe.

Trauer

Am Abend steht ein Treffen mit Don an. Die Ankunft seiner Frau hat sich erneut verzögert. Er hat noch immer keine Wohnung gefunden. Er hütet nun das Appartement seines Freundes, der für zwei Monate im Ausland ist. Ich habe vorgeschlagen, dass wir uns in einem Restaurant treffen. Aber er wollte lieber kochen.

»Lass mir die Illusion von ein bisschen Kreativität.«

»Gern«, habe ich gesagt.

Nun sitze ich im Auto vor dem Haus und kann mich nicht dazu bringen auszusteigen. Der Tag hat mich müde gemacht, viel zu müde für ein kompliziertes Tete-a-tete. Andererseits, vielleicht ist diese Müdigkeit eine günstige Ausgangslage für einen Abend, von dem ich nicht weiß, was ich damit will. Dieser Gedanke gibt mir gerade so viel Antrieb, dass ich das Auto verlassen, abschließen und klingeln kann.

Wir begrüßen uns beiläufig wie alte Freunde. Er macht sich weiter am Herd zu schaffen und ich habe Zeit, mich umzusehen. Es ist ein warmer Raum mit ausgesuchten Möbelstücken auf hellem Teppich. Ein Ensemble von Steinen in einer Ecke, eine Pflanze in einer anderen.

»In welchem Ausland ist dein Freund?«

»In Japan.«

»Kann ich dir helfen?«

Ich darf den Salat waschen, während Don mit dickem Finger unter die Hähnchenhaut fährt und sie lockert, um eine Paste aus Butter, Knoblauch und Petersilie hineinzustecken. Das sieht obszön aus. Es würde ihm sicher gefallen, wenn ich eine Bemerkung dazu machte, aber dazu bin ich nicht in der Stimmung. Lieber fange ich mal mit ein bisschen Ehrlichkeit an und erzähle, dass ich von mei-

nem Mann getrennt lebe. Das bringt ihn dazu, von seiner Frau zu reden. Er macht sich Sorgen darum, wie es ihr wohl in Deutschland ergehen wird. Sie kann die Sprache nicht.
»Kommt sie darum erst später?«
Nein, sie hat sich den Arm gebrochen.
Das kann so zufällig nicht gewesen sein, denke ich und meine, es sei wohl nicht der Umzug seiner Frau.
»Sie hat zugestimmt«, antwortet er.
»Ich vermute, du hast ihr keine Wahl gelassen.«
»Doch«, sagt er ertappt mit einem Grinsen, »Nigeria oder Deutschland.«
»Sonst wärst du nach Nigeria gegangen?«
Ja, das hätte ihn auch gereizt. Es sei zwar hoffnungslos, aber doch eine Erfahrung wert zu begreifen, warum Bürokratie in Afrika so hoffnungslos sei.
Gott, diese Macher, die die Welt unter sich aufteilen.
Ich stelle den geschleuderten Salat auf die Anrichte. Don sieht mich prüfend an.
»Du bist müde?«
»Ich bin nicht so gut drauf.«
»Erzähle, du kannst Onkel Donatus alles anvertrauen.«
In seinen Augen lauert die Hoffnung auf eine anregende Geschichte. Nein, diesen Wunsch werde ich jetzt nicht bedienen, ich werde ihm die Geschichte von Serda nicht zum Fraß vorwerfen.
»Das kannst du gut, die Rolle von Onkel Don?«
Er gibt zu, dass er gerne unverbindlich zu Gast ist im Leben von anderen. Da könne er dann ohne Probleme auch wieder zurücktreten.
Dagegen ist nichts zu sagen. Außer vielleicht, dass ich mich heute so durcheinander fühle, dass ich lieber einen hätte, der gut festhalten, statt gut zurücktreten kann.
Ich kann nicht mehr helfen. Ich darf mich aufs Sofa legen, bis das Essen fertig ist. Auf dem Tisch liegt ein Band mit Heinegedichten. Ich schlage ihn beim Lesezeichen auf.

Ich halte ihr die Augen zu
Und küss sie auf den Mund;
Nun lässt sie mich nicht mehr in Ruh,
Sie fragt mich um den Grund.

Von abend spät bis morgens fruh,
Sie fragt zu jeder Stund:
»Was hältst du mir die Augen zu,
Wenn du mir küsst den Mund?«

Ich blättere weiter.

Welcher Busen, Hals und Kehle!
Höher seh ich nicht genau.
Eh ich ihr mich anvertrau,
Gott empfehl ich meine Seele.

Ich knalle das Buch zu und lege es zurück auf den Tisch.
»Gefällt dir der Heine nicht?«
»Erst deckt er der einen Frau die Augen zu, dann blendet er bei der anderen gleich den ganzen Kopf aus. Ich finde ihn ziemlich chauvinistisch.«
Donatus lacht. Er findet Heine romantisch. Aber ich will jetzt weder diskutieren noch weiter Gedichte lesen. Ich überlasse mich der angenehmen Mischung von Dave Brubeck und Töpfeklappern. Dazu betrachte ich den geschäftigen Rücken von Don. Wie kommt man einander nahe, wenn man einander gar nicht nahe kommen will? Ich will mich nicht in sein Leben mischen. Auch von seiner Seite aus sind Konfusionen nicht beabsichtigt. Warum bin ich gekommen?

Bei der Vorspeise redet er über Tagungen, die deshalb so beliebt seien, weil sie nicht in eine Ehe eingreifen, sondern sie bereichern. Ja, wenn es noch eine Ehe gibt, die bereichert werden könnte. Aber in meine Ehe ist längst eingegriffen worden, und auf einer Tagung bin ich auch nicht. Da erzähle ich besser etwas von meinem Film. Und dann gibt er ein paar Geschichten aus seinem Beruf

zum Besten. Eine davon kenne ich bereits. Mein Gott, jetzt schon?
Ich sage, dass mir die Wohnung gefällt. Daraufhin berichtet Don, dass sein Freund nicht mehr mit der Dame zusammen ist, die ich im Sommer kennen gelernt habe. Das wundert mich nicht.
Wir tragen das benutzte Geschirr zur Spüle. Unterwegs bleibt mein Blick an einem Buchrücken hängen, den ich kenne. Es ist das Buch, das Elgin mir geschickt hat. Richtig, er war ja ein Freund des Hausherrn. Es ist nicht weiter überraschend, dass ich seinem Buch hier begegne. Viel überraschender war, dass ich seine Todesanzeige gesehen habe. Normalerweise überblättere ich die Seiten mit den Todesanzeigen, ohne hinzuschauen. Aber sein Name hat mich förmlich angesprungen.
»Was zu dir kommen soll, das kommt zu dir«, hat Maren gesagt, als ich ihr das erzählte. Wenn sowieso alles nur so passiert, wie es passieren soll, warum gibt man sich dann überhaupt noch Mühe?
Don schnipst mit den Fingern vor meinen Augen und möchte wissen, in welcher Welt der Betrübnis ich mich gerade aufhalte. Ich sage etwas über die Krankheit meines Exmannes und äußere die Vermutung, dass ich meinen Mann verloren hätte, weil ich ihn nicht verlieren wollte. Weil er das nicht gleich versteht, füge ich hinzu, ich hätte angefangen, auf seine Diät aufzupassen. Don behauptet, dass diese ganze Cholesterinhysterie unsinnig sei, das sei inzwischen erwiesen. Er ist auch so ein Typ, denke ich, als er sich Sahne in den Kaffee gießt. Bestimmt hat der Arzt ihm auch schon gesagt hat, dass er besser mit Distelöl als mit Butter kochen würde. Es tangiert mich nicht. Habe ich etwas gelernt oder ist es Desinteresse?
Warum erzählt er mir jetzt die Geschichte von einem Freund, der nach einer Hirnveränderung zum Pflegefall wurde und dessen Frau ihn bewundernswerterweise nicht verlassen hat? Soll das ein versteckter Vorwurf sein? Aber mein Mann ist weder ein Pflegefall, noch leidet er unter einer Hirnveränderung, er hat sich lediglich eine andere Frau zugelegt.
Es ist stickig hier drin. Mal sehn, was für einen Blick man von der Terrasse hat. Man sieht einen Kanal und Hochhäuser. Nun ja. Don tritt neben mich und knetet mir den Rücken.

»Einer deiner verpassten Berufe«, sage ich, »Masseur.«
Er habe im Alter von siebzehn entdeckt, dass das gut ankomme bei den Damen. Und dann setzt er mit leiser Selbstironie hinzu, dass man ja nicht alles verlerne. Da lächele ich auch und wir sehen uns zum ersten Mal richtig an.
Plötzlich ist alles möglich. Aber ist es möglich?
»Wenn man nicht genau weiß, was man will, dann sollte man es wahrscheinlich lassen«, sage ich.
»Ich bin in dem Punkt pflegeleichter als du.«
»Ja, vielleicht.«
»Willst du nach Hause?«
Ja, ich will nach Hause. Und er möchte mir zum Abschied noch ein Heinegedicht vorlesen, das garantiert nicht chauvinistisch ist.

Wir standen an der Straßeneck
Wohl über eine Stunde;
Wir sprachen voller Zärtlichkeit
Von unsrem Seelenbunde.

Wir sagten uns vielhundertmal,
Dass wir einander lieben;
Wir standen an der Straßeneck,
Und sind da stehn geblieben.

Die Göttin der Gelegenheit,
Wie'n Zöfchen flink und heiter,
Kam sie vorbei und sah uns stehn,
Und lachend ging sie weiter.

»Hübsch«, sage ich.
Als er mir in den Mantel hilft, behauptet er, meine Gesellschaft sei ihm wie immer ein Vergnügen gewesen. Und sein Essen wie immer ein Genuss, kontere ich. Beim Abschiedskuss am Auto werden mir die Knie weich. Aber das ist wahrscheinlich die Müdigkeit.
Wir verabreden uns nicht. Das ist gut so. Nur, wie verhindere ich, dass ich traurig bin? Vielleicht muss ich es auch nicht verhindern. Vielleicht gehört die Trauer mehr zu mir als die Freude. Vor langer

Zeit, noch vor Hermann, hatte ich einen Freund, der mir auch Gedichte vorgelesen hat. Er hat mir Yeats nahe gebracht und seinen Lieblingsvers auf eine Karte gemalt: ›He had an abiding sense of tragedy which sustained him during temporary periods of joy.‹

Meine Parkplatzsuchrunde in Kreuzberg endet vor dem grell beleuchteten Schaufenster einer türkischen Versicherung. Das darin ausgestellte Ensemble fasziniert mich. Vor der Spitzengardine steht eine ausgestopfte Hyäne, deren Leib mehrfach von einer Schlange umwunden ist. Ganz offensichtlich ist die Hyäne von der Schlange stranguliert worden. Aber dann sehe ich, dass die Hyäne gleichzeitig der Schlange den Kopf abbeißt. So überlebt keiner. Beide haben sich ineinander verclincht bis zum tödlichen Ende.

»Hast du Lust auf eine Runde Tarot?«, fragt Maren zwei Tage später.

Ich habe. Ich bin in letzter Zeit anfällig für solcherlei Zeitvertreib. Maren mischt, ich mische, dann nimmt sie die Karten wieder an sich und fordert mich auf, in mich hineinzuhorchen, um eine Frage zu finden. Maren hält wenig von herkömmlichen Legesystemen. Sie nennt ihr System ›intuitives Tarot‹ und behauptet, es sei eine Art telekinetischer Faxkontakt mit dem Unbewussten.

Ich horche in mich hinein und meine, ich würde gerne wissen, ob ich überhaupt noch zur Liebe fähig sei. Maren findet das etwas zu komplex und schlägt vor, das Thema in mehrere Fragen aufzuteilen. Ich soll zuerst die Karten mit der linken, also mit der Herzhand im Halbkreis vor mir ausbreiten und mich dann beim ersten Kartenziehen auf die Frage konzentrieren: Wo stehe ich jetzt?

Die erste Faxbotschaft meines Unbewussten ist ziemlich bunt und kämpferisch. Ich sehe einen wild bewegten Himmel, vor dem ein junger Mann mit drei Schwertern steht. Er sieht ein bisschen verdutzt aus. Der Kampf scheint schon vorbei zu sein. Die Kontrahenten haben ihre Schwerter liegen gelassen und sind weggegangen, in Richtung Meer. Ganz klein in der Entfernung ist eine Frau zu sehen. Sie scheint zu weinen, während der Mann im Vordergrund fröhlich sein Jackett über die Schulter wirft und in eine andere Richtung geht.

»Mit welcher Figur identifizierst du dich?«, fragt Maren.
Ich weiß es nicht genau, ein bisschen mit diesem Spontikrieger, aber auch mit der weinenden Frau, die da so abgewandt am Meer steht.
»Was bedeutet das Meer?«, frage ich.
»Wasser steht immer für Gefühl«, sagt Maren. »Was möchtest du jetzt fragen?«
»Ich würde gerne wissen, wie meine wirklichen Gefühle für Hermann sind.«
Ich ziehe eine weitere Karte.
»Was siehst du?«
Mir fällt das zwiespältige Licht auf. Sonne und Mond stehen gleichzeitig am Himmel, dessen Blau zu dunkel ist für den Tag und zu hell für die Nacht. Dass meine Gefühle für Hermann zwiespältig sind, wusste ich auch ohne diese Karte.
»Was fällt dir zu den acht Kelchen im Vordergrund ein?«, fragt Maren.
»Die stehen da wie eine Barrikade«, sage ich und will wissen, was Kelche bedeuten.
»Kelche haben mit Flüssigkeit zu tun und stehen deshalb auch für Gefühl, umgefallene Kelche deuten auf vergangene Gefühle.«
Aber die Kelche auf meiner Karte stehen alle aufrecht. Es wäre mir lieber, sie wären umgefallen. Und diese provozierende rote Gestalt, die da in den Hintergrund abhaut, die gefällt mir auch nicht.
Es scheine so zu sein, dass ich noch nicht durch sei mit Hermann, meint Maren und schlägt vor zu fragen, was für eine Qualität diese Liebe hatte. Also eine Karte für die Qualität meiner Liebe mit Hermann.
Ich sehe einen kräftigen, schönen Mann, der mit roten Schuhen und roter Mütze vor sonnigem Hintergrund tanzt. Ja, in den könnte ich mich jederzeit wieder verlieben.
Maren macht mich darauf aufmerksam, dass es bei aller Farbenpracht keine Liebessymbole auf dieser Karte gibt. Der Mann hält fünf Schwerter in der Hand, die haben mit dem Verstand zu tun, nicht mit Gefühl. Plötzlich fällt mir der selbstverliebte Blick des tanzenden Mannes auf. Er feiert nur sich selbst und scheint sich

nicht für andere zu interessieren. Trotzdem hat die Karte etwas ungeheuer Verlockendes für mich.
Ob ich auch die traditionelle Bedeutung der Karte wissen wolle. Ja, warum nicht. Maren zückt ein dickes Buch und grinst, als sie mir vorliest, was da steht: ›Der Nomade schleicht sich aus dem heimischen Dorf.‹
»Gut, das reicht«, sage ich, raffe die bunten Karten zusammen und stecke sie zurück ins Futteral. Erst Marens Blick macht mir bewusst, dass ich dabei seufze, als würde ich eine Schwerarbeit verrichten.
»Blödsinn, so Karten«, sage ich.

Das neue System

In meiner Kölner Wohnung leben keine Ameisen mehr. Auch sonst lebt nichts. Eine abgestandene Stille schlägt mir entgegen, als ich die Tür öffne. Ich jage sie zum Fenster hinaus, mache das Radio an und drehe die Heizung hoch. Meine Finger haben schon die ersten drei Ziffern von Hermanns Nummer gewählt, als ich mich zur Ordnung rufe. Ich weiß gar nicht, warum ich ihn anrufen will. Soll ich ihm von meinen halb garen Abenteuern erzählen oder gar von meinen beruflichen Schwierigkeiten?

Bleibt der Anrufbeantworter.
Als Erstes ist da der legendäre Anruf aus Hollywood. Ein deutsch klingender Produzent mit einer Telefonnummer in Los Angeles will wissen, ob ich vom siebzehnten Oktober an verfügbar bin. Das ist schon nächste Woche! Das kann nichts Ernsthaftes sein. Trotzdem rufe ich zurück und erfahre, dass man ein deutsches Fernsehspiel vorbereitet. – In Hollywood? – Ja, dort soll gedreht werden. Ich frage nach dem Sender. Den gibt es tatsächlich. Auch die Hauptbesetzung steht schon fest. Aber warum sucht man so kurzfristig nach einem Regisseur? Es habe gewisse Schwierigkeiten gegeben, heißt es vage. Ob ich mit einer englischen Crew arbeiten könne? Das wäre kein Problem, aber ich müsste ein Dreh-

buch lesen. Nun wird mein Gesprächspartner ausweichend, das sei nur eine erste Erkundigung, Anfang der Woche würde ich Näheres hören. Ich verstehe. Es ist einer von diesen Flächenabwürfen, bei denen zwanzig Leute gleichzeitig angefragt werden. Trotzdem blättere ich in meinem Kalender. Da sind keine Termine, die nicht abgesagt werden könnten. Amerika wäre jetzt Klasse. Ich sollte mir einen Laptop zulegen, damit ich gut ausgerüstet bin, für alle Fälle.

Zurück zum Anrufbeantworter. Lissie will mit mir ins Kino gehen. Gerne, wenn ich nicht nach Amerika fahre. Die Künstlersozialkasse bittet wegen einer Unklarheit um Rückruf. Das hat Zeit. Die Stuttgarter Autorin, mit der ich seit einiger Zeit zusammenarbeite, hat interessante Neuigkeiten, eine positive Senderreaktion. Der Redakteur, wiewohl männlich, interessiert sich für unseren emanzipatorischen Tüpfelhyänenstoff und will mit mir über die Finanzierbarkeit des Projektes reden.

Als Letztes ist mein Vater auf dem Anrufbeantworter. Er spricht nicht gerne mit der Maschine. Es rührt mich, dass er es trotzdem tut. Er beginnt mit einem verlegenen Räuspern, dann höre ich: »Melde dich doch mal, wenn du zurück bist.« Es folgt eine kleine Pause und dann ein militärisch knappes »Ende«. Er hat im Krieg eine Weile als Funker gearbeitet.

Ich müsste ihn mal wieder besuchen. Aber Langenfeld ohne Hermann, das kann ich mir noch nicht vorstellen. Telefonieren ist einfacher. Telefonieren mit meinem Vater ist angenehm unverfänglich, weil knapp. Er benutzt den Fernsprechapparat zur Übermittlung von Nachrichten. Man wirft sich in Kürzeln ein paar möglichst positiv gefärbte Informationsbrocken zu, um auf dem neuesten Stand zu sein. So weiß ich über ihn, dass die Medikamente gut angeschlagen haben, und er wiederum ist darüber informiert, dass Hermann und ich übereingekommen sind, unsere Finanzverhältnisse von Fachleuten klären zu lassen.

Ich melde mich zurück und erkundige mich, wie es ihm geht. Ich bekomme ein munteres »Gut« zur Antwort, das jede weitere Nachfrage ausschließt und im Übrigen nicht vermuten lässt, dass je die Rede von einer Diagnose Krebs war. Mein Vater freut sich, dass ich wieder in der Nähe bin, und möchte meine Hilfe bei einem konkreten, also lösbaren Problem. Die alten Familienfilme sind mürbe geworden. Bevor sie völlig zerfallen, möchte er sie mit einer Videokamera abgefilmt haben. Ich verspreche, mich zu erkundigen, wie man das machen kann.

Der Redakteur, der sich für die »Tüpfelhyäne« interessiert, hat leider nur Studioproduktionen zu vergeben. Dummerweise leben Tüpfelhyänen in Afrika oder in Tierparks, jedenfalls nicht in Fernsehstudios und das Budget des Dritten Programms lässt weder Außenaufnahmen noch digital eingespeiste Tüpfelhyänen zu. Da kann man nichts machen.

Dem Anruf aus Hollywood folgt kein Drehbuch, sondern ein freundlicher Absagebrief. Wenigstens habe ich einen Laptop gekauft. Der ist nicht nur handlich, der hat auch das neueste System. Leider führt der Versuch, ihn aufzuladen, zu einer Serie von Zwischenfällen. Um den dicken Akku in die Steckdose zu bekommen, muss ich einen Randplatz freimachen. Dabei verschwindet die Uhrzeit von meinem Videorecorder und die Programmierung einer Sendung, die ich aufzeichnen wollte. Der Versuch, die Uhr zu reinstallieren, scheitert ebenfalls. Die Jahreszahl wird zwar angenommen, aber beim Datum blockiert es. Ein Anruf bei meinem technisch begabten Bruder bringt mich auf die Spur. Mein Display spricht zwar Deutsch, hat aber die englische Eigenart übernommen, den Monat vor das Datum zu setzen. Das muss man wissen.

Gestärkt durch die nunmehr geglückte Eingabe der Uhrzeit auf dem Videorecorder, will ich mein erstes Dokument auf dem Laptop schreiben. Leider verweigert er mir die Öffnung und behauptet, seine Speicherkapazität sei erschöpft. Ich solle den Arbeitsspeicher aufrüsten. Das kann ja wohl nicht sein, dass mein gerade für sechstausend Mark gekauftes Gerät schon vom kleinsten Dokument überfordert ist. Ich rufe empört bei der Firma an und erfahre, dass ich persönlich mit dem Gerät vorbeikommen muss. Im Geschäft sagt man mir, das Problem sei kein Problem, sondern etwas Gutes. Das neue System sei viel leistungsstärker als das alte, deswegen schlucke es so viel Kapazität vom Arbeitsspeicher. Und den Arbeitsspeicher könne ich jederzeit aufrüsten. Ja soll ich etwa

mein neues Gerät aufrüsten, bevor ich es überhaupt benutzt habe!?
Das komme darauf an, was ich mit dem Computer machen wolle.
Ich will damit schreiben!
Nur schreiben? Dafür reiche es, die Kapazität von der Festplatte in den Arbeitsspeicher umzuleiten, werde ich beruhigt. Ich überhöre die leichte Herablassung und bedanke mich dafür, dass man die Umleitung für mich erledigen will.

Nun kann ich endlich schreiben. Aber als ich meine fünf Seiten ausdrucken will, druckt mein Computer sie nicht, sondern spuckt Worte aus, die ich gar nicht geschrieben habe: ›error‹ steht da und ›data comm buffer overrun – no DTR handshaking‹.
Ich rufe wieder bei der Computerfirma an. Man vermutet, dass mein neues System mit dem alten Drucker nicht kompatibel ist. Ja, soll ich jetzt auch noch einen neuen Drucker kaufen? Vielleicht sei das nicht nötig, lautet die Antwort, ich könne es auch mit einem neuen Druckertreiber versuchen. Aber auch dafür müsste ich jetzt wieder quer durch die Stadt fahren, und das zur Hauptverkehrszeit. Eigentlich möchte ich nur das von mir geschriebene Dokument ausdrucken und es verschicken. Warum habe ich es nicht mit meinem treuen alten Tischcomputer geschrieben? Jetzt ist das Dokument in dem handlichen Laptop eingesperrt und kommt nicht wieder heraus.
Ich habe eine Idee. Ich habe mir ein Verbindungskabel vom neuen zum alten Computer gekauft, das werde ich jetzt einsetzen. Damit werde ich das auf dem neuen Computer geschriebene Dokument auf den alten überspielen. Und von dort kann ich es dann ausdrucken.
»Das ist gut. Ich weiß mir zu helfen!«
Ich lobe mich laut. In irgendeinem dieser Lebenshilfebücher habe ich gelesen, dass das ungemein motivierend wirken soll. Frisch gelobt mache ich mich ans Werk. Dummerweise löst sich bei meinem Versuch, das Verbindungskabel anzubringen, der Stecker des Anrufbeantworters aus der Dose und ich büße meine Telefonansage ein. Das wäre nicht weiter schlimm, wenn es sich nicht um ein to-

tal veraltetes Gerät handeln würde, das sofort abschaltet und eine Fehlermeldung signalisiert, sobald ich Luft hole, während ich meine Ansage aufspreche. Da brauche ich gute Nerven für eine neue Ansage. Die habe ich jetzt nicht. In einer halben Stunde wird der Briefkasten heute zum letzten Mal geleert und mein Dokument steckt immer noch im Computer. Ich montiere das Kabel. Wenigstens das gelingt. Nun habe ich beide Computer miteinander vernetzt und werde mein Dokument ganz einfach mit der Maus vom einen auf den anderen Bildschirm ziehen. Aber so einfach, wie man mir gesagt hat, funktioniert es nicht. Entweder das Kabel ist defekt oder ich mache etwas falsch.
Ich beschließe, einen Nerventee zu kochen, und vergesse ganz, dass sich die Automatik des Wasserkessels seit neuestem immer abstellt, bevor das Wasser auch nur siedet. Das ungekochte Wasser bildet Schlieren über dem Tee. Ich verzichte. Ich atme dreimal tief durch und setze mich vor meinen Computer nach der Art von ›Zen oder die Kunst, ein Motorrad zu warten‹.
Es dauert nicht lange und ich habe eine Erleuchtung. Ich sehe, dass beide Computer ein Diskettenlaufwerk haben. Ich schließe daraus, dass ich mein Dokument vom neuen Computer auf eine Diskette überspielen und dann diese Diskette in den alten Computer eingeben kann. Der Plan gelingt. Endlich kann ich meine fünf Seiten aus ihrer virtuellen Realität befreien und via Drucker in eine haptische Realität überführen. Dankbar fasse ich die bedruckten Blätter an, falte sie und stecke sie in einen Briefumschlag. Die Adresse schreibe ich mit der Hand. Als ich noch mit einer Schreibmaschine schrieb, konnte ich meine Adressen mit der Maschine schreiben. Das habe ich mit dem Computer bisher noch nicht geschafft. Ich müsste ein paar Arbeitstage dafür ansetzen, um mich mit der richtigen Formatierung vertraut zu machen.
So scheint jeder Fortschritt einen gewissen Rückschritt mit sich zu bringen. Man könnte es die Dialektik des Fortschritts nennen. Das hört sich ungemein klug an. Ich bilanziere: Wenn ich alle Fahrten, Telefonate und Folgetätigkeiten einkalkuliere, habe ich in etwa sieben Stunden ein Ergebnis produziert, für das ich ohne die Neuanschaffung eines Computers drei Minuten gebraucht hätte.

Es sei schwierig und schmerzhaft, sein System umzustellen, sagt Frau Norden und blickt vieldeutig in die Runde.
»Möchten Sie, dass Ihre Geräte nicht funktionieren?«, fragt der mit dem Überbiss und kommt sich vermutlich sehr schlau vor.
»Nein, ich hasse das wie die Pest!«, sage ich und wundere mich über meine unverhältnismäßige Vehemenz.
Frau Norden macht mich auf die Möglichkeit aufmerksam, dass ich dem Dialog mit mir ausweiche. Statt mich selber hassen zu müssen, könne ich so die Geräte hassen.
»Hat sonst niemand ein Thema?«, frage ich.
Offensichtlich nicht. In dem nachfolgenden Schweigen habe ich Zeit, mich zu fragen, wieso Frau Norden auf die Idee kommt, dass ich mich hasse? Ich hasse mich doch nicht, ich bin lediglich überfordert. Ich habe die Nase voll! Seit Monaten versuche ich mein System zu renovieren. Alles, was früher richtig war, ist auf einmal falsch. Zwanzig Jahre lang habe ich trainiert, eine gute Ehefrau zu sein, und jetzt soll ich plötzlich gut allein sein können.
Ich will überhaupt nichts mehr sollen und am allerwenigsten will ich mich selber lieben sollen. Ich habe mich noch nie geliebt, warum soll ich jetzt damit anfangen? Was ist das überhaupt für eine Forderung? Wieso soll ich ausgerechnet in dem Moment anfangen mich zu lieben, wenn mich sonst niemand liebt!?
Jetzt sagt auch noch diese Frau mit den Blümchenkleidern, ich erinnere sie an ihre Mutter, die habe sich auch immer damit ausgebreitet, wie schlecht es ihr gehe.
Da sieht man es ja. Noch nicht mal in der Gruppe werde ich geliebt. Seit Monaten strenge ich mich an und versuche wie eine Blöde, aus dieser bescheuerten Opferrolle herauszukommen, und dann erzählt mir diese Frau, die ich sowieso nicht leiden kann, dass ich genau da wieder gelandet sei, nämlich mitten in der Opferrolle.
»Es nützt nichts, wie ein Hund zu jaulen«, setzt sie noch eins drauf.
»Ich kann ja auch gehen«, antworte ich und schnappe meine Tasche.
Sie glaube nicht, dass das so gemeint gewesen sei, versucht Frau Norden mich aufzuhalten.

»Doch, es war genau so gemeint«, sage ich und knalle die Tür hinter mir zu.
Diesmal wenigstens war ich nicht das Opfer. Ich habe es ihnen gezeigt! Ich bin froh, dass mir noch ein Rest an Selbstachtung geblieben ist. Immerhin, ich lasse mir nicht alles bieten. Jetzt leide ich nicht vor mich hin, sondern bin wütend. Das hat etwas Erfrischendes.

Andererseits melden sich schon wieder Zweifel. Als Hermann sich für die andere entschieden hat, da bin ich auch ganz mutig gegangen. Gehe ich immer, wenn man mich nicht will? Und wohin bringt mich das? Bin ich jetzt glücklich? Aber wäre ich glücklicher, wenn ich bei Hermann geblieben wäre?

Wenn alles, was ich tue, gleichermaßen falsch ist, dann kann ich genauso gut gar nichts mehr tun. Ich lege mich auf mein Sofa und sehe in den Himmel.
Es ist erstaunlich, wie lange ich einfach daliegen kann, ohne dass irgendjemand etwas von mir will. Ich frage mich, wer mich vermissen würde, wenn ich nicht mehr da wäre, und komme zu dem Schluss, dass ich verzichtbar bin. Klong. Ich bin unten angekommen.
Ich bin verzichtbar, na und? So schlimm ist das gar nicht. Ist *das* die Erkenntnis, vor der ich ein Leben lang weggerannt bin? Habe ich nur, um das nicht zu wissen, immer versucht, zu glänzen und Erfolg zu haben? Was für ein unsinniger Energieaufwand. Genauso absurd wie die zappelnden Anstrengungen der kleinen Comicfiguren in einem Videospiel. Zehnmal rennen sie davon, beim elften Mal werden sie doch getroffen, und wenn das Spiel neu beginnt, sind sie sowieso alle wieder da. Ist das so gemeint mit der Wiedergeburt? Gott, bin ich müde.

Wir treiben auf schwarzem Wasser dahin, auf ein Loch zu, das sich im Boden der Krematoriumshalle befindet. Ich liege an Hermanns Brust, als wir im Zeitlupenfall über den Rand gleiten, ins tiefe stehende Wasser.
Es gibt kein Entrinnen mehr. Die Wände sind kreisrund, glatt und hoch.

Wir vertreiben uns die Zeit bis zum unausweichlichen Doppeltod mit der Liebe. Hermanns Füße sind schon kalt, als ich ein letztes Mal nach seinem Geschlecht taste und fühle, wie es unter meiner Hand wächst, damit wir uns vereinigen können. Aber Hermann bringt einen Missklang in die Stimmung. Wir seien zu dritt, murmelt er. Ist sein Geist schon verwirrt? Und dann beginnt dieser feine Haarriss uns zu trennen. Die Stille im Todesbrunnen wird endlos, als wir auseinander driften in tödliche Einsamkeit.

Das Fenster ist matt geworden. Auch in meinem Zimmer ist schattenloses Zwielicht. Gehört dieser Arm, der da vor mir auf der Decke liegt, eigentlich zu mir? Ich könnte einen Test machen und versuchen, ihn hochzuheben. Ich kann es aber auch bleiben lassen und mich gar nicht mehr bewegen. Diese Schwere ist gar nicht unangenehm. Sie fühlt sich beinahe leicht an.
Als ich das nächste Mal aufwache, ist eine schmale Mondsichel am Himmel.
Und dann ist es hell. Die Sonne steht bereits hoch und das Telefon läutet. Es läutet sieben Mal. Ich bin in einer Welt ohne Neugier. Ich bin in einer Welt, in der es nicht mehr darauf ankommt, ob Anrufbeantworter funktionieren. Ich will sowieso keine Antworten mehr geben.

Aber ich bin auch noch in meinem Körper. Und der verlangt jetzt von mir, dass ich aufstehe, um auf die Toilette zu gehen. Als ich einmal aufgestanden bin, habe ich keine Lust mehr, mich wieder hinzulegen, sondern möchte mir Kaffee machen. Ich ignoriere den defekten Wasserkocher und setze einen Topf auf den Herd. Es muss sich ein Tropfen unter dem Boden verfangen haben, der nun in der zunehmenden Hitze verdunstet. Jedenfalls ist ein leises Simmern zu hören, das mich unterhält, während ich darauf warte, dass das Wasser kocht. Als die ersten Blasen aufsteigen und an der Wasseroberfläche platzen, weiß ich endlich die Antwort, die ich Herrn Badorek hätte geben sollen, als er so dringlich wissen wollte, ob ich denn nun geschieden werde oder nicht. Was hätte er wohl gemacht, wenn ich ihn spöttisch angesehen und gefragt hätte:
»Und welche Farbe, bitte, hat Ihre Unterhose?«

Das Telefon klingelt. Beim vierten Klingeln würde sich normalerweise der Anrufbeantworter einschalten. Aber den habe ich noch nicht wieder besprochen. Wenn jemand die Ausdauer hat, zehn Klingelzeichen abzuwarten, dann nehme ich ab.
Es ist Hermann. Er regt sich darüber auf, dass ich nicht gleich drangehe, und dann sagt er, wir hätten ein unheimliches Glück. Das kann ich mir nicht vorstellen. Worin könnte ein Glück bestehen, das *wir* haben?
»Bist du noch da?«, fragt er verunsichert, weil ich nichts sage.
Ich räuspere mich und spiele kurz mit dem Gedanken zu sagen, dass mir der Hörer vor lauter Glück aus der Hand gefallen sei, aber da redet er längst weiter.
Unser Glück besteht darin, dass der Mieter unserer Wohnung in der Lindenstraße gekündigt hat. Nun könne ich da einziehen, meint er. Es sei die ideale Wohnung für mich und außerdem hätte es den Vorteil, dass wir dann die ganze elende Rechnerei sein lassen könnten.
Ich finde nicht, dass es die ideale Wohnung für mich ist. Sie hat keinen Balkon und keine Garage. Ich liebe frische Luft und habe ein Auto. Hermann dagegen findet Balkone piefig und hat weder Auto noch Führerschein. Deshalb schlage ich vor, dass er dort einzieht. Aber das will er nicht. Ihm gefällt es in unserer alten Wohnung, obwohl die einen Balkon hat. Er ist beleidigt, dass ich seinen Vorschlag nicht genauso gut finde wie er, und meint, ich solle mir das noch einmal überlegen. Aber das muss ich mir nicht überlegen.
»Wenn keiner von uns dort einziehen will«, sage ich, »ist es nahe liegend, dass wir die Wohnung verkaufen.«
Es stellt sich heraus, dass er darüber auch schon nachgedacht hat, aber den Aufwand scheut. Ich meine, das könne ein Makler machen. Aber Hermann hat etwas gegen Makler. Das stammt noch aus seiner Revoluzzerphase und hat erstaunlicherweise zwei Wohnungskäufe überstanden. Ich erkläre mich bereit, mit verschiedenen Maklern den Marktwert abzuklären, wenn Hermann mit dem Verwalter darüber spricht, wie das mit dem Vorkaufsrecht der anderen Wohnungseigentümer in dem Haus zu regeln ist.

Es ist erstaunlich, wie einfach alles ist, wenn einem die Dinge egal sind. Ich führe ohne Engagement verschiedene Maklergespräche, entscheide mich dafür, mir zwei detaillierte Angebote machen zu lassen, und spreche die Besichtigungstermine dafür mit dem Mieter ab.
Dann habe ich wieder viel Zeit. Ich lege mich auf mein Sofa und tue nichts. Ich schlafe nicht, denn ich bin nicht mehr müde. Ich lese nicht, denn es gibt keinen Grund, etwas zu lesen. Alle Gründe, die ich früher einmal hatte, sind mir zerronnen. Ich tue einfach nichts. Das ist für mich etwas Ungewohntes. Es gab immer so viel zu tun in meinem Leben. Und wenn es einmal wenig zu tun gab, dann habe ich mir ganz rasch sehr viel zu tun gemacht. Anscheinend habe ich unter dem Zwang gestanden, meine Daseinsberechtigung durch irgendwelche Tätigkeiten unter Beweis zu stellen.
Jetzt stelle ich gar nichts mehr unter Beweis. Ich bin da, weil es mich gibt. Ende. Wenn ich nicht da wäre, wäre es kein Verlust, weder für mich noch für andere. Das ist die ultimative Freiheit. Das enthebt mich der Verpflichtung, nützlich zu sein. Das enthebt mich überhaupt jeglicher Verpflichtung. Eine ungewohnte Heiterkeit breitet sich aus. Ich muss nichts tun. Das gefällt mir. Diogenes hat auch nichts getan, er hat nur in seiner Tonne gelegen. Sokrates ist noch weiter gegangen. Er hat die eifrigen Aktivitäten seiner Mitbürger infrage gestellt. Damit hat er sich allerdings sehr unbeliebt gemacht. Aber auch das war ihm egal und das war besonders provozierend. Deshalb haben sie ihn vergiftet.
Ich habe Hunger. Was hat Sokrates gemacht, wenn er Hunger hatte und gerade kein Gastmahl stattfand, bei dem er schnorren konnte? Ich vermute, er hat seinem Magen amüsiert zugesehen und ihn nicht weiter wichtig genommen. Dass er hungers sterben würde in einer reichen Gesellschaft, war unwahrscheinlich. Und wenn er hätte hungers sterben sollen, dann hätte er es wahrscheinlich ebenso gelassen akzeptiert wie den Schierlingsbecher. Es ist erstaunlich, was für eine Kraft in der Angstfreiheit liegt. Ich habe mal eine Filmszene gesehen, in der zwei zähnefletschende Hunde auf einen Mann zu rannten. Wenn der Mann Angst gehabt hätte,

hätten sie ihn zerfleischt. Aber der Mann rannte nicht weg. Er setzte sich einfach auf den Boden und tat nichts. Das war so ungewöhnlich, dass die Hunde verdutzt stehen blieben und Abstand hielten.
Das könnte ich nicht. Ich habe Angst vor Hunden. Ich habe auch Angst zu verhungern. Mein Kühlschrank ist nie leer, sondern immer übermäßig gefüllt. Ich habe sogar noch Dosen aus meinen Hamsterkäufen der Tschernobylzeit gehortet. Das heißt, Hermann hat sie jetzt. Sie stehen immer noch in seinem Schrank, wenn er sie nicht weggeschmissen hat.

So, das ist ein wunderbares Brot geworden, Schinken mit einem Hauch von Honig. Ich habe gar nicht gemerkt, dass ich es belegt habe. Interessant.
Wenn ich nichts tue, tut es sich sozusagen von allein. Vielleicht sollte ich langsamer werden. So wie Bernhard.
Bernhard war früher Kameraassistent bei der DEFA und hat mich öfter zur Verzweiflung gebracht, weil er sich in einem Tempo bewegte, als hätten wir noch die Drehbedingungen der DDR. Allerdings gab es Situationen, in denen ich seine Ruhe schätzen lernte. Zum Beispiel, als wir die Verfolgung eines Segelbootes vor untergehender Sonne filmen sollten. Leider schien keine Sonne. Vor lauter Wolken war nicht einmal auszumachen, wo sie überhaupt stand. Und es gab keinen Ausweichtermin. Am nächsten Tag sollte es weitergehen nach Belgien. So trafen wir trotz des Wetters alle Vorbereitungen und hofften auf unser Glück. Das Segelboot wurde nach Funkanweisung in den richtigen Kamerawinkel geschleppt. Der Kutter nahm seine Position dazu ein, wir absolvierten einen Probelauf. Dann begann das Warten und das Hoffen darauf, dass die Sonne doch noch durch die Wolkendecke brechen würde. Beide Boote blieben in Bereitschaft und waren ständig in Bewegung. Der Kutter musste lange vor der Stelle, wo er ins Bild kommen sollte, Fahrt aufnehmen, damit er im Bild die richtige Verfolgungsgeschwindigkeit hatte. Das Segelboot hätte zwar vom Drehbuch her mehr oder weniger an einem Fleck bleiben können. Aber es hatte aus optischen Gründen ein Segel, auch wenn es der besseren Dirigierbarkeit wegen von einem Motorboot geschleppt

wurde, und der Wind blies kräftig. Ein weiteres Problem war, dass im entscheidenden Moment weder die Schleppleine noch das Motorboot in unserem Bildausschnitt zu sehen sein durften. Während wir über Walkie-Talkie immer neue Anweisungen durchgaben, damit die Boote sich nicht zu weit von den gewünschten Positionen entfernten, war es Bernhards Aufgabe, den Himmel zu beobachten und Vorwarnung zu geben für den Fall, dass ein Wolkenloch in Sicht kam. Doch die Sonne blieb verborgen und Bernhard verharrte im Schweigen. Er ignorierte meine verzweifelten Blicke. Ich plädierte für eine Sicherheitsaufnahme ohne Sonne. Dagegen sprach, dass es zwanzig Minuten dauern würde, die Boote wieder in ihre Ausgangsposition zu bringen. Wenn ausgerechnet in diesen zwanzig Minuten die Sonne herauskommen würde, hätten wir unsere Chance vertan. Ich rannte nervös hinter der Kamera hin und her.

»In der Ruhe liegt die Kraft«, sagte Bernhard und er sollte Recht behalten. Fünf Minuten, bevor die Sonne endgültig im Meer versank, rutschte sie durch ein kleines Wolkenloch, die Spitze des Mastbaums segelte durch das Gold und der Kutter folgte im finsteren Grau. Im Film sieht es so aus, als hätte es genau so sein sollen.

Jetzt ist der Honig von meinem Brot getropft. Nun muss ich die Schmiere vom Terminkalender wischen und das Datum unseres Hochzeitstages beschmutzen. Früher habe ich ein Blümchen um dieses Datum gemalt. Jetzt kleben Brotkrümel mit Honig daran. Da hilft nur rausreißen und in den Müll schmeißen. Nachdem auch das passiert ist, stehe ich unschlüssig da und frage mich, was ich tun soll.

›Was wert ist, getan zu werden, ist auch wert, richtig getan zu werden.‹ Nein, das ist der falsche Spruch. Der hilft mir jetzt nicht weiter. Ich muss ja erst einmal wissen, was wert ist, überhaupt getan zu werden. Und darüber kann ich genauso gut im Liegen nachdenken.

Das Bild mit dem großen gelben SLOW über meinem Kopf gefällt mir immer besser. Eigentlich wäre heute Tennisnachmittag. Aber ich kann mir nicht vorstellen, auf einem viereckigen roten Platz

hinter einem gelben Ball herzurennen. Ich kann mir nicht einmal vorstellen, bis zum Telefon zu gehen und mir eine Entschuldigung einfallen zu lassen. Sie werden es schon merken, wenn ich nicht da bin. Einen Ersatzpartner kriegen sie jetzt sowieso nicht mehr. Es bleibt sich also völlig gleich, ob ich anrufe oder nicht. Es ist erstaunlich, wie viel Tätigkeiten unter meiner neuen Betrachtungsweise wegfallen können.
Maren ist auf einer ihrer Reisen einem Tai-Chi-Meister begegnet, der sich überhaupt nicht mehr bewegt hat. Er stand einfach nur da. Maren hat gesehen, wie vier durchtrainierte junge Männer gegen ihn anrannten, ohne dass es ihnen gelungen wäre, seinen Stand zu erschüttern. Ich fand das beeindruckend, aber ich habe nicht begriffen, wozu das gut sein soll, dass jemand einfach stehen bleibt. Jetzt liege ich hier und weiß auch nicht, wozu das gut sein soll. Gleichzeitig habe ich den Eindruck, dass ich es gar nicht wissen muss. Es geht mir gut. Ich bin wunschlos glücklich. Oder bin ich wunschlos unglücklich? Was ist überhaupt Glück? Man behauptet, es sei ein Gefühl, aber wahrscheinlich ist es nur eine chemische Reaktion im Gehirn. Jedenfalls ist Glück kein Dauerzustand, egal, ob chemisch oder anders produziert. Zeit und Glück vertragen sich nicht. Vielleicht hat Strindberg deshalb gesagt: ›Das Glück liegt in der Wiederholung.‹
So gesehen, käme die Ehe mit ihren Wiederholungen dem Glück am nächsten. Aber die Ehe kann Strindberg nicht gemeint haben. Wie seine Eheszenarien aussehen, weiß man ja. Das ist kein Glück, sondern ein quälender Totentanz.

Jetzt habe ich doch Lust, Tennis zu spielen. Wenn das so ist, dann hole ich doch einfach mein weißes Röckchen aus dem Schrank. Vielleicht ist das das Glück, nicht Tennis spielen zu müssen, sondern Tennis spielen zu wollen. Ich bin geradezu neugierig, wie ich in meiner heutigen Verfassung spielen werde. Vielleicht treffe ich keinen einzigen Ball. Aber das ist mir egal, ich will ja nicht gewinnen. Ich verschleiße meine Kraft nicht mehr in überflüssigen Hoffnungen oder Wünschen, ich spiele einfach jeden Ball so, wie er kommt.
Erstaunlicherweise habe ich mit diesem Prinzip Erfolg. Obwohl es

mir so vorkommt, als sei ich viel langsamer als sonst, führen wir fünf zu eins. Als mir das bewusst wird und ich mich darüber freue, geht der nächste Ball prompt ins Netz.
Es ist gar nicht so einfach, nichts zu wollen. Aber vermutlich kann man das üben wie alles. Das probiere ich jetzt mal. Wenn ich aufschlage, dann soll es wieder nur den Ball und den Moment geben.
Ass!!! Es funktioniert tatsächlich. Ob man auch so leben kann?

Jetzt bin ich in alter Gewohnheit an der Ampel nach rechts gefahren statt geradeaus. In unserer alten Wohnung brennt Licht, gedämpftes Licht. Es sieht nach Kerzenschimmer aus. Wenn ich noch da wohnen würde, dann säßen wir jetzt beim Essen und würden unseren Hochzeitstag feiern. Ich habe immer noch einen Schlüssel. Er passt auch immer noch in das Schloss. Und nun stehe ich hier im Flur, Elfriede sieht mich verwundert an und macht einen Katzenbuckel. Aus dem Wohnzimmer höre ich Hermanns Stimme. Es scheinen noch andere Leute da zu sein. Gepflegtes Gelächter. Man scheint sich zu amüsieren. Plötzlich habe ich einen Drang auf der Blase. Ich weiß ja noch, wo die Toilette in dieser Wohnung ist. ›Pee it away‹, sagen die Engländer. Und dann stehe ich wieder im Flur. Außer Elfriede hat niemand meine Anwesenheit bemerkt. Ich könnte jetzt genauso leise wieder gehen, wie ich gekommen bin. Aber das tue ich nicht. Ich klopfe an die Wohnzimmertür, öffne sie und sage: »Hallo.«
Hermann bleibt sein Bissen im Mund stecken, als er mich sieht. Das sieht grotesk aus. Es ist so still geworden, dass das Blaken der Kerzen zu hören ist. Die neue Dame des Hauses posiert als Darstellerin in einem lebenden Bild. Ihre Hand mit Gabel schwebt auf halber Höhe. Auch die anderen sitzen wie versteinert an dem viereckigen Tisch. Thomas sitzt mit dabei, der Verräter. Mich hat er nicht einmal angerufen. Ich wusste gar nicht, dass er in Köln ist. Die beiden anderen kenne ich nicht. Es kommt mir so vor, als säßen die fünf Figuren in einem von Kinderhand gemalten Hausgrundriss, dessen schiefe Dachlinien im spitzen Winkel auf mich zulaufen. Ich verkürze nun die Dreieckslinien, indem ich auf den Tisch zugehe.
»Ich sehe, du feierst unseren Hochzeitstag. Da wollte ich dir auch

etwas schenken«, sage ich und lege den Wohnungsschlüssel neben Hermanns Teller. Dann drehe ich mich um und gehe wieder. Hinter meinem Rücken kommt Bewegung in das Bild.
»Ja, aber, eh, warte doch.«
Ich drehe mich um. Hermann ist aufgestanden. Seine Serviette flattert zu Boden.
»Willst du etwas mitessen?«, fragt er im hilflosen Versuch, alles normal erscheinen zu lassen.
Seine Dame tupft mit hektischen Bewegungen ihren Mund ab.
»Nein danke«, sage ich höflich und verlasse die Wohnung.

Im Treppenhaus kann ich mich kaum halten vor Lachen. Lissie kommt mir mit leerem Mülleimer auf der Treppe entgegen.
»Wo kommst du denn her?«
»Dreimal darfst du raten.«
Lissie möchte wissen, was so lustig ist.
»Nichts«, sage ich, »nur ...«, aber dann kann ich nicht mehr weiterreden vor Lachen und Lissie lacht einfach mit.
»Wir müssen wirklich mal wieder ins Kino gehen«, sagt sie.
»Ja.« Lachend lasse ich die Haustür hinter mir ins Schloss fallen.

Poker spielen

Eine Woche später treffe ich Hermann wieder.
Es gibt zwei Interessenten für die Wohnung in der Lindenstraße. Der eine kommt von Hermann beziehungsweise über die Hausverwaltung. Es ist Herr Selter. Er hat schon eine Wohnung im Haus und möchte unsere dazukaufen. Der zweite Interessent ist eine Interessentin. Frau Tönges ist mit einer Kollegin von mir befreundet und hat auf diese Weise von der Wohnung gehört.
Ich komme pünktlich, aber Hermann ist noch pünktlicher. Er steht bereits vor der Tür, als ich um die Ecke biege. Sein Kaschmirmantel weht im kalten Wind. Er gibt mir die Hand und sieht mich vorwurfsvoll an.
»Das war nicht nett von dir, neulich, dieser Auftritt.«

»Nein?«
»Du hast mir den ganzen Abend verdorben.«
Ich muss grinsen. Das weiß ich schon. Thomas hat mich am nächsten Tag angerufen und mir erzählt, dass es sehr einsilbig wurde nach meinem Abgang und dass alle ziemlich bald aufgebrochen sind. Die Vorstellung tut mir immer noch gut.
Hermann ist irritiert. Hat er etwa mit einer Entschuldigung gerechnet? Wir können das nicht weiter erörtern, denn nun steuert eine Dame zielstrebig auf uns zu.
»Frau Tönges?«
»Ja.«
»Ich bin Carola Schmitter. Wir haben telefoniert. Darf ich vorstellen: Herr Bratzer.«
Frau Tönges gefällt die Wohnung. Sie ist Sopranistin und sucht schon lange etwas in der Innenstadt, wo sie ungestört singen kann. Das wäre hier möglich. Der hintere Raum hat kein Stockwerk über sich und ist nach drei Seiten hin frei. Er ist wie geschaffen, um einen Flügel zu beherbergen. Die Stuckdecke in dem vorderen Raum, die wir damals haben restaurieren lassen, gefällt ihr auch und mit dem Preis ist sie einverstanden. Das nehmen wir gerne zur Kenntnis, müssen ihr aber sagen, dass noch jemand Interesse angemeldet hat, der als Miteigentümer leider ein Vorkaufsrecht hat.
»Aber nur, wenn er denselben Preis bezahlt«, sagt Frau Tönges mit großer Bestimmtheit. Sie kann offenbar nicht nur singen, sondern kennt sich auch in den faktischen Dingen dieser Welt aus. Ich notiere ihre Telefonnummer und verspreche, sie bald anzurufen. Herr Selter muss nun jeden Moment kommen.

»Das lief doch schon mal gut«, sagt Hermann und betrachtet die Stuckdecke, »ist ja auch eine schöne Wohnung.«
»Willst du jetzt doch hier einziehen?«
»Nein. Du?«
»Nein.«
Ich sehe in den engen Innenhof, den sich ein Plastikdachfahrradständer mit einem verkümmerten Pflaumenbaum teilt. Hermann schreitet unterdes die Räume ab, bis es klingelt.
Herr Selter ist Psychologe und begrüßt uns wie alte Bekannte. Wir

hätten uns doch immer auf den Eigentümerversammlungen gesehen. Ich glaube, ich bin vor fünf Jahren das letzte Mal auf einer Eigentümerversammlung gewesen. Aber Hermann, der überhaupt nur einmal da war, nickt bestätigend. Herr Selter mischt nun in geschickter Weise Komplimente mit negativen Anmerkungen. Er bemäkelt dies und jenes am aktuellen Zustand der Wohnung, lobt aber den Grundriss und meint, es sei einfach, sich zu entscheiden, wenn man alle Vorzüge und Nachteile des Hauses bereits kenne. Deshalb wolle er die Wohnung kaufen, wenn wir bereit seien, von unseren Preisvorstellungen herunterzugehen.
Hermann und ich sehen uns kurz an. Ich lasse Hermann den Vortritt. Für Verkaufsgespräche ist er zuständig. Er verkauft zwar sonst keine Wohnungen, aber wenn es darum geht, Filme anzupreisen, ist er einsame Spitze.
Nun bringt er Herrn Selter mit freundlichen Worten bei, dass es noch einen Interessenten gebe, der bereit sei, den von uns angesetzten Preis voll zu bezahlen, weswegen wir ihm leider nicht entgegenkommen könnten. Damit hat Herr Selter nicht gerechnet. Mit ärgerlichem Unterton beruft er sich auf sein Vorkaufsrecht. Aber Hermann hält dagegen, was er gerade von Frau Tönges gelernt hat. Soviel er wisse, formuliert er vorsichtig, greife das Vorkaufsrecht nur bei gleicher Preishöhe. Das scheint Herrn Selter bekannt zu sein. Jedenfalls stellt er es nicht infrage. Wie sicher dieses Angebot sei, will er wissen.
Hermann sieht mich an. Ich zucke mit den Schultern. Woher soll ich das wissen. Ich habe Frau Tönges auch gerade erst kennen gelernt. Da zückt Herr Selter sein Notizbuch und teilt uns vorsorglich die Daten mit, zu denen er einen Notartermin einflechten könnte. In zehn Tagen wird er verreisen, deswegen müsse es gegebenenfalls vorher sein. Es sei doch sicher auch in unserem Interesse, die Sache zügig abzuwickeln. Doch, ja, das ist es.
Wir werden die Ernsthaftigkeit des zweiten Angebots prüfen, und Herr Selter wird sich überlegen, ob er nicht doch den vollen Preis bezahlen kann. Wir werden telefonieren.
Als sich die Tür hinter Herrn Selter geschlossen hat, prusten wir los. Wir kommen uns vor wie Leute, die zum ersten Mal ins Spielkasino gehen und gleich den Jackpot gewinnen.

Was ist zu tun und was zu berücksichtigen? Was muss alles in dem Kaufvertrag stehen? Wir verteilen die Aufgaben. Hermann wird den Notar anrufen, ich mich mit Wüstenrot in Verbindung setzen, und dann müssen wir versuchen, etwas über die Bonität unserer potentiellen Käufer in Erfahrung zu bringen.
Beschwingt von der Aussicht, bald alle Geldsorgen los zu sein, fahre ich auf dem Heimweg beim Computerladen vorbei, besorge den neuen Druckertreiber und installiere ihn. Aber dann kann ich immer noch nicht drucken! Warum nicht!? Ich wünsche den ganzen Fortschritt zum Teufel. Das ist keine Zeitersparnis mit diesen Computern, das ist eine Zeitfresserei. Das ist wie mit den Waschmaschinen und der Hausarbeit. Um die Jahrhundertwende gab es einen Waschtag pro Woche. Der war Schwerarbeit. Heute haben die Frauen es angeblich leichter, weil sie eine Waschmaschine haben. Aber dafür hat sich die Waschhäufigkeit erhöht. Wenigstens eine Maschinenfüllung pro Tag verzeichnet der durchschnittliche Haushalt. Und die Maschinen müssen ja nicht nur gefüllt, sondern auch entleert werden. Die Wäsche muss aufgehängt, gebügelt und wieder in den Schrank sortiert werden.
Statt in kulturkritische Überlegungen abzudriften, sollte ich lieber beim Computerladen anrufen. Man fragt mich, ob ich über NEUSTART gegangen sei. Nein, bin ich nicht.
Schon wieder etwas gelernt. Es nützt nichts, nur eine neue Software zu installieren, man muss anschließend über NEUSTART gehen. Ob das beim Menschen auch so ist? Wo finde ich meine Neustarttaste?

Babette hat seit kurzem einen Neuen. Diesmal ist es etwas Ernsthaftes, etwas mit Zukunft. Babette sagt, das sei nur möglich gewesen, weil sie vorher allein war und sich in ihrem Alleinsein gut eingerichtet hatte. Das leuchtet mir ein. Aber wieso gilt das nur für Frauen?
Hermann hat sich nicht in seinem Alleinsein eingerichtet. Er hat sich gleich eine Neue geholt und sich den Umweg über die Einsamkeit erspart, zumindest von außen betrachtet. Darüber, wie es wirklich ist, weiß ich nicht viel. Und was wichtiger ist, ich will es auch gar nicht mehr wissen.

Ich rufe meine Kollegin an, um etwas über die Bonität von Frau Tönges zu erfahren. Frau Tönges hat nicht nur einen soliden Ruf als Interpretin deutscher Liedliteratur, sie hat außerdem vor kurzem geerbt. Die väterliche Schraubenfirma ist unter drei Geschwister aufgeteilt worden. Morgen werde ich Frau Tönges anrufen und sie fragen, ob sie die Wohnung tatsächlich will.
Und jetzt hole ich meinen Versicherungsordner heraus und werde endlich die Rentenunterlagen für die Anwältin zusammenstellen. Ich hatte an alle Versicherungen geschrieben und präzise Fragen gestellt. Die Antworten darauf waren so weitschweifig und so kompliziert, dass ich sie erst einmal, ohne sie zu verstehen, abgeheftet habe, damit sie weg waren von meinem Schreibtisch. Heute bin ich fit. Heute werde ich mich dem Versicherungsdeutsch stellen. Ich wühle mich durch seitenlange Informationen, die mit meinem Fall nichts zu tun haben. Am Ende stelle ich fest, dass meine konkreten Fragen nicht beantwortet sind. Wahrscheinlich haben die ein ähnliches System wie ich. Erst mal möglichst schnell weg vom Tisch und in die Ablage. Dazu reicht es, den Computer irgendetwas Vorformuliertes ausspucken zu lassen und es in die Post zu stecken. Dann hat der andere das Problem. In diesem Falle ich. Warum habe ich in meinem Absicherungswahn nur drei zusätzliche Altersversorgungen abgeschlossen? Jede funktioniert anders. Und ich kann diese Sätze nicht verstehen. Dabei ist es doch Deutsch! Ich will das nicht, ich kann das nicht!
Unsinn, ich kann alles, was nötig ist. Ich habe schon so viel Neues gelernt.
Ja, lauter Dinge, die ich nie lernen wollte!
Es ist befriedigend, sich einen Überblick zu verschaffen.
Wenn das jetzt die einzige Befriedigung ist!?
Pssscht, Ruhe!
Nach einer Stunde bin ich erschöpft, nur vom Dasitzen und Nichtbegreifen. Ich könnte jaulen. Gestern Abend ist mir eine jaulende Jammerkatze entgegengekommen. Als ich sie streicheln wollte, hat sie sich geduckt und ist weggerannt. So kommt sie nie zu was. Sogar ich fand sie doof, obwohl ich Katzen mag. Daran kann man sehen, dass man nicht geliebt wird, wenn man sich wie ein unge-

liebtes Wesen verhält. Aber wie komme ich heraus aus diesem Zirkel? Bestimmt nicht durch Jammern.
Also nochmal von vorn. Es geht darum herauszubekommen, was günstiger ist, die Rente im Falle einer Scheidung oder die Rente im Falle des Getrenntlebens. Im Falle einer Scheidung wird die Differenz zwischen den von jedem Partner eingezahlten Rentenbeträgen ausgerechnet. Dann wird diese Differenz durch zwei geteilt. Und wer im Laufe einer Ehe weniger verdient hat, bekommt dann später diese Hälfte zu seiner eigenen Rente hinzu. Ist doch ganz einfach, oder?
Wenn man sich nicht scheiden lässt, dann bekommt derjenige, der überlebt, fünfundsiebzig Prozent der Rente des Partners. Das ist mehr. Hermann hat das als Argument gegen eine Scheidung ins Feld geführt. Da würde ich mich viel besser stehen, denn die Wahrscheinlichkeit, dass er vor mir sterben würde, sei groß, es sei also ganz unsinnig, wenn ich mich scheiden lassen wolle.
Als ich das in der Gruppe erwähnte, habe ich zu meiner Überraschung einen Sturm der Entrüstung entfacht. Auf so etwas könne ich mich doch nicht einlassen! Das sei ja schrecklich, ich solle Geld bekommen, aber nur über seine Leiche. Da müsse ich ihm ja den Tod wünschen. Das fand ich übertrieben. So hatte ich das nicht gesehen.
Frau Norden meinte, das Emotionale und das Finanzielle würden sich bei mir gegenseitig blockieren. Weil ich mit dem Emotionalen noch nicht durch sei, käme ich auch mit dem Finanziellen nicht klar. Das hörte sich irgendwie logisch an, aber die Worte haben sich in meinem Kopf verknäult. Ich sah auf einmal dieses Schaufenster vor mir, das mit dem Doppelmord von Hyäne und Schlange.
Kein Wunder, dass ich nicht rechnen kann, wenn ich immer abschweife. Rechnen war noch nie meine Stärke. Unzählige Male hat mein Vater mir vergeblich die Prozentrechnung erklärt. Ich kann mir noch nicht einmal die entsprechenden Eingaben für den Taschenrechner merken. Es scheint da irgendeine Sperre in meinem Hirn zu geben.
Man kann alles, man muss es nur wollen!
Wenn das stimmt, dann will irgendetwas in mir nicht.

Was sein muss, muss sein.
Ehe mir noch mehr weise Sprüche einfallen, sollte ich lieber gleich meinen Vater besuchen. Mit Scheidungen und Rentenberechnungen kennt er sich zwar nicht aus, dafür aber mit Wohnungskäufen. Er hat eine Inflation und zwei Währungsreformen überlebt. Es wird Zeit, dass ich anfange, von ihm zu lernen, statt mich hochmütig über die normalen Dinge des Lebens hinwegzusetzen.

Frau Tönges bringt zu unserem Treffen verschiedene Kontoauszüge und die Telefonnummer ihres Steuerberaters mit. Sie hat ihn befugt, mir Auskunft über sie zu geben. Von Hermann höre ich, dass Herr Selter auch versprochen hat, ihm eine Kopie seiner letzten Steuererklärung zugänglich zu machen. Auf die wartet er noch. Der Notar macht unterdessen einen Vertragsentwurf.

In meiner Post ist neben viel Lästigem auch eine Postkarte aus Paris. Vera hat sich eine möblierte Wohnung gemietet, blickt nun über die Dächer des vierzehnten Arrondissements und ihr viel beschäftigter Hagen ist plötzlich gar nicht mehr so viel beschäftigt, sondern hat sich zwei Monate Zeit genommen, um mit ihr gemeinsam in den Tag hinein zu leben. Ich bin froh für sie. So hat die Katastrophe auch ihr Gutes.

Meine Katastrophe hat inzwischen Staub angesetzt. Als sie noch frisch war, hatte sie neben allem Schrecklichen wenigstens auch noch etwas von Aufbruch und Neuanfang. Jetzt ist lediglich ein veränderter Alltag übrig geblieben. Das ist in gewisser Weise schwieriger als das große Drama.

Auch in der Gruppe sind die dramatischen Zeiten vorbei. Mein Davonstürmen ist längst beredet und eingeebnet. Nun sitze ich auf der Zuschauerbank und lerne am Beispiel der anderen. Herr Verstraten stellt gerade wieder seinen Schutzschild der allgemeinen Richtigkeit auf und verbreitert so die eigene Position. Das kenne ich von mir. Auch Tiere plustern sich auf, wenn sie Angst haben. Ich habe inzwischen weniger Angst als früher. Das ist merkwürdig, denn ich lebe ja viel ungesicherter. Vielleicht ist es aber auch

nicht so merkwürdig. Ich habe weniger zu verlieren. Nun werde ich direkt angesprochen. Der Typ mit den vorstehenden Schneidezähnen sagt, er müsse sich bei mir bedanken.
»Wofür denn?«
Er habe oft an meinen Traum mit dem Schmetterling denken müssen. Ihm sei die Diagnose einer Knochenerkrankung gestellt worden, und da habe ihm das Bild mit dem kaputten Flügel geholfen, Frieden mit seinem Defekt zu machen.
Ach, du meine Güte, jetzt hat dieser Mann, den ich immer ein bisschen lächerlich fand, auf einmal ein Schicksal. Ich scheine zentral getroffen, meint Frau Norden.
»Wieso?«
Es sei manchmal das Schwerste anzunehmen, dass man etwas Positives bewirke. Hermann hat auch immer gesagt, ich könne mich nicht freuen.
»Warum soll das schwer sein?«
»Weil man gelernt hat, sich zu verstecken.«
Frau Norden duckt sich hinter ihren Arm, sodass nur die Augen herausgucken.
»Aber man kann doch nicht schutzlos durch diese Welt laufen.«
Nein, völlige Schutzlosigkeit sei sicher nicht der Weg, aber vielleicht könne es eine niedrigere Mauer geben, eine, die den Blick noch frei lasse.
Das hat etwas für sich. Wenn ich den Blick frei habe, dann kann ich in Zukunft Menschen mit Überbiss vielleicht sofort als Menschen wahrnehmen.
Der Cordhosensozialarbeiter, der sonst immer nur freundlich in die Runde blickt, hat heute ein Problem. Er würde gerne zwei Wochen Boot fahren in Holland, aber seine chronisch kranke Freundin hat gemurrt. Er hat nachgegeben, doch jetzt ist er sauer auf sie.
Offenbar sei es ihm das Wichtigste, ein guter Mensch zu sein, sagt Frau Norden und macht eine Pause, um die Wirkung ihres Satzes zu überprüfen.
Sie hat ins Schwarze getroffen und setzt nach. Seine Freundin erlaube ihm nicht, seinen Spaß zu haben und sich gleichzeitig als guter Mensch zu fühlen, darum sei er sauer auf sie. Wenn er aber

nicht ständig nur gut sein müsse, dann könne er seine Interessen ohne überflüssige Aggressionen verfolgen und müsse seiner Freundin nicht mehr böse sein. Es verblüfft mich immer wieder, wie Frau Norden die Dinge dreht. Das ist spannender als ein Kriminalroman.

Spannend wird es auch mit der Wohnung.
Herr Selter hat inzwischen seine Bonität nachgewiesen und ist ebenfalls bereit, den vollen Kaufpreis zu zahlen. Damit ist klar, dass er die Wohnung bekommt. Das weiß auch Frau Tönges. Überraschenderweise ruft sie zwei Tage vor dem Notartermin an und erhöht ihr Kaufangebot um zwanzigtausend Mark. Damit setzt sie das Vorkaufsrecht von Herrn Selter außer Kraft.
Ich rufe Hermann an. Hermann freut sich, dass wir nun mehr Geld bekommen, und erklärt sich bereit, Herrn Selter zu sagen, dass er entweder gleichfalls um zwanzigtausend Mark erhöhen oder auf die Wohnung verzichten muss. Ich beneide Hermann nicht um dieses Gespräch. Herr Selter zeigt sich erwartungsgemäß ungehalten und bezeichnet den Vorgang als erpresserische Wegelagerei. Aber mit so etwas kann Hermann umgehen. Er ist unangenehme Sitzungen gewöhnt. Er schildert mir das Telefonat in allen Einzelheiten und wir gehen nunmehr davon aus, dass Frau Tönges neue Eigentümerin der Wohnung in der Lindenstraße wird.
Doch am Tag vor dem Notartermin ruft Herr Selter noch einmal an und teilt Hermann mit, dass er nach reiflicher Überlegung bereit sei, ebenso viel wie seine Mitbewerberin zu bieten, womit sein Vorkaufsrecht wieder in Kraft trete. Wäre ihm nicht aus persönlichen Gründen an der Wohnung gelegen, dächte er nicht daran, eine so völlig überhöhte Summe zu zahlen, aber er habe schon konkrete Planungen gemacht, er möchte die Wand zwischen seiner und unserer Wohnung durchbrechen und so einen großzügigen Arbeitsbereich für sich schaffen. Herr Bratzer solle ihm jetzt zusichern, dass der neue Preis endgültig sei.
Ja, sagt Hermann, das sei dann abgemacht.
Aber das ist Herrn Selter zu wenig, er möchte eine Faxbestätigung darüber.
Auch die bekommt er von Hermann, zusammen mit einer Bestäti-

gung des Notartermins am kommenden Morgen um acht Uhr dreißig.
Dieser Termin dürfe sich aber nicht in die Länge ziehen, warnt Herr Selter vor, sein Flugzeug starte um ein Uhr dreißig, es sei eine wichtige Reise, die nicht aufgeschoben werden könne, dafür müsse Herr Bratzer Verständnis haben.
Herr Bratzer hat Verständnis. Es sei ja auch gar nicht nötig, die Reise aufzuschieben, es sei so weit alles vorgeklärt.

Hermann verkündet mir stolz, dass Herr Selter die Wohnung jetzt doch zum höheren Preis kauft.
»Aber der Notar hat doch schon die Personalien von Frau Tönges!?«
Das sei kein Problem, meint Hermann, er habe mit Herrn Selter besprochen, dass er seine Unterlagen direkt zum Notar faxe.
»Ja, und wer redet jetzt mit Frau Tönges?«
Das, meint Hermann, sei meine Aufgabe, schließlich habe er immer mit Herrn Selter reden müssen, das sei auch nicht einfach gewesen.

Ich atme tief durch und rufe Frau Tönges an.
»Es gibt da ein Problem ...«, hole ich aus.
Als ich aufhöre, ist da ein längeres Schweigen am anderen Ende.
»Tut mir Leid«, sage ich, »aber Herr Selter hat nun mal ein Vorkaufsrecht.«
»Ja«, sagt Frau Tönges. Und in diesem kleinen Wort liegt eine ganze Welt von Möbelpackern, die ihren Flügel aus dem neuen Domizil wieder entfernen und ihn auf eine unbehauste Straßenkreuzung stellen.
»Es tut mir Leid«, sage ich noch einmal, aber da höre ich schon das leise Klicken in der Leitung. Sie hat aufgelegt.

Drei Stunden später klingelt das Telefon wieder.
Frau Tönges erhöht den Preis um weitere zehntausend Mark.
Mir wird schwindlig. Ich rufe Hermann an.
»Aber das geht jetzt nicht mehr«, sagt Hermann, er habe Herrn Selter den letzten Preis per Fax bestätigt.

»Aber ist so ein Fax rechtlich bindend?«
Das wissen wir beide nicht. Das muss man überprüfen. Immerhin geht es um zehntausend Mark. Haben oder Nichthaben macht zusammen zwanzigtausend. Darüber können wir noch einmal zusammen lachen. Hermann wird den Notar befragen und ich meinen Vater. Die Auskünfte sind deckungsgleich: Im Immobiliengeschäft gilt nur das, was notariell beglaubigt ist. Der Notar bietet amüsiert an, den Namen des Käufers im Vertrag noch freizulassen, und mein Vater meint, das sei ja großartig, eine richtige Versteigerungssituation, davon könne man nur träumen.
Nach diesen Rückmeldungen fühlt Hermann sich in der Lage, Herrn Selter ein weiteres Mal anzurufen. Der wird diesmal vor Schreck ganz leise und bittet sich eine Bedenkzeit von drei Stunden aus. Nach drei Stunden, inzwischen ist es schon neun Uhr abends, ruft er nicht an. Aber um halb zehn meldet er sich wieder bei Hermann und bietet auch zehntausend Mark mehr.
Hermann teilt es mir am Telefon mit und sagt, nun laufe es also doch auf Herrn Selter hinaus. Er stöhnt, dieser Tag habe ihn fertig gemacht, die letzten Stunden möchte er nicht noch einmal erleben, das sei ja schrecklich, er gehe jetzt schlafen.
Auch ich bin nicht ganz so fröhlich, wie man erwarten sollte. Ich muss nun Frau Tönges die neue Hiobsbotschaft mitteilen.
Diesmal ist sie auf die Nachricht vorbereitet. Sie bietet gleich fünfzehntausend Mark mehr. Ich schlucke und sage, das gehe jetzt wahrscheinlich nicht mehr. Sie sagt einfach, ich solle sie anrufen, wenn wir es uns anders überlegen.
Es dauert lange, bis Hermann ans Telefon geht. Er hat zwar noch nicht geschlafen, aber ich habe ihn aus der Badewanne geholt.
»Nein, mit mir nicht«, sagt er kategorisch, als ich ihm von dem neuen Angebot erzähle. »Wenn du dir fünfzehntausend Mark verdienen willst, bitte, aber ich rufe Herrn Selter jetzt nicht mehr an.«
Er gibt mir die Nummer von Herrn Selter und fügt zur Bekräftigung hinzu, das Ganze fange an, unmoralisch zu werden, außerdem tue die Aufregung seinem Herzen nicht gut. Dagegen kann ich nichts sagen. Was ist schon Geld, wenn es um Hermanns Gesundheit geht.

Mich hat die Aufregung auch zermürbt. Eigentlich sollte ich begeistert im Kreis herumspringen und mich freuen, dass uns so viel Geld in den Schoß fällt. Stattdessen sitze ich missmutig vor meinem Schreibtisch und schiebe den Zettel mit der Telefonnummer von Herrn Selter unschlüssig hin und her. Vielleicht hat Hermann Recht. Das wird jetzt langsam unmoralisch. Andererseits ist Frau Tönges ja nicht weniger betroffen. Vor zwei Wochen haben wir weder Herrn Selter noch Frau Tönges gekannt. Ist es denn überhaupt eine Frage der Moral? In einer Notlage befindet sich keiner von beiden.
Aber wie soll ich es fertig bringen, Herrn Selter anzurufen, wenn Hermann sich das schon nicht traut. Ich kann das erst recht nicht. Im Berufsleben habe ich nicht zufällig einen Agenten, der für mich verhandelt. Wir sind eben beide keine Geschäftsleute. Dafür muss man halt einen Preis zahlen. In diesem Fall fünfzehntausend Mark. Geteilt durch zwei sind es sowieso nur noch siebeneinhalbtausend.
Elf Uhr. Ich bin müde. Ich spieße die Nummer von Herrn Selter auf den Zettelhalter und gehe schlafen.

Um drei Uhr früh bin ich wieder wach.
›Wenn es Ihnen das Wichtigste ist, nicht hart gesotten zu sein …‹, hat es in meinem Halbschlaf getönt. Ich stehe auf, gehe ins Bad und sehe mich im Spiegel an. Ich frage mich, wie ich diese Frau finde, die fünfzehntausend Mark in den Wind schlägt, um sich ein unangenehmes Telefonat zu ersparen. Ich finde sie liebenswert, aber auch ein bisschen dumm. Ich verschärfe die Frage, denke mich drei Jahre in die Zukunft und überlege rückblickend, wie ich diese Frau finde. Da wird mir schlagartig klar, dass ich sie nicht nett oder moralisch finde, sondern ganz schlicht feige. Aber wie wird Hermann mich finden? In Gedanken höre ich ihn voller Abscheu über eiskalte Frauen reden.
›Ja, wenn es Ihnen das Wichtigste ist, ein liebes Frauchen zu sein.‹
Nein, das ist mir nicht das Wichtigste!
Ich will überhaupt kein Frauchen sein. Das wollte ich noch nie. Meine Mutter war ein Frauchen. Hopp, machte mein Vater und sie sprang durch den Reifen. Und wenn sie etwas wollte, was er

nicht wollte, dann hat sie sich in ihr Schlafzimmer verzogen und war müde. So wie ich heute Abend, nur weil ich nicht den Mut hatte, Herrn Selter anzurufen. Und jetzt ist es zu spät.
Ist es zu spät?
Noch ist nichts unterschrieben. Der Notartermin ist um acht Uhr dreißig, noch fünfeinhalb Stunden Zeit. Mitten in der Nacht kann ich niemanden anrufen. Aber wenn ich um halb sechs telefoniere, dann ist das immer noch drei Stunden vor dem Termin.
Wenn wir noch zusammenleben würden, hätten wir wahrscheinlich die ganze Nacht diskutiert und uns ineinander verhakt. Ich hätte den Schweiß auf Hermanns Stirn gesehen und mir Sorgen um ihn gemacht. Trotzdem hätte ich von ihm erwartet, dass er Herrn Selter anruft. Und er hätte gedacht, dass ich das von ihm erwarte. Keiner von uns wäre auch nur auf die Idee gekommen, dass ich das tun könnte. Ich sollte zwar immer stark sein, aber auf keinen Fall stärker als er.
Auch jetzt war sein Vorschlag, dass ich mir fünfzehntausend Mark verdienen könne, wenn ich wolle, nicht ernst gemeint. Er war nur dazu da, meinen Anspruch an ihn abzuwimmeln. Hermann wäre unglaublich verblüfft, wenn ich Herrn Selter tatsächlich anrufen würde. Ich kann sein verdattertes Gesicht geradezu vor mir sehen. Die Vorstellung macht mir Spaß.
Und ob Hermann mich dann eiskalt findet, das kann mir egal sein. Es spielt keine Rolle mehr, er liebt sowieso eine andere. Ich muss mich also nur danach richten, wie ich mich selber finden will.
Zehn nach vier.
Vielleicht sollte ich wieder ins Bett gehen. Aber schlafen kann ich sowieso nicht. Ich könnte die Karten befragen, um mir die Zeit zu vertreiben. Irgendwo müssen diese Tarotkarten sein, die ich mir nach dem Abend bei Maren gekauft habe. Da ist das Buch und hier ist das Spiel, noch in Zellophan verpackt. Ich löse den roten Streifen. Neue Karten sind unglaublich glatt. Ich muss aufpassen beim Mischen, dass sie mir nicht aus der Hand fallen. Ich lege sie im Halbkreis, mit der Herzhand, so wie Maren es mir gezeigt hat.
Und jetzt muss ich mir eine Frage ausdenken. Die Frage, ob ich Herrn Selter anrufen soll oder nicht, scheint mir zu simpel. Viel-

leicht: Wo stehe ich jetzt? Das war die Frage, mit der Maren angefangen hat. Also gut. Ich konzentriere mich auf die Frage Wo stehe ich jetzt? und betrachte die vielen gleich aussehenden Kartenrücken. Ich nehme die Karte, die ein bisschen für sich liegt.
Das kann doch nicht wahr sein! Da ist er wieder, dieser rotgewandete, fröhlich tanzende Hallodri, der sich aus der Ehe davonstiehlt. Aus dem ganzen riesigen Spiel ziehe ich ausgerechnet diese Karte! Das ist absolut unwahrscheinlich.
Doch heute habe ich sie für mich gezogen. Was hat diese Karte denn mit mir zu tun? Dazu fällt mir nun gar nichts ein. Aber für solche Fälle habe ich ja das Buch mit den offiziellen Deutungen. Wo sind die Schwerter? Ich muss im Inhaltsverzeichnis nachsehen. Was sind denn Arkanas? Davon hat Maren mir gar nichts gesagt. Egal. Da sind die Schwerter, jetzt muss ich nur noch die Sieben der Schwerter suchen. Es ist ziemlich viel, was da steht. Ich kann mir etwas aussuchen. ›Betrügen oder betrogen werden‹ finde ich bedenkenswert. Und dann steht da noch: ›Einen Coup landen.‹
Nicht schlecht. Vielleicht ist es jetzt an mir, mich nicht mehr betrügen zu lassen, sondern selber einen Coup zu landen. Meine Lust, Herrn Selter anzurufen, steigt. Doch vielleicht sollte ich noch eine Karte ziehen. Ich ziehe den König der Münzen. Den Karten nach ist ja wohl klar, was ich tun soll.
Fünf nach fünf.
Was kann im schlimmsten Fall passieren? Wenn ich Herrn Selter absage und Frau Tönges hat es sich inzwischen wieder anders überlegt, dann haben wir am Ende gar keinen Käufer mehr. Das wäre fatal. Ich muss auf jeden Fall vor meinem Anruf bei Herrn Selter Frau Tönges nochmal anrufen.
Sie ist sofort am Apparat. Sie hat sich das Telefon neben das Bett gestellt. Sie hat sich schon gedacht, dass noch etwas passieren wird. Nein, sie hat es sich nicht anders überlegt. Sie hört sich fröhlich an.
»Gut, dann werde ich jetzt Herrn Selter anrufen«, sage ich zu ihr.
Herr Selter hat das Telefon nicht neben dem Bett stehen. Er hat nicht mit einem neuen Anruf gerechnet. Er versteht auch gar nicht, warum ich anrufe, Herr Bratzer hat ihm fest zugesagt, dass es bei der letzten Summe bleibt.

»Es ist sicher ein bisschen viel verlangt, wenn ich Sie jetzt bitte, sich in unsere Situation zu versetzen. Aber wir haben einfach zwei Angebote und ich vermute, Sie würden sich auch für das Höhere entscheiden.«
Ich kann mich noch so umständlich ausdrücken, Herr Selter will sich nicht in unsere Situation versetzen, sondern schreit mich aufgeregt an. Er wiederholt in Variationen, dass Hermann ihm sein Wort gegeben habe. Ich halte den Hörer etwas weiter weg vom Ohr, bis eine Pause eintritt. Dann sage ich, Herr Bratzer könne leider keine verbindlichen Zusagen über eine Wohnung machen, die ihm nur zur Hälfte gehört.
Herr Selter findet das unglaublich, aber ich habe mich nicht umsonst die halbe Nacht auf dieses Gespräch vorbereitet. Ich lasse seine Philippika an mir abperlen und sage, wir würden nun alle den aktuellen Stand der Dinge kennen und ich ginge davon aus, dass es bis zum Notartermin keine weiteren Telefonate mehr gäbe. Er brauche sicher Zeit zum Überlegen. Außerdem sei es ja immer noch möglich, dass die Käuferin nicht zum Termin erscheine. Wir jedenfalls würden da sein und es sei seine Entscheidung, ob er beim Notar auftauchen wolle oder nicht.

Viertel vor sechs.
Ich setze Frau Tönges von der neuesten Entwicklung in Kenntnis, dann gehe ich erst einmal in die Badewanne. Hermann soll ruhig noch ein bisschen schlafen. Ich genieße das warme Wasser und mein Hochgefühl. Um zwanzig nach sechs rufe ich bei Hermann an. Er fällt aus allen Wolken. Er hatte die Sache für erledigt gehalten.
Er ist kein Adler, das wissen wir doch, hat mein Bruder neulich gesagt. Nein, er ist kein Adler, das weiß ich jetzt. Und ich weiß auch, dass ich ihn trotzdem lieben könnte, für mich muss er kein Adler sein. Aber unser Muster ist zu lange eingespielt. Er hat immer den Adler gegeben und ich bin immer wieder unter seine Fittiche geschlüpft. Wahrscheinlich hat das Ende unserer Ehe begonnen, als ich anfing zu ahnen, dass er nur ein Gockel ist, der die Federn prächtig spreizt, und ich ein dummes Huhn, das sich kleiner macht, als es ist.

Der Auftritt beim Notar ist nicht ohne Komik.
Hermann und ich treffen uns schon um zehn nach acht, damit wir auf jeden Fall die Ersten sind. Um zwanzig nach acht kommt der Notar und bittet uns in sein Büro, damit wir ihm vorab die neueste Lage erklären und das Procedere besprechen können.
Um Punkt halb neun bringt die Notarsgehilfin den Personalausweis von Frau Tönges herein. Um fünf nach halb neun kommt sie mit dem Pass von Herrn Selter. Nun sitzen also die beiden potentiellen Käufer gemeinsam im Vorzimmer und beäugen sich.
Herr Selter, als derjenige mit dem Vorkaufsrecht, wird zuerst hereingebeten, um sein Angebot abzugeben. Der Notar nimmt offiziell zu Protokoll, dass er beim Preis des Vortages bleibt. Was Herr Selter sonst noch zu argumentieren versucht, läuft ins Leere. Es hält einer juristischen Betrachtungsweise nicht stand. Als Nächstes wird Frau Tönges hereingerufen. Auch sie bleibt bei ihrem letzten Angebot und erhält damit den Zuschlag.
Als sämtliche Unterschriften geleistet sind, schmunzelt der Notar, gibt uns die Hand und meint, so etwas erlebe er auch nicht alle Tage. Wir trinken mit Frau Tönges noch einen Champagner auf den Abschluss, dann gehen wir unserer Wege.
Hermanns Weg und meiner ist bis zum Parkhauseingang noch ein gemeinsamer. Hermann spricht mir seine Hochachtung aus und findet es gut, dass ich das Beste für uns herausgeholt habe. Damit macht er klar, dass ich die fünfzehntausend Mark nicht für mich, sondern für uns verdient habe.
Ich überlege kurz, ob ich ihn an seinen Satz vom Vorabend erinnern soll, beschließe aber, es zu lassen. Das wäre jetzt kleinlich. Wir haben noch ein paar Teilungsmanöver vor uns. Es wird alles seinen ordentlichen Gang gehen.

Auf dem Weg nach Hause höre ich in den Wetternachrichten, dass es einen verfrühten Wintereinbruch gegeben hat und dass auf den Höhen der Eifel schon Schnee liegt. Eine zaghafte Sonne kämpft sich durch die Wolken. Ich fahre an meiner Wohnung vorbei, weiter in Richtung Autobahn.
Der Schnee beginnt an der Autobahnbrücke, die ein paar Kilometer vor der Abfahrt zu unserer ehemaligen Eifelwohnung liegt. Ich

fahre auch daran vorbei. Ich möchte in einer Gegend spazieren gehen, die ich noch nicht kenne.

Am Rand eines Dorfes halte ich an und ziehe die Gummistiefel über, die ich für solche Fälle im Kofferraum habe. Ich schreite hügelaufwärts. Ich mag es, wenn der Blick in die Weite gehen kann. Eine Weile begleitet mich zur Linken noch ein Stück Wald.

Der Anblick einer zerklüfteten Kiefer bringt mich dazu, stehen zu bleiben.

In der Mitte ist ein breiter Keil in den Stamm getrieben, darunter ist der Stamm zerspalten und gesplittert. Ob es ein Blitz war, Sturm oder menschliche Willkür, ist nicht mehr auszumachen. Wahrscheinlich kam alles zusammen. Ein Teil des Stammes ist heruntergefallen, aber nicht gänzlich abgebrochen. Er hat auf einem anderen Ast neuen Halt gefunden und treibt an der Spitze frisches Grün. Auch das, was vom Hauptstamm übrig geblieben ist, sieht weiter oben wieder gesund aus. Nur die Mitte zeigt noch Spuren des Desasters.

Ich kehre dem Baum den Rücken zu und gehe über das offene Feld.

Mir wird warm in der Sonne. Ich bleibe stehen, um die Jacke auszuziehen. Da sehe ich meine Spuren im Weiß. Ich dachte, ich wäre geradeaus gegangen, aber meine Füße haben Mäander in den Schnee geprägt. Es ist wohl nur eine Annahme der Mathematik, dass die kürzeste Verbindung zwischen zwei Punkten eine Gerade ist.

Anna Johann

Die kleine Sekunde Ewigkeit

Roman

Band 14174

Anna Wagner hat ihr Wunschziel erreicht. Sie ist nun Auslandskorrespondentin in Washington. Aus der unsicheren Anfängerin, die nach der Scheidung versuchte, ihren Weg im Beruf zu finden, ist eine erfolgreiche Journalistin geworden. Es geht ihr gut. Das ändert sich von einem Tag auf den anderen, als ihre Tochter Lisa spurlos verschwindet, ohne dafür eine Erklärung zurückzulassen. Anna macht sich auf die Suche. Ihr Weg führt sie nach New York, denn dort wurde Lisa zuletzt gesehen. In der verzweifelten Hoffnung, Lisa so vor Unglück bewahren zu können, aber auch um den Kontakt nicht abbrechen zu lassen, beginnt Anna, einen endlosen Brief zu schreiben, der immer mehr auch zur Auseinandersetzung mit ihrem eigenen Leben wird. Dem gegenüber stehen die Aufzeichnungen von Lisa und ihr Konflikt mit der Mutter.

Fischer Taschenbuch Verlag

fi 523 / 5

Fern Kupfer

Liebeslügen

Roman

Aus dem Amerikanischen von Bruni Röhm

Band 12173

Die feministische Literaturwissenschaftlerin Frau Meltzer hat ihre beste Freundin Julia Markem immer beneidet: Julia und ihr Mann Tyler, ein Philosophieprofessor, führen ein wunderbar harmonisches Leben. Seit Jahren waren sie glücklich verheiratet, hatten zwei entzückende Kinder und machten gemeinsam Karriere am Stimpson College in Grandview, Illinois. Dann aber entdeckt Julia, daß Tyler eine Affäre mit einer Studentin hat und er keineswegs zum ersten Mal fremdgegangen ist. Ein Schock für Julia. Als Tyler auf dem Campusgelände auf mysteriöse Weise ums Leben kommt, gerät sie – auch wenn zunächst alles auf einen Unfall hindeutet – unter Verdacht. Fran versucht ihrer besten Freundin zu helfen und nimmt die Suche nach dem oder der Schuldigen selbst in die Hand, denn weit mehr Menschen als Tylers Frau Julia hätten, so zeigt sich, einen Grund gehabt, ihm den Tod zu wünschen. Daß Fran bei ihren Recherchen schließlich selbst in Gefahr gerät, ist zu erwarten.

Fischer Taschenbuch Verlag

fi 2088 / 4

Susan Stinson

Martha flog auf der Engelskuh

Roman

Aus dem Englischen von Barbara Heller

Band 14370

Martha Moody und Amanda Linger – zwei wilde Frauen im alten Wilden Westen –, die eine majestätisch-imposante Ladenbesitzerin und Dorflegende, die andere zwar bescheidene Farmerin, aber Erfinderin phantastisch-märchenhafter Geschichten und Herstellerin der süßesten Butter weit und breit. Als Amanda die üppige Martha im Dorfbach beim Baden überrascht, finden die vagen Sehnsüchte, die sie immer wieder heimsuchen, ihr Ziel. Manche Butterkugel geht als Liebespfand über Marthas Ladentisch; manche Geschichte, in der Amandas einzige, geliebte Milchkuh Alice ein geheimes Leben als geflügelte Engelskuh führt und eine göttinnengleiche Martha durch die Lüfte trägt, verschwindet zunächst im Nähkästchen; manches Desaster bis hin zur Zerstörung von Marthas Laden durch eine Feuersbrunst muß überstanden werden – bis die beiden Heldinnen zu einem gemeinsamen Leben finden.

Fischer Taschenbuch Verlag

fi 308 / 6

Maria Nurowska

Briefe der Liebe

Roman

Aus dem Polnischen von Albrecht Lempp

Band 12500

»›Krystyna Chylińska ist nicht dein wirklicher Name‹, sagtest Du wie beiläufig und ohne auf meine Antwort zu warten. Dabei weiß ich nicht, ob das eine Frage oder eine Feststellung war. In ein paar Minuten gehe ich von hier fort. Die Briefe, die ich Dir während all der Jahre geschrieben habe, lasse ich hier«, schreibt Krystyna Chylińska, die eigentlich Elżbieta Elsner heißt, in ihrem letzten von sieben Briefen, mit dem der Roman beginnt. Sie hatte sich ihr Glück erschlichen, sich unter falschem Namen ein neues Leben aufgebaut. In ihren Briefen an Andrzej, die sie ihm nie zu lesen gibt, legt sie Rechenschaft darüber ab. Als Sechzehnjährige war sie ihrem Vater freiwillig ins Ghetto von Warschau gefolgt, wo sie als Prostituierte arbeitete, um sie beide durchzubringen. Nach der Flucht aus dem Ghetto nimmt sie eine neue Identität an. Doch immer lebt sie in der Angst, jemand könne sie wiedererkennen und ihre Existenz zerstören. Schließlich holt die Vergangenheit sie ein:

»Krystyna Chylińska ist nicht dein wirklicher Name…«

Fischer Taschenbuch Verlag

fi 108 / 9

Susanne Fülscher

Lügen & Liebhaber

Roman

Band 14732

Gerade hat Sylvie ihr Examen bestanden, da konfrontiert ihr Dozent, Sylvies große Liebe, sie mit der knallharten Wahrheit: Es ist aus zwischen ihnen. Die Verletzung geht tief, denn Ablehnung ist etwas, das Sylvie von frühester Kindheit an von ihrem Vater erfahren hat. So nimmt sie sich jetzt vor, sich an den Männern dieser Welt zu rächen. Sie stürzt sich in ein chaotisches Liebesleben, ein Lover nach dem anderen wird belogen, betrogen und abserviert, sobald er mehr als nur »das eine« will. Karl, der dickliche Pornosynchronsprecher, der ewig jugendliche Fotograf Skip und Oskar, modischer Dandy und Hypochonder – sie alle werden zu willenlosen Figuren in Sylvies Rachespiel, das sie mehr und mehr auf die Spitze treibt. Eines Abends läßt sie sich sogar mit dem Liebsten ihrer besten Freundin Toni ein. Es kommt zum Bruch zwischen den beiden Frauen. Als Sylvie schließlich begreift, von welch unschätzbarem Wert die Freundschaft zu Toni war, ist es fast schon zu spät ...

Ulla Lessmann

Hedwigs Rache

Roman

Band 14007

Ein bißchen sehr eigenartig kommt sie ihren Nachbarn schon vor, die alte Hedwig Bauer: pflegt ihren Garten wie mit dem Lineal, geht mit der Stoppuhr zur Straßenbahnhaltestelle, begießt regelmäßig den Grabstein ihrer Mutter, verteilt Pfennige an Junkies, läßt niemanden in ihr Häuschen und ist dick, ohne zu essen. Daß sie außerdem ein offenbar schwer gestörtes Verhältnis zu den städtischen Verkehrsbetrieben hat, kann man ihr dagegen wirklich nicht verdenken. Denn wer ärgert sich schließlich nicht über unpünktliche Straßenbahnen und unfreundliche Fahrer? Hedwigs zwanghafter Kampf gegen die Uhr und für die korrekte Einhaltung des Fahrplans fordert seine Opfer, und irgendwann interessiert sich auch die von ihr verachtete Nachbarschaft für die dunklen Geheimnisse der skurrilen Alten. Die kleine und gar nicht heile Welt eines Kölner Vororts, bildet den Hintergrung für diesen spannenden psychologischen Roman.

Fischer Taschenbuch Verlag

fi 2004 / 3

Karin Hartig

Ehemänner und andere Irrtümer

Roman

Band 13881

Corinna Beifuß ist temperamentvolle 33 Jahre alt und eigentlich rundherum zufrieden. Sie hat Familie, sie hat einen Job, und beide bringt sie auf unnachahmliche unkonventionelle Art und Weise unter einen Hut. Sogar die mehr oder weniger geschlechtsbedingten Macken ihres Ehemannes Benno und die Neurosen der Nachbarschaft können sie kaum noch aus dem Konzept bringen. Doch als Benno so heimlich wie überraschend den Entschluß faßt, ein halb verfallenes Haus auf dem Lande zu kaufen und mitsamt Corinna und Sohn Julian dort einzuziehen, geht es plötzlich rund. Von einer Minute zur anderen geraten die Grundpfeiler ihres so mühsam geregelten Lebens ins Wanken. Ein Landei laß ich nicht aus mir machen, schwört Corinna und nimmt den Kampf auf. Zwar gelingt es ihr nach einigen Verwicklungen tatsächlich, Benno umzustimmen, es kehrt also wieder Frieden ein, aber wie so oft nach einem vermeintlichen Sieg entpuppt sich die Ruhe als ausgesprochen trügerisch.

Fischer Taschenbuch Verlag

fi 722 / 5

Christine Vogeley

Liebe, Tod und viele Kalorien

Roman

Band 14001

»Meine Gene sehen bestimmt aus wie Bierdeckel«, behauptet die sehr runde Frau Dr. Imma Markmann, die eine starke Affinität (erbliche Anlagen?) zur Gastronomie hat. Mit fünfzig will sie es noch einmal wissen. Sie trennt sich von ihrem chronisch untreuen Gatten und wendet sich ihrer neuen großen Liebe zu: einem rheinischen Gasthof. Besitzerin dieses zweihundertjährigen Prachtstückes mit schlammbrauner Fassade, kaputter Regenrinne und defektem Heizkessel ist die dünne, zaghafte Hedwig, die das marode Haus geerbt hat und Hilfe gut gebrauchen kann. Imma, die ehemalige Medizinerin, will das alte Restaurant wieder in Schwung bringen. Aber vorher türmen sich die Probleme: Wie kommt man an den geheimen Safe des Noch-Gatten, der anläßlich der Scheidung behauptet, ganz arm zu sein? Wo ist das Bargeld, das Hedwigs Erbtante hinterlassen wollte? Wieso kann der nette Bankdirektor Friedemann Standbein nicht weiterhelfen? Fragen über Fragen. Aber keine, die sich nicht bei Rotwein und Sahnesauce beantworten ließe.

fi 1128 / 7